系我
一生心
-03-

我最深爱的

Love you most

绿乔乔 著

百花洲文艺出版社
BAIHUAZHOU LITERATURE AND ART PRESS

图书在版编目（ＣＩＰ）数据

我最深爱的／绿桥乔著. — 南昌：百花洲文艺出

版社，2017.7

ISBN 978-7-5500-2283-6

Ⅰ.①我… Ⅱ.①绿… Ⅲ.①言情小说－中国－当代

Ⅳ.①I247.5

中国版本图书馆CIP数据核字(2017)第140451号

出 版 者　百花洲文艺出版社

社　　　址　江西省南昌市红谷滩世贸路898号博能中心A座20楼　邮编：330038

电　　　话　0791-86895108（发行热线）　0791-86894790（编辑热线）

网　　　址　http://www.bhzwy.com

E-mail　bhzwy0791@163.com

书　　　名　我最深爱的

作　　　者　绿桥乔

出 版 人　姚雪雪

出 品 人　刘运东

责任编辑　李梦琦

特约编辑　廖晓霞

装帧设计　Insect

封面绘制　鹿夕子

经　　　销　全国新华书店

印　　　刷　长沙鸿发印务实业有限公司（长沙黄花工业园三号　邮编410137）

开　　　本　880mm×1230mm　1/32

印　　　张　9.5

字　　　数　260千字

版　　　次　2017年9月第1版

印　　　次　2017年9月第1次印刷

定　　　价　29.80元

书　　　号　ISBN 978-7-5500-2283-6

赣版权登字：05-2016-339

我最深爱的

Love the magic ♥

目 录

contents

深爱的
我最

Love the most ♥

目 录

contents

第一章
风吹过一片涟漪
I love the most

[1]

那是他第一次看到她，在一个觥筹交错的场合。

他们那一帮人，总是爱聚在一起吃喝玩乐的。那样的场合里，纸醉金迷，光怪陆离，烟雾缭绕，再加美女与美酒，热闹得无比快乐，是醉生梦死的快乐。

她不是他们平常带出来的那种女人。一看就知道，她受过良好的教育，还相当有教养，与他们倒像是一个圈子的人。

他们这种圈子，说大不大，说小也不小，倒也是不好进的。

他本就来得迟了，身旁携了明艳无比的金连桥，还未进门，就引起了众人的注意。

"纪六，来迟了啊，要连罚三大杯！"

自然有女伴引了金连桥到一旁坐下，聊天唱歌去了。

纪慕笑了笑，正抬头，就与对面的她对上了视线。他也没在意，与众人微微颔首，也就过去了。

她是老二容少带过来的女伴，显然已经喝得不少了，那双黑白分明的眼睛亮得那么璀璨、那么透明，可看向他们那群人时，又隔了一层玻璃似的。她的脸色很平静，有些不自觉的冷淡。

容二那一桌是隔开的，很明显是在谈公事。容二神色从容，酒喝得不多，可他身旁的女伴显然是来挡酒的，又陪客户喝了满满一杯酒。

洋酒，后劲很足那种，纪慕不免对她多看了两眼。

"怎么，对她有兴趣？"牌桌上的连公子打趣，"眼睛是长得美，可人也太清水了吧！还是最近，你转嗜好了？"

"去你的！"纪慕扔了一张牌，又是连输了好几把。

"我说，怎么文四不过来玩呀？"是陈公子说话了。

纪慕怔了怔，又扔了一张牌："文洛伊不是得陪汪晨露嘛，他现在连性子都转了。"想到那个容貌俏丽可神色冷清的汪晨露，他没来由地觉得心里烦躁。

"我说啊，容二带来的那位露露小姐，就和汪小姐有几分相似，也是清水一般寡淡的性子，来这么久了，我就没见她笑过。"连公子神神秘秘地说着，眼神不忘往那边飘去。

"你们还玩不玩啊，这么磨叽！"说完，纪慕将牌推倒，走了出去。

这里的情调是真的好，大丽花般的墙纸被一束殷红小探灯幽幽地打着，花色更加奢靡艳丽，昏昏暗暗的光线，暖暖昧昧的，映得青花底的地砖越发晶莹通透。他倚在大丽花纹的墙上吸烟。

不知吸了多久，一阵淡淡的玫瑰花香夹着海的冷冽气息飘来，他猛一抬头，原来是她出来了。她的姿态依旧优雅得体，可步子却明显有些乱了，一摇一摇的，他真担心她会摔倒。他随着她摇晃的视线看过去，她的腰肢居然很细，不堪盈盈一握。明明只是最普通保守的无袖白衬衣配高腰黑裙，可却艳丽得如同大丽花一般，显得她肤白如雪，眉目风流。原来她喝多了，居然是妩媚的。

见她靠在墙体上，一动也不动，就那样安静着。

他将烟碾灭，走了过去，问道："你没事吧？"

她依旧是靠在墙体上，一动不动，居然全然不顾形象了。走近了，才发现，她很高挑，也很年轻，脸上干干净净的，没有化妆，只是涂了正红的口红而已，白脸红唇，倒也十分艳丽。初看时，他只觉得，她很普通，可看久了，居然是耐看的那一种。而且是此刻，如此不顾形象的时候，她居然还是好看的。

"露露？"试探性地，他叫了叫她的名字。可她居然有反应了，她仰起头来，瞄了瞄他，再往他身上靠了靠，像某种动物，居然还拿鼻子来嗅嗅他的身体。她的呼吸就喷在他的锁骨上，她还在嗅，原来像只小狗狗。

他只觉被她的鼻息喷得痒痒的，要推开她一点，谁料她整个人已经伏了上来。

"露露，要抱抱，要抱抱嘛！"那样撒娇的语气，一开口含了洋酒的甜香，软软地喷向他，只一下，他的呼吸就乱了。

他开始吻她，全然不顾她是二哥带来的女伴。她的唇，被他吻得殷红如血，被殷红的小探灯打着，那眼睛明亮又迷离，整个人生动起来。他将她打横抱起，上了楼上的套房。

她的唇又软又甜，他总觉不够，她的身体似水做的，纤细柔软，他早过了风花雪月的年纪，可谓是百花丛中过了，可碰上了她，他总觉不够。

他哄她，唤她名字："露露。"

她双眼一睁，与他对上，可酒意正浓，如何分得清来人，就笑了："司长宁，你不要再灌露露喝酒了，露露头晕。"

原来，她也并非二哥的女伴，她只是把他当成了另一个人。

她咯咯笑着，身体已经滑下了床去，可被他一把捞上来，就吻她的唇，然后是颈项，流连地吻着她的耳根。她身体一软，连呼吸都乱了。她的耳垠最敏感，她怕痒。他早明白过来，只在她耳鬓厮磨，缠缠绵绵吻着。她咯咯地笑，要推开他，可却只晓得到处乱摸，根本就是点燃了那一把熊熊烈火。他倒吸一口气，猛地翻过身来，动作骤然粗鲁，开始啃咬她。

她在他身下挣扎，可后来的事，她记不太清了，唯一的印象就是痛，痛得她尖声哭泣，抓伤了他的脸，指甲抠进了他的脊背。他就哄她，一直哄她："一会儿就好了，一会儿就好了……"喃喃地，在她耳畔呢喃。他放柔了动作，与她温存。

他的声音温柔缱绻，像江南里三月的雨，又似四月的微风拂过湖面，柔情蜜意一片，她只觉全身酥软无力，却在心底荡起阵阵涟漪。

早上，他一醒来，却发现她不见了。她逃得那样快、那样急，仿佛昨夜不过是春梦一场。他明白，那是她的初次。他有些懊悔，只恨昨晚喝下的那三大杯酒，乱了他的心智。

后来，他找过容二，才知道，那是容二公司的女员工，也是容二的首席秘书。那一晚，她是陪容二来应酬客户的，容二有胃病，所以带来的女伴能喝。

"那晚你……"容二本想说什么，可看了眼他眼底浅浅的一道抓痕，最后拍了拍他的肩膀。

那些话没有说明，大家都懂得意思。

自然地，他们那个圈子的，也心下明白，无事人一般，对那晚的事，也就不再提。

他曾在容二那里，旁敲侧击，让容二多带她出来。可容二倒是一笑，有些无奈："我虽然是她老板，可有些事不好勉强。"原来，是她不愿再出来。

也是过了许久之后，纪慕才知道，她叫水露。

像他们那种豪门公子，从来不缺女伴，纪慕倒也没把那一夜情缘放在心上。

于他而言，也不过是激情而已，也就这样过去了。

[2]

水露倒是无比懊恼的，只恨自己喝得太多。那一天，她心情不好，也是有意想灌醉了自己了事。

她的司长宁要结婚了，而她是最后一个知道的。

"为什么？"她冲进他房间里，质问他。

她的长腿叔叔就坐在那里，阳光正好，温暖地打在他的脸上。他没有抬头，依旧在翻着书："没有为什么。你大了，我也不方便与你住在一起。而且，我也想结婚了。"

是的，九年前，们收养了她，使她免于沦为孤儿，她应该感谢他的，是不是？！

她将头伏在他的膝盖上，带着一点疲倦与失落，问他："你不再喜欢我了吗？你不要我了吗？"

"傻孩子。"他溺爱地看着她，抚了抚她乌黑光亮的发。她一转眼就大了，再不是从前的小不点模样。

"我总要结婚的。"他叹。

"我可以嫁给你 从我第一天认识你，我就想嫁给你！"她直直地看着他，第一次说了这样直白的话。

他怔了怔。

"可我老了。"每次，他都以这样的话打发了她，他明明知道，她爱他。

她的长腿叔叔一点也不老，他只是太瘦了，他的腿那么长，他有一米八七的身高。在她眼里，他一直那么高大，可以给她庇护，给她一个家，她只需要像小时候那样蜷缩在他身后就好。

他还有着茶褐色的自然卷发、苍白的脸庞、瘦弱的身躯。他就是她的长腿叔叔，可她只会叫他的全名——司长宁。

那一天，依旧是不欢而散。

她回了公司上班。

她不愿靠长宁养着她，她不是他的义女，他们没有血缘关系。她要独立，那样才能站在平等的地方，去爱他。

她跟在容华身边，也非一日两日。她还在大一时，就开始了实习。面试那一天，她从城北跑到城西，一路没有停歇。又是正暑的时节，她只觉自己都快要自燃了，一进写字楼，被强劲的冷气一冲，人快要晕过去。她坚持着，到了面试厅，只觉眼前一黑，可她只是异常平静神色不改地说："我中暑了。"

也不知是谁伸过来一只手，手中握着一杯水。

她脸色苍白，可依旧是平静地接过水杯，仰头就喝尽。然后……然后居然晕过去，不省人事了。

晕倒之前，她居然还听见一个人说："有意思。"

递水给她与说"有意思"的人，自然成了她的大老板，也就是容华。容华多给了她一次面试的机会，直接问她："你有什么长处？"

"我会喝酒，很能喝。"她答。

他含了笑，带了点疑问，挑了挑眉。

她就说："我知道老板您胃不好，我能喝。"居然是个条理非常清晰的女孩。而且，还有大家闺秀的风范，不似一般来应聘的小职员。只是短短时日，已经对这个公司的基本情况了解得如此详细了。

他看过她的履历，是在国外读的高中，回国读的大学，很奇怪，但在她身上却又妥帖得异常。她很年轻，来应聘时，只有十九岁。她说了，她在读大学，她需要钱，需要独立，直白得有些可爱了。他点了点头，让她做了他的私人秘书。

果然，相处下来，她的工作能力很强，办起事情来，条理清晰，为人也圆通，确实有大家之风。

那一日，容华要装修办公室，画廊送来了一幅画，是他先前在画廊里订的，是凡·高的静物画，插在花瓶里的向日葵。挂在新装修过的办公室，是真的好看。可她回头看了一眼，又再一眼，他问："水小姐，有什么问题吗？"

她想了想，答："这是一幅高仿的赝品。"

他很惊讶，可不动声色地让她退下了。后来，他找了名家来鉴别，果然是赝品。那幅画，他没有挂出来，笑着扔给了她处理。他没有问她，怎么知道是赝品，可也更看重她，多次带她出人交际场合。

可今日是难得的周六，年轻女孩子谁不是只顾得和闺蜜逛街或约会男朋友？而她居然回来加班了。

容华若有所思，看了眼坐在他办公室门外单独工作间里的水露。纪慕对她感兴趣，他自然明白，像他们那个圈子的人，个个皆是非富即贵，多少女子求着哄着，想进入他们那个圈子，都盯着他们这群金龟婿，可她倒是冷淡，对一切都不甚在意。

想了想，容华给纪六打了个电话："有没有兴趣下个周末去香港一趟，我们公司有个招商派对，会在那边举行。"他点到即止，也算是给了老六一个人情。

作为私人秘书，水露是要比老板先一步过去准备打点的。临出门前，看着她只简单地收拾了一个旅行袋，司长宁走了过来，给了她一张卡："难得出门一趟，多玩玩，香港是购物天堂。"可她只是一笑，把卡扔进了抽屉里。既然决心要与他平等，就绝不能再用他的钱。

忽然觉得累了，水露坐了下来，靠在欧式的白橡木贵妃榻上，她斜斜倚靠，如瀑黑发垂了下来，挡住了她的半边脸。身上是一条洁白的纱质连衣裙，半躺在那儿，像一幅美丽的油画。

她从来不是什么真正的美人，她只是气质好。她的气质，全是司长宁培养出来的。她都知道。

司长宁一怔，忙错开了视线。"嘀嗒"一声，一颗水珠从她的发上滑落。他笑着摇了摇头，从浴室拿来干毛巾，替她擦干头发，一如她小时候。

她身上有幽幽的香味，是少女特有的体香，很清淡的香。他曾替她置下许多香水，并告诉她，懂得化妆与用香水，是一门礼仪。她随他出席宴会时，会用香水，可平常，她是不用的。即使不用，她也是清香的。她靠得离他近了些，闻到了他身上特有的烟味，淡淡的，夹了一丝迷迭香的味道。可不知怎的，她脸就红了。想起了那晚的男子，与她温柔缠绵，身上也是这一股淡淡的烟草味。都怪她喝多了，每每想起，依旧是懊恼。可她不会后悔，那是对司长宁的惩罚。

她也知道，自己一向是个叛逆、任性的坏女孩。

发已经干了，他替她梳理，发又长又直，他耐心地梳了一遍又一遍，却绝不会弄疼了她。她忽然就咯咯地笑了："还记得小时候吗？好像是十岁吧！你替我扎辫子，编了一条复古的单辫，颇有些像《饥饿游戏》女主的那种复古单辫，我回到学校，每个女孩都羡慕极了。"那会儿，她是多么高兴啊！

他也是笑，苍白的面孔有了一丝血色。他的眼睛很好看，看人时十分真诚，像会说话一样，又像是在脉脉含情，就连不笑时，也是弯弯的眉眼，温柔安详。

她坐直了，双手抚上他的眼睛："你不要结婚，好吗？"

他怔了怔，抓住了她的手。气氛一下有些暧昧，她大胆地吻了吻他的唇，一触就分开了。

他放下了紧握住她的手，道："你刚来我家时，只有十岁，可一双眼睛清清灵灵地看着人，根本不像一个孩子该有的姿态。等你十二岁了，我就给你买了第一支口红，还有许多的护肤品、化妆品。在法国，女孩到了十二岁，她们的妈妈就开始与她们分享身体乳与各式护肤品了，而我也是这样教你的。后来，我开始给你买许多许多的裙子，束腰的、蓬开来的伞裙，简单的白衬衫。如今想来，我从未将你当小孩看过，你只是十二岁的女孩，而我却将你当成十七八岁的少女一般来打扮了。可能，连我自己都不清楚，自己隐藏了什么样的心思、什么样的企图欲望。是我糊涂了。所以，我们还是少见面的好。你还那么年轻，没必要把时间浪费在我这个老男人身上。"

依旧是不欢而散。

第二天，没有告别，水露就独自飞去了香港。

让水露没有想到的是，大老板还要让她照顾他的小女朋友。容华的年纪与纪六他们比，是要大上好几岁的，他今年也三十六七了。可那小女朋友看起来顶多二十出头的样子，比自己大不了多少，一张精致的小脸蛋，是最上镜那种，即使不用化妆，也足够明艳动人。

在香港机场里，她一见了水露，就小跑过来，取下了脸上大大的墨镜，露出一张笑脸来，说："嗨，水小姐，真是麻烦你了。叫我明珠就好。"分明还是个大学生的样子。

可水露不讨厌她。白明珠待人接物很有礼貌，那种谦逊不是装出来的，时常微笑，一开口就先红了脸，还有着少女的腼腆。恰到好处的黏人，不会过了，是个聪明的女孩子。难怪，可以待在容少的身边达三年之久，也是他唯一公开承认的女朋友。

在公司里时，水露多少听过员工私下谈及老板的感情生活，也听到过白明珠这个名字。她一直以为，白明珠应该是个冷静自持，很知性的都市女郎，不然不可能待在容少的身边那么久。可真见到了，却是如此娇小玲珑的一个女孩。

果然，耳听为虚，眼见为实。

水露一笑，与白明珠握了握手："好的，明珠，你叫我露露就行。"

水露安排明珠入住容华先前订下的酒店，替她取了行李，一路服务周到，还陪她在香港逛了一天。这让明珠十分不好意思，水露倒没什么，自己也顺便逛了逛街。

她在海蓝之谜的专柜里停了下来，挑选了一套护肤品。

明珠笑吟吟地说："这可是贵妇牌子。"

她也不甚避忌，随口答了："容老板给的工资高啊！而且，我从十二岁开始就用护肤品了，也习惯了。"

明珠瞪大了不可思议的眼睛："哇，你的父母太开明了！"

司长宁曾教过她，真正的淑女是什么样子的，她们不必对人高谈阔论见识过什么，因为她们没有自卑感。司长宁要她学会的，就是永远不要有自卑感。这些事，她也不会主动说起，可司长宁喜欢看她用美妆品，喜欢海蓝之谜留在她皮肤上的味道，他曾笑言"那些神奇的瓶瓶罐罐里，有海的味道"，所以，他也只用带海风海水味道的男士香水。每每司长宁拥她入怀，她都能闻到海水的潮气。

原来，司长宁已经将她养得这样好，半点由奢入俭的机会都不再给她。他将她养成了一个小公主。念及此，她忽然笑了："我的叔叔喜欢我用这个，他说有海的味道。"她一笑，居然是妩媚过人的。

一直以来，她都淡淡的，只有这一刻，微微一笑，居然可以那么美。明珠一怔，只觉奇异无比，她提起叔叔，居然像在说情人一般。明珠不是一般女子，自然不会八卦别人的事，因为她是真正的淑女。明珠买下了带漂亮化妆箱的限量版护肤品，与她一道出了店门，继续逛。

明珠的不问，使得水露很开心，水露由衷地喜欢她。

"托了你的福，我居然也享受了一次八五折。"这个牌子，轻易不打折的。

明珠也高兴，水露愿意和自己做朋友。她笑着眨了眨俏皮的眼睛，道："那以后多找我逛街啊，我还有好多打折卡。"

"一定！"水露难得笑得开怀。

两个年纪相仿的小女生，居然就这样成了好朋友。

[3]

后来，她们逛女士时装店时，居然遇到了司长宁。

水露有些惊讶。当时她在明珠的坚持下，试了一条墨绿色的紧身连衣裙。那个颜色，是极难驾驭的。她一向只穿黑白灰，偶尔就是白与红这几种颜色搭配，简单得不得了。可明珠说，她穿一定好看，只能试了。一出来照镜子，果然是有些风情在身的，显得她的腰腿比例非常好。

她笑了笑，大牌子果然是大牌子。

之前，她极少逛街。她的衣服、鞋子、包包、配饰，大多是司长宁替她准备下来的，所以对牌子没什么讲究，也不知道价钱，他买，她就穿。可在试衣间里时，一看标牌价格，就吸了一口气，去了她半年工资了，当然是说什么也不买的。

但当她在穿衣镜里流连时，司长宁却出现了，他说："这件挺好的，就这件吧！"说完，就刷了卡。

"你来这儿，是公事？"水露试探着问，只希望，他能说，是为自己而来。

"美娴想过来试婚纱，最近新回来了一批法国设计师的作品。她就在这一带逛着，我看到你，就过来了。"他闲闲道来。

水露心想，这陈小姐，果然美且娴！

见她还有朋友在，司长宁礼貌地打了招呼："您好，白小姐，我是露露的叔叔。"

"您好。"明珠得体地回答，惊讶于他居然如此年轻，看起来不过三十出头。

"没有任何血缘关系的。"水露赌气般，补充了一句。

他笑了笑，没说话，分手时，将一张副卡放到了她手心里。

临别那一眼，她依旧赌气，转了身。可明珠瞧得清楚，那男人临别的一眼，充满深情与宠溺，那是情人间才会有的眼神。

明珠再瞧了瞧走在前面的水露，若有所思。

那个派对，说是招商派对，其实也是让公司员工趁机过来消遣旅游的。招商舞会，出席的都是商界名流，只有公司高层才能参加。

席间，觥筹交错，一杯杯美酒被消耗尽了。

水露喝得多了，脸上酡红一片，可神志依旧清醒，替她的大老板挡着一切的美酒。这一次，她学乖了，事前先吃了一小碗粥加面包，还有一颗解酒药。

她跟在风度翩翩的容少身旁，走了好几个圈，忽然一杯酒递了过来，要敬容少。她已是喝晕了，也不看来人，就接过了酒，礼貌道："我替老板喝了，您随意。"工作的原因，她的声音尽量放甜美，笑容也是大方优雅的。

红色的酒液，慢慢喝尽。她的姿态是优雅的，等她放下空杯，一抬头，才发现似笑非笑地看着自己的人，原来是他！

她的脸，一下就更红了，本来只是脸红，可这一来，连耳根颈项都是红的。

她一怔，又恢复了平静，退了一步，站在容少身后。

原来，她还记得他。纪慕笑了笑，视线流连于她的耳际，这使得她越发不自在。她自然不会忘了那晚，他攻城略地，他知道她的敏感。

一声轻笑，容华首先打破了沉默："这次的土地招标，你怎么看？"

纪慕将视线扯回，随意地抿了一口酒："那一区很不错，划分得当，起商区是大有作为的。我们纪家的高级精品商厦连锁，也有意于此。不如我们联合起来投地。这一边，司氏是志在必得，如果我们强强联手，机会更大。"

忽然，她本低垂着的头，抬了起来，那双眼睛璀璨无比，亮晶晶的，竟叫人挪不开眼睛。

与纪慕视线相碰时，她又垂下了头。

原来，他来，还是为了公事！即使不是为了自己，也是好的。因为，那意味着，挑选婚纱，不过是个借口。他并非是为了陈美娴，才专程来的香港！那一刻，水露的心，软了下来，连冷清的面容也不自觉地柔和起来，只恨不得马上奔到他的办公室里，问一问他，为什么要说谎。

她脸上所有的表情，纪慕都记在了心里。不知为什么，她的影子，再也挥不去。

看见纪慕为她神魂颠倒，容华似笑非笑的："老六，今日倒不见连桥。"

纪慕也不恼，闲闲答了："她飞巴黎大血拼去了。"他知道，连桥心情不好，因为她心情不好时，才会飞巴黎。

那一晚，他没有回去。第二天早上，回到小别墅时，才发现连桥在客厅里等了他一晚。平常，他也会玩，可连桥从不在意，也不会如此失常。彼此都没有说什么，他进了浴室洗澡。衬衣随意脱下，才发现衬衣前面蹭到了水露的口红，那种红很特别，殷红如血，其实，倒不像她冷冷清清的风格的。可她偏偏用了，如此招眼的色泽。后来，他也没处理，直接扔到了洗衣篮。当天，连桥就飞到了巴黎。

纪慕看了眼水露，果然，还是用那一种色号的口红，最红最艳的那种。简单的丝绸白衬衣，搭配黑色的丝绸高腰长裤，显得细腰迷人无比。依旧是职业装的打扮，只在腰间挂了一串水晶装饰珠链，轻盈缀着，走动时，摇曳生姿，带走了人的视线。

她发现了他的注视，又往后退了一步。

忽然，门口响起了骚动，长枪短炮皆对准了来者。水露眼尖，已瞧见是白明珠。她连忙赶了过去，迎接白明珠过来，顺便替白明珠挡一挡门口的狗仔。

明珠回头，感激一笑，快步随着她进场。

进场后的拍摄，自然不用她来挡了，都是一个圈子的，她迅速退后，不抢了明珠风头。

明珠不愧是名媛，一身优雅小黑裙，只挂了一串样式简洁的钻石项链，显得她肌肤胜雪，云鬓绾起，一个珍珠发夹点缀其间，衬着乌亮的发，是美得艳压全场的。

水露听到了身后贵妇的谈话："噫，这不就是戛纳新晋影后白明珠嘛，她演的《沉香屑第一炉香》里的葛薇龙，凭此夺后。真人果然明艳不可方物。"

她淡淡一笑，明珠确实是可爱的小淑女，从不会向人炫耀自己有什么。

等明珠拍好了照，水露亲自将她带到了容华的身边，一怔，那纪六居然还在。这让她好不自在。可她的心，本不在这上面，很快就忽略掉了他的目光。

[4]

第二天，是公司组织的活动，参加的是所有的员工。

他们这个企业，讲究身体力行，员工要保证有好的身体素质，所以经常会举行舞会、运动会之类的活动，水露热衷运动，一向是积极参加的。

可这次，明珠居然也参加。那她的任务，自然是要看顾明珠了。当进更衣间更衣时，明珠惊叹："哇，你身材居然那么好，腰那么细，可胸大。"

水露一下子被说红了脸，心道，这明珠一旦熟了起来，果然是生冷不忌的。她换上了短衣短袖的运动装，雪白的肌肤被灯光一打，晶莹剔透得不可思议，连同样肌肤白皙的明珠都自叹不如。明珠忽然弯下了腰，用手指抚了抚她的膝盖："可惜了。"如此小女孩情态，真让她哭笑不得，原来是说她膝盖上的疤。

"嘿嘿，小时候打球时摔的。"她笑嘻嘻地回答，嘴角翘起的弧度十分俏皮。

"你还打球？"明珠眼睛眯起，一脸不可置信。

她笑着捏了捏明珠的小脸蛋，道："我可是运动健将。"其实是司长宁的身体一向差，为了能更好照顾他，从很小的时候开始，她就坚持锻炼，努力让自己强壮起来。估计，也是因此，才会飙那么高的个子吧！

那时，她才十二岁，那么点大。她永远无法忘记，那一晚。

那一晚，司长宁照例倚在她床前，给她讲故事。那个故事，她至今还记得，是《莴苣公主》。莴苣公主有一头又长又黑又美丽的发。长宁说，女孩子要长发才可人。于是，她就一直蓄发。

他说着说着，忽然就捂住了胃部，豆大的汗，滚了下来，他的样子痛苦得可怕。他摔倒在地上，晕了过去。她多么想扶他起来，可她不够力气。最后，是她的哭声，惊动了管家与用人，才合力将高大的他抱了起来，送去了医院。从那时起，她就立下誓言，以后一定要照顾好她的长腿叔叔。

见她又陷入了回忆里，明珠叹了声。

水露不傻，知道聪明如明珠，已经知道了自己那些小小的心思。她笑了笑，道："时间不早了，我们快过去吧！"

赶往场地的路上，又听得明珠一声叹。原来无忧无愁的小公主也会有烦心事。

别人的事，水露不便多问，倒是明珠说了出来："容华是个Sports boy，马拉松、攀岩、篮球、骑单车、冲浪、滑翔伞、高空跳伞，一切惊险刺激的运动他都喜欢，只可惜，这些我都做不来。不然，也可以跟在他身边的。"

"你现在就挺好啊，你就是你，不需要什么都会啊！"水露有些好笑，但也能明白，哪个女孩不想一直陪在情人身边呢！明珠是一个演员，还经营着一间艺术精品廊，自然与他在一起的时间是短的，不然也不会抓紧时间，陪他来香港。

水露拍了拍她肩膀："我和你一组呗，一起拿冠军，让他刮目相看！"

水露是说到做到，在选组员时，和明珠一组。

其实，头天晚上，容华是叫明珠不要去的，怕她受伤，可她说也想试一试。运动的感觉，是真的好。容华笑了笑，没再坚持，让她也报了名。

第一个项目是攀岩。三个一组，规矩倒也实惠，只要其中一个组员先登顶，那一个组就算赢，并不是搞接力赛。

水露向明珠一笑，道："你看我的！"明珠也乐得甘作配角，只管自己慢慢爬。

下面是海水，这里是一处海湾，风景独好。而教练员帮每个选手，都仔细地绑好绳索，检查了两遍，就准备开始了。共五组人，十五个女同胞一字排开，不是不壮观的。水露不爱出什么风头，自然挑的是最保守的服装，白色的两件套，丢在五颜六色的鲜艳运动服里，并不出众。

事前，她已将长发绑好，编的就是一条复古单辫，衬着她鹅蛋形脸庞，反倒有些古典味道出来。见明珠有些拘谨，她安慰道："别担心，我已经替你特训了三个晚上，再加上你以前就学过攀岩的。我见你攀得不错，别急就是了，慢慢爬，体会个中乐趣呗。"见明珠微笑着点了点头，她随着一声枪响，倒像支箭一般，一步一步，稳稳当当却又手脚并用，迅速地攀了上去。

水露每踩一个点，都是经过精密计算的，所以才会如此快而稳当。且常年运动，腿脚虽纤细，可非常有力，居然比其他选手快了两倍。她往两旁一看，吐了吐舌头，居然将选手们当作了她平常在俱乐部的对手了，于是，减慢了动作，见明珠每个点都按自己教的，踩得稳当，料是十分安全的，她才放下心来，还大声替明珠加油。

拿着望远镜的纪慕见了，一笑，调侃："她倒有意思，此时还不忘工作，极力充当好你的秘书，替你照顾女朋友。"

站在他旁边的容华，此刻眼里满是惊艳，知道这个小姑娘，是连平时一半的实力也没用上。他举着望远镜，看了看满脸微笑的明珠，知道她确是玩得很开心，很投入。而这，也是他喜欢明珠的地方，每做一件事，哪怕做不来最好，却也全力以赴，与他平常所结交的莺莺燕燕皆不同。

"她不努力，也做不来我的首席秘书。"容华忽然一叹，想起了明珠无意间提及的关于水露与她叔叔的事。明珠不是八卦之人，只不过对着他，才会一时说漏了嘴，可也马上改变了话题。只怕这纪六，以后倒要受苦了。

"其实，你是觉得她像文四的女朋友吗？这样做，没什么意思了。汪晨露那样的女子，使得花容集团的总裁汪柏失魂落魄，又使得文氏两兄弟争夺不休。你还是想清楚的好，眼前的这个小女孩，也是和汪晨露一般的性子，一般的难以驾驭。可是一个野姑娘！"容华早看出，纪慕是喜欢上了兄弟的未婚妻。如此一来，更是担忧。

正说着，全场起了欢呼。

原来，是水露先登顶了。她一回头，对着下面的观众微笑起来。灿烂的阳光照耀在她的身上，整个人像会发光一般，隔了那么远，那么小小的一个人，白白的，白得发亮。

纪慕看着望远镜里的她，那张标致的鹅蛋脸上，笑容那么明媚，与往常冷静自持的她，完全不同。那一张只属中上姿容的脸，因璀璨的笑意而变得明艳不可方物。

"她，越看越美，是不是？"容华取出了一支烟，点上。

[5]

水露是一个特别的女孩子。

先前，容华要跑珠海，那是个海滨城市，吃的多是海鲜一类的生冷食物，他的胃自然是受不了的。

可为了一张批文，他只能陪那些领导不要命地喝酒。水露跟在他身边，整整十天，已经替他挡了十天的酒。他虽然也比平常喝多了，可总比不过她所喝的。那么小小瘦瘦的身子，居然隐藏了那么大的能量。

后来，回到酒店时，刚下了车，她就在无人处，开始呕，呕得昏天暗地，呕得不顾形象。他是个男人，都不好意思走近她了。可她倒无所谓，抹了抹嘴，说："容总，不好意思了。"

她的脸已经由酡红变得惨白，连唇色都泛了青，可她的思路依旧那么条理清晰，只一双眼睛明亮得不可思议，湿湿润润的，水亮无比，像这世上最昂贵的钻石。

他给她递了一瓶水。她就大口大口地喝，末了漱了漱口，才懂得开玩笑："当初请了我，没亏吧！"原本冷冷清清的性子，居然变得调皮起来。始终还是醉了，才敢如此和他说话。

他也是笑了笑，将手插进裤袋里，微侧了头，问她："你怎么如此能喝，跟个酒鬼差不多。"

她伏在墙根，根本就是走不动了，可意识倒有，话又说得头头是道，无比认真："我叔叔胃不好，可做生意的，又得应酬，于是我就抢着他的酒喝。他刚带我出去应酬那会儿，我才十二岁，可已经有一米六三了。原来，他们还以为我是他的私生女，后来等我十五岁了，也就没人这样说了，又说我是他的妹妹。我喝了，总是醉，后来他就教我喝，每天晚饭喝一杯白酒或者洋酒，居然就这样练出来了，极难再碰上我会呕了。今日，倒让你看了笑话。"

也真的是醉了，才会对他说那么多。她伏在墙上，吃吃地笑，那一刻，也只是一个十九岁的小姑娘。

他有些心疼，要扶她回房间。可她倒是有股蛮力，抓着墙体的一根突起的柱子不放，却又一直笑嘻嘻的。

她身上有好闻的香水味，十分清幽，靠近了，才闻得到。他改扶为抱，才将她与那柱子分开，她的腰那么细、那么软，手脚乱舞的，虽瘦，可个子高，又满身是力气，要制伏她也十分不容易。好不容易，他抱她回了她的房间，她倒在床上就睡了。

她的脸微微侧着，肌肤白皙细腻，呼吸细细的，衬衣的扣子，她已热得脱了两粒，胸前一片雪白，微微起伏，只瞧得人喉头发紧。他连忙退出了她的房间。

他靠在门外，吸了许久的烟，仍未能忘记，独属于她的那种甜香，明明那么甜，却带了海的清冽。

接下来的行程，她没有再醉过，可最后一个晚上，换了一批人请吃饭。席间，她依旧替他挡了不少酒，其实，所有的手续，也办得七七八八了，只剩最后签合同。她只是巧妙地提了一下，可对方倒会打太极，瞧她一脸娇滴滴的样子，还要灌她酒喝。他也就回头看了她一眼，她也快醉了，眼睛越发水亮，一笑时，竟然妩媚得不得了。他也就替她接过了那杯酒："还是我来吧！"

一饮而尽。

　　"我们老板胃不好，如今已是舍命陪君子了啊！"她说起了俏皮话，给足了对方面子。对方一挥手，服务员上了最后一道菜，居然是冰镇的活物，还会动的。她脸色一下就铁青了，酒难不倒她，可这活的，她哪忍心下口。见她发怵，还是他替她做了。他夹起，尝了一小筷子。

　　席间，也就没人再为难他们了。

　　倒是对方会看眼色，笑着说："这个补男人，好啊！真的是好。"说完还不忘看了她一眼。

　　她一听，竟红透了脸，在灯光之下，容色潋滟，白脸红唇的，一时也叫他挪不开目光。可他只是轻咳了咳，打断了对方的暧昧话语。

　　他是不能吃生冷的，她一直知道。起初，她刚上班那会儿，就在自己的办公桌里备有保温壶和保温桶，每次他要吃午饭了，她都是让下面的小秘书，拿保温桶装回来的。那段时间，他的胃痛居然也没有再犯过了。而每次跟他出差或出去，她都拿着一个保温壶。他若是喝了酒，总能有温水下肚，许多的不舒服也就压了下去了。

　　那天晚上，他们要连夜赶回上海，可车子开到一半，他就人事不省了。他胃痛得抽筋，身体蜷缩起来，她要送他去医院，他不肯，要马上将合同送回公司。她战战兢兢地倒了杯温水给他，他就着胃药喝了，可依旧不见疼痛减缓。她想了想，伸出了柔软的小手，在他胃部一直揉着，不轻不重，分明是晓得看护那一套本领的。被她那样揉着，他居然觉得不那么痛了，然后，慢慢睡了过去。

　　醒来时，他是在医院里的。医生说，再来迟一步，他就要胃穿孔了。站在他身旁的是董事秘书，他问她去了哪儿。原来，她带了合同，早一步飞上海了，却坚持要先送了他进医院。居然敢无视他的命令，他笑了笑，这真是一个胆大妄为的野姑娘。

他想到了她提过的叔叔。只有不凡的人，才教得出这样的孩子。大方、优雅、胆大，又敢于冒险，这不是一个普通姑娘。

在公司里，关于他与她的流言蜚语不是没有。她不在意，他也不会在意，只是，偶尔抬眸，就会瞧见她在他的办公室外坐着，认认真真地工作，而他变得若有所思起来。

他是做大事的人，自然懂得那个道理，真想玩，绝不会玩到自己公司里来。所以，他与她之间，一直维持着老板与员工的关系，连一丝暧昧也无。之前的那一段，俩人都当作没有发生，他也只当她是一场醉话。而她的性子，也是一如既往的冷清。

如今想来，她爱的，自然是她的叔叔，不会有别人。

"想什么，如此入神？"是明珠回到了他身边。

他一抬头，见纪六似笑非笑地看着自己，他短促地笑了声，对着明珠道："自然在想，你这个小东西。"

明珠脸红了，嗔了他一声，又跑去找她的小姐妹了。

明明白明珠是那样美艳的女子，可五官中庸的水露站在明珠身边，也不会被比了下去。

"她救过我一命。"容华简单道来，也省了纪六多心。真要玩，自然不会笨到玩到自己公司来。这一点，他一向谨慎。

纪慕耸了耸肩，没说什么。

下午的比赛是过铁索桥。桥下是海，看得见浪头。桥面只是一块块简单的木板拼成，看起来十分危险。虽说是绑了绳索，可面对摇摇晃晃的桥，还是让人害怕的。

水露有些担忧地看了眼明珠，道："要不我们退出比赛？"

"说好了，一起拿冠军的。"明珠笑着摇了摇头。

水露点了点头，打定了主意，要跟得近一些。此次是根据最后时间算成绩的，也是一组一组地过。为了增加难度，两个一组，要两个同时过桥，互相扶持，耗时最短组胜出。

水露打头阵，再摇晃的桥，于她也是如履平地。可娇滴滴的明珠不同，根本走不快，一摇晃时，整个身体都攀住了铁索。

水露只有小心翼翼地退了回来，鼓励她："我们慢些走。别看下面，来，看着我，慢慢走。"

得了鼓励，明珠笑了笑，一步步朝她走来。她向明珠伸出了手，当走到她身边时，明珠已是满头大汗，她笑了笑，拍了拍明珠肩头以示鼓励。可一低头，看到明珠的保险索扣子居然松开了。原来，方才，明珠看出了容华的走神，结绳索时，有些心不在焉，心里一直回想着他看向水露的那一幕。

现下，进退不得。明珠还没有反应过来，倒是水露一惊，忙压低了急促的呼吸，慢慢地说道："我们先别走，我帮你看一看绳索。"

可说时迟，那时快，一阵海风吹来，桥摇晃得厉害，明珠一时不稳，居然掉了下去，保险绳更是突然断开，她坠了一坠，就直直往海里掉了。

水露反应得快，早解脱了保险绳，一头扎进了海里去。

岸上的人骚动起来，有人反应得快，早扔了一个救生圈下海，她本已托浮起了明珠，将身边的救生圈套到了明珠身上。明珠两眼紧闭，显然是掉下水时，晕了过去。

岸上又传来一声喊，就看见有人跳进了海里。

她托着明珠一直游，忽然腿抽筋了，手本能地划了划水，身体却迅速地往海里坠。

她拼命划水，可腥咸的海水已经灌进了她的鼻子口腔，一阵窒息传来，她松开了紧抓救生圈的手。

慢慢往下沉，可她又似听见了分水声，她高高伸着的手被一只强健有力的手握住，一把将她拉出了海面。她大口大口地呼吸，喉管的灼烧感一点一点地退去。她整个人都挂在了来人身上，救她的居然是纪六。

见她一动不动地看着他。水珠自她发间滴落，脸庞沾满了水珠，晶莹剔透，被阳光一打，竟似透明了般，连细细的淡蓝血管都能看见。今日，有风，海里不是不冷的，她的唇色有些发青，身体在颤抖。他再揽紧了她，她想挣扎，他低低的笑喷薄在她耳边："还想再抱紧一些，嗯？"

她脸一红，就不再动了。

快艇迅速开到了俩人身旁，将他们救起，明珠已先他们一步被救上岸了。他托起她上了快艇，将一条大毛巾披到了她身上，再裹了两圈，似笑非笑的："别感冒了。"然后，才放开了她。

[6]

那一件事，居然还上了电视新闻。

司长宁自然是知道了，将水露从酒店接了出来，住到了他位于香港的房子里。

她喷嚏不断，他倒是一脸淡然，躺在摇椅里，用奇异的目光看着她。

"不过是一份工作。"他说，何至于那么拼？

她笑了笑，伸出手来，拨动那一排水晶珠帘，珠帘发出叮叮咚咚的声音，欢快悦耳，珠帘折射出淡淡的光。

她小时候，很喜欢看着珠帘出神。所以，他的每处房产里，都置有这样的一排珠帘。

"我总不能被你这样养着。"她答。

他一声笑，说："也是，你总要结婚，总要离开我的。"

"是你要结婚。"她的肩膀抖了抖，压下了怒气。

"晚上，陪我参加舞会吧！"他说。

依旧是那一套把戏，他与她坐在长桌的两头，穿上华丽的晚礼服，化着精致的妆容。而参与者在那里猜测，俩人又是怎样的关系：父女？兄妹？抑或是暧昧的情人？

这里是他的司宅，而她却姓水。忽然，她就觉得很累，寄人篱下的感觉挥之不去，她害怕，害怕有一天，他会离开她。害怕他会结婚，害怕他再也不理她。

"你别想抛开我。"水露终于是愤怒了。

"彼此彼此！"他笑，笑意没有抵达眼底。

舞会就是在司宅举行的，美酒美食使人醉，处处点缀着鲜花、美人。来者，皆华服，衣香鬓影，莫过于此。

他替她介绍了一位年轻的绅士，曾云航。他说："年轻人多认识些朋友是好的。"原来，不过是想将她推开。

那是个英俊的大好青年，他们聊得很愉快。曾云航在家中排行老四，前面是一个大哥和两个姐姐，对他溺爱得不得了，可曾云航依旧纯良谦虚。她笑得苦涩，于别人而言，确是良人之选。而于她，则是再没有多余的一颗心，分出给他。

众人散去，司长宁端了一杯酒，走到她面前："怎么样？"

他方想喝，杯子被她取过，仰头喝了下去。

"你就这么急着打发了我？"

他没有说话，静静地坐到了她的身旁。飘窗外是一个美丽的花园，种满了玫瑰、月季与蔷薇。月色正美，照耀着那些花。花影婆娑，传来阵阵花香，只嗅一嗅，就觉醉了。

"总好过你那个圈子的朋友，他们那些花花公子，身边女眷颇多。"他的话十分冰冷。他在提醒她，该规行矩步。

她垂下了头，任发遮住了脸庞，不说话。

那一日的新闻，司长宁是看见了。纪家的公子抱着她坐在快艇里，看她时的那种眼神，他懂得。那一刻，他的心竟是痛的。可她与他的关系，既非父女，又非情人，他又能怎么样？！

见她累了，他不再多说，离开了她的卧室。他的卧室就在她隔壁，连着一道中门。曾经在上海的那个家里，她与他的卧室也只隔了一道门。可后来发生的事，使得他将卧室搬到了别的楼层。那个晚上，她看见他的脚步一直在中门下徘徊，他睡不着，她亦清醒。

电话是在早上七点打来的，自然是她的老板。容华让她晚上打扮好，出席一个晚宴。少不了要挡酒吧！正好，她可以一直喝，一直喝，直到醉为止。

当她挽着容华的手，出现在酒店宴会场时，不是不光彩照人的。到底是年轻，哪怕睡不够，只要洗把冷水脸，打扮好了，依旧是容光焕发的。身上穿的是司长宁替她买的墨绿修身裙，将长发简单绾起，编了一个波西米亚风情的发髻，任云鬓松松散散地坠着，倒显出了风情来。

那是容华，第一次见她如此打扮。寻常她都是简洁的套装，哪有今日半分的风情。他笑了笑，围着她转了一圈，然后道："明珠马上就过来了，倒是我的一位朋友还缺了女伴。"他的意思，她多多少少是明白了，也不说穿，只点了点头。

容华将她带到了纪慕身边，很认真地介绍："这位是纪元集团的纪公子，也是我重要的合作伙伴。"继而转头一笑，"老六，我的秘书，就麻烦你照顾了。"

刚好响起了一支舞，纪慕那双黑白分明却又带笑的眼睛一挑，道："May I？"

他与她跳起了一支慢舞。

他贴得她太近，她觉着热了，想拉开些彼此的距离，他放于她腰上的手紧了紧，不容她逃避。他的唇偶尔划过她的耳际，她的脸烧了起来。他半抱着她，如此暧昧，让她没有半分的办法。她抬一抬眸，见不远处的容华亦搂着明珠跳起舞来。明珠也发现了她，对她眨了眨眼睛。

"很少见你如此打扮。"他说，呼吸就喷在她耳边。

她不答话。

"你是哑巴吗？"他的声音充满磁性，似在蓄意挑逗。

她依旧不搭理。

"这样的一身裙子，怕要好几万吧！"他调侃，话语恶毒。

她一仰头，话语理智："我是容总的首席秘书，是按年薪计算的。"

意思是，这样的奢侈品，她自然也买得起。可他的小计谋成功了，他笑得恣意："原来不是哑巴。"

"你——"她气得涨红了脸。

她生气时，很好玩，那双眼睛湿漉漉的，又黑又亮。可忽然之间，她的那双眼睛，突然焕发出了不可思议的光彩，只入定般地看着一个地方。他一回头，她却顺势离开了他的怀抱，迅速奔向来者。

[7]

那是一个高挑英俊的男人，苍白的面容，可唇边常带微笑。他就倚在进门处，斜斜靠着，手里还夹着一支香烟。他有一双很长很长的腿。

只见水露双手挽着他的手，看向他时的眼神，仿如他就是全世界。

司长宁低下头来，与她喁喁细语。她本就高，可在他身边，依旧小巧玲珑。她随着他的步子走，装作随意地问道："怎么今天过来了？"

"商圈的活动，自然要参加的。"他对她笑笑，十分温柔。"我说过，裙子你穿很标致。"见纪慕已经走近了，他转而说，"怎么不介绍一下你的朋友？露露！"

原来，那条裙子，是这个男人送的。原来，是这个男人这样唤她。所以，那晚，她才会错认了自己。纪慕哂笑，还是迎了上来，大大方方地伸出了手："您好，我是纪慕。"

"原来是纪家的公子。您好，我是司长宁。"他握了握纪慕的手，一触分开。

纪慕是听说过司长宁的，他与容华要投的那块地，最大的竞争对手就是司长宁。只是此人是极为低调的隐形富豪，所以他还是头一次见到司长宁本人。

司长宁在港在远东都很有影响力，已经有许多贵客来和他打招呼了，可敬给他的每一杯酒，都被水露接过，一一饮尽。

"别喝那么多。"司长宁劝她。

"你胃不好，不能喝。"她不听。

纪慕笑了笑："水小姐，还是别喝多了。那一晚，你醉得太厉害了，再醉就不好了。"说着，接过了她的杯子，放于一边。

司长宁脸色变了变。司长宁自然知道，那一晚，她没有回家，她从不在外过夜。他脸上的表情瞬息万变，没有逃过纪慕的眼睛，原来，他们的关系真的不简单。

水露苍白了脸，只看着司长宁，手攥着他的衣袖，生怕他会拂袖而去。可他垂着眼睛，不知在想些什么。

还是一声呼唤，打破了僵局。

原来是陈小姐到了。

陈美娴，司长宁将要与之结婚的对象。

司长宁退开了一步，任陈美娴挽住了他的手。而水露就那样站在原地，以为自己会站成一个风干了的石头人。

音乐还在响。陈美娴礼节性地和水露打过了招呼，就和司长宁滑进了舞池。

真可笑，这人生本就是一场笑话。

方才，他们说了什么？

哦，司长宁说的："你们还是第一次见面。这是陈美娴小姐，今天，我也是陪她过来的。这位是……我的义女，露露。"原来，他还是要结婚的。

她茫然失措地走到一边，这里很安静，夜风撩人，露台宽敞。她在露台的沙发上坐下，从坤包里取出了一个精致的小盒子。"嗒"一声响，盒盖打开，里面整齐地码着一支一支香烟。

香烟的味道很奇特，清清冽冽的，即使不点燃，也能闻到香味。她取出一支，细细抚摸，如抚摸这世上最完美的情人。她置于鼻端仔细嗅了嗅，然后取出火机点燃。可风太大，她的手颤抖不已，怎么也点不着。

暗地里走出一个人影，他弯下腰，将火机递过来，替她点上了火。

她吸了一口烟，却被呛得眼泪都流了出来。

他一声轻笑，接过了她的烟，原来真的是他一直在抽的牌子，估计也是那位司长宁惯常用的。

"不是这样吸烟的。要深深吸一口，含在肺腑，经由鼻端，再慢慢地渗出，像在品这世上，最甜美的毒药。"他说着，吸了一口，再慢慢地呼出。

隔着烟雾弥漫，她看他，可看不真他。

"就因为他？"他看进她的眼里。

她笑了笑："不然，你以为是什么？那晚，他对我说，他要结婚。所以，我喝多了。不过是一时激情，不至于让纪少你念念不忘吧！"

"可是我品尝过了，宝贝，你很甜。我不打算放手。"他笑，继续在那儿吞云吐雾。

"无耻！"

她站起要走，却被他拦下："我带你去一个地方。"

那是另一场宴会。

但与方才的衣香鬓影不同，这里是真正的搏杀。

两人经由侍者带路，进了一个包厢。兴许是自己太寂寥，才会在这样的夜里，随了他去任何一个地方。她没有选择，是司长宁，逼得她没有选择。

这边的相关人员已经在等着了。

原来，纪慕是来谈生意的。他们纪元集团的一系列高级商厦连锁要进驻香港。地皮也已经批了下来，但相关环节层层叠叠下来，十分烦琐，生意并不是一次两次就能谈成的。他已经周旋了许久，特意由上海来香港也已经有好几次了，可这商厦开工批文却迟迟办不下来。

他把这边的合同与报表再给对方过目了一遍，双方也算是有诚意的。再兼纪慕亲自来了好几次，可谓是诚意十足了，所以这最后一张批文，对方只让他放心，三天后，一定批下来。

　　得了对方这句话，他才放下心来，与对方喝起了酒。

　　她这个会挡酒的秘书，自然得发挥效用了，替他挡了不少酒。这几块地皮，是由容华集团旗下的地产公司投得，也是和纪元集团共同开发的。她替纪家工作，也就是替容华工作了，道理是一样的。一个能挡酒的秘书，合作伙伴间互相借出不是什么稀罕事，她就替容华的其他生意伙伴挡过无数次酒。

　　"这位小姐真能喝，厉害！"对方的陈总竖起了大拇指。

　　"她可是我们的金牌秘书。"纪慕笑了笑，显然有些醉意了。其实，大部分的酒，他都替她抢着喝了。

　　那一晚，两个人搀扶着回的酒店，大家都吐得昏天暗地的。她才明白，原来这才是容华借调她过来的原因。这个陈总根本就是个千杯不醉，他们二人轮流灌陈总一人，陈总才倒下。倒下前，居然还说，他很高兴，终于遇上能放倒他的人了。此人，真可谓是商界里的奇葩。

　　"他只要喝醉了，一切好说话。"纪慕斜躺在沙发上，大口大口地喘着气，"女孩子家的，以后还是少喝点。跟在容华身边可以学到很多，不一定非得替他挡酒的。"他的声音冷冷清清的，但是居然为着她着想。

　　她头靠在沙发脚上，身子累得倒在地毯上，一动不动的。忽然，就觉得眼眶热了。她双手抱着膝盖，她一直是渴望有人关心的。可真正想的那个人，却不愿意再关心她了。

　　后来，她怎么睡过去的，都不知道，只知道醒来时，她是睡在床上的，而他一直躺在沙发里。他那么高大的一个人，腿也没地方摆，就那样一并缩在沙发里。他在睡梦中，都是眉头紧蹙，与平常的花花公子模样很不相同。

　　风过，吹起洁白的窗纱，日光似水，搅起一圈圈淡金色涟漪。风吹拂过她的脸庞，她蹲了下来，看着沙发上熟睡的男子。他有一张娃娃脸，眼睛大而狭长，看人时总是似笑非笑的，可紧闭时，却是安静乖巧的。他还有酒窝，只有笑意直抵眼睛时，才会显出。他的鼻子挺秀，衬着一张轮廓俊秀的脸。

这是她第一次认真看他。他们有过最亲密的交汇，可分明又是那么陌生的两个人。

她一叹，心下明白，他始终不是他……

第二章
被遗忘的时光
I love the most

[1]

回到上海，在偌大的会议厅里，水露得到了容总的点明表扬。她将客户伺候得很好，那位千杯不醉的陈总是出了名的难缠，居然也被她打发掉了，使得容华集团的业务得以顺利拓展。

容华与她始终保持着老板与员工之间的距离，但明珠却乐于与她交朋友。

明珠也从香港回到了上海，宣传事宜也并没有结束。之前，明珠名不见经传，可戛纳封后以后，个个都知道了她的名字。

其实，明珠的家世也属上佳。父母是上海著名大学的教授，而爷爷是退休的省级高级干部，说是书香门第，高干子弟也不为过。只是她一心热爱演戏，才会进了娱乐圈，可她一直洁身自好，也只接拍文艺片，所以为人十分低调。那些娱乐圈里的有心人，想挖一挖她的边角料和丑闻，也不可得。

她经常约水露出来玩，约多了，水露也不好拒绝。

晚上，水露正在加班，却接到了白明珠的电话。

"出来玩呗！"白明珠在电话那头都是笑嘻嘻的。

"还在替老板卖命呢！"她一边讲电话，一边做文件记录。

"阿华，他还在和郭群公子哥玩呢，就剩了我一人无聊。老板都打马虎眼，你这个员工，要不要那么拼？"明珠调侃起来。

水露听了，心思一动，只要不是和他们那一帮公子哥聚在一起，她倒是无所谓的。见手头的东西也做得差不多了，水露也就答应了她的约会。

等赶至咖啡馆时，白明珠已经等着了，见了她，笑眯眯地说："一回到上海，就不认得人了？"

"大明星，哪敢，哪敢。"水露笑着应了话，还不忘俏皮地调侃了一句，"还不是你，落单了，深闺寂寞了，才想到我。"

明珠啐她一口："谁深闺寂寞了？你说话都不带谱！"

两个好闺蜜嘻嘻哈哈地坐了下来。

这里的气氛十分不错，安静，适合聊天。淡淡的歌声飘来，是爵士乐。墙上壁灯有些暗，浸染墙体上暗红的花卉，桌子上，各置有一个椭圆形宽口的琉璃杯子，杯子里置有红烛，红烛摇曳，琉璃杯子也变得光影流动起来。一切都是美的。

两个女生絮絮地说着话，一天的疲劳也似淡了几分。

其实，是纪慕想见她，所以暗中托明珠约见了她。他就坐在另一桌上，可她没有发现他。

桌子上还置有一个水晶碗，里面放有一朵小小的粉色玫瑰，漂浮于清水上，花瓣点点，十分美丽。水露一时玩心起，捞起花瓣，可花瓣随着水流，又从她青葱的指尖流进了碗里。水珠沾上她洁白的手，盈盈的光亮倒映在她的眼中。她一笑，竟托起那朵玫瑰，吹了吹，水珠飘洒，她咯咯地笑了起来。

一切那样美好，纪慕竟怔住了，连走到她那一桌的勇气也没有了。

过道传来一阵熟悉的味道，是淡淡的烟味。他一怔，就看见司长宁自他身后走了过去，在她那一桌坐下。

"露露，你许多天没回家了。"司长宁并不在意，还有旁的女生在。

水露只听见自己的声音尖锐起来："陪陈小姐从香港选婚纱回来了？还是和她在这附近逛？"

"我是来找你的。"司长宁一声叹。

车子已经停在了楼下，她上了他的车，离去。

"公司有员工宿舍的。"水露只觉得疲倦。既然，他不愿再和她住在一起，又何必还要来找她。

"你住不惯的。"他笃定。

"哦，我怎么觉得好着呢！"她挑衅。

一声笑自他胸腔溢出："你也不看看你那宿舍里铺的是什么地板，意大利空运过来的防滑地砖、德式的厨具，更不要说那一整套的迪奥的居家装饰？"

他就是看准了她，已经养成了一个公主习性，再也受不得半点苦。她的脸"噌"地就红了，赌着气，不说话。

"怎么，不请我到你宿舍坐坐？"他揶揄。

"司长宁！"她连名带姓地叫他。

"我还是喜欢，你像小时候那样叫我。"他的笑意有些疲倦。人前，他从不明说彼此的关系，他可以是她的叔叔，她的义父，她的监护人。

"长腿叔叔？"她大笑起来，"可我已经长大了，而且，故事里，小女孩最后还是嫁给了她的长腿叔叔。"

她的话使他有一刻怔忡。

最后，车子还是停在了彼此的家里。

陈小姐从来没到过这个家。

他在外面还有许多住处，他与陈小姐同居了，他与陈小姐住在另一个家里。

曾经，水露一度以为，这里会一直是她的家。十五岁前，他与她的卧室，只隔一道中门，门可开可锁，但他与她都从来没有锁上过，门是通的。可她十五岁后，他就将卧室搬到了另一层。只有香港的那一处房产，因为不常居住，所以一直保持着相通的两间卧室。

回到家，彼此都疲惫到了极点。她沐浴出来，发现，司长宁也已经沐浴过了，干爽清新，是同一款的沐浴露，将他方才女伴的香水味，洗干净了。她笑一笑，靠着沙发坐下。他已经煮好了晚餐，是煎牛排。

餐前一杯红酒。她也不是真的喝，只是坐在餐桌上，舔玩着红酒。她的小舌头卷起，卷得小小的，像一条小蛇，小小的一条，红色的，带着异样的妖艳，呼吸间，是甜蜜的香。其实是果香，可司长宁却感觉到了她的馥郁，是她身体的甜香。而他觉得，那舌头真像条小蛇，似乎嗖嗖地往人心里钻。

"哪有这样喝酒的。"他觉得躁动不安，一把抓住了她握酒杯的手。她的手冰凉，而他的手，炙热滚烫，像一块烙铁，灼得她缩了缩手。

"你很热？"她微笑。

[2]

他放开了她，垂下了眸，喃喃："果然，我不该再和你住在一起。"

"你不是早搬到陈小姐那里住了？"她哂笑，见他蹙了蹙眉，再道，"小时候，不是你教我品酒的吗？就该卷起舌头，一点一点地抿。"她的笑声，充满了诱惑。

"快吃吧，菜都凉了。"他情绪不辨。

客厅里，来回播放着的，是蔡琴的《被遗忘的时光》。

两人都陷入了沉默。

忽然，水露问了出来："当初为什么想到收养我？"

"因为你是个孤儿。"他答，依旧优雅地摆弄着刀叉。

"孤儿有很多。"她说。起码，孤儿院里有一大堆，数也数不过来。

"那时，你还那么小，见到了谁都怕，却不怕我。你抱着我的脚，不让我走。而那时，也是我人生中的最低谷，父亲死了，这世上最后一个亲人没有了，女朋友也抛弃了我。"他苦笑。

这些，他从未对她说过。

"原来，你也是孤儿。"她喃喃。

"是的，我们一直都是孤儿。"他答。所以，他与她注定了，只有彼此。他们互相扶持，相互取暖。她离不开他，而他需要她。

他永远没有办法忘记那些过去了的时光。

十岁的她，父母遇上车祸，都去世了。在那个灵堂里，她那么无助。后来，她父母的东西被全部搬空，她却被留在了那个待拍卖的家里，她的全部亲戚都避着她，没有一个人愿意接收她。

那时的他，也是那般落拓，他与她的父母是好朋友，是忘年交。看着朋友的孩子失于照顾，险些沦落街头，那一刻，他就决定要收养她。

他对她说："露露，过来。"

可她小嘴抿得紧，不说话。

他坐到凳子上，伸直了长长的腿，拍了拍大腿，说："快过来，长腿叔叔的脚可以当滑滑梯。"

她才破涕为笑，走过来一把抱住他的腿，她扬起小小的脸，亮亮的眼睛注视着他，说："你以后，永远也不会抛下我。"

他摸了摸她的发："我发誓，永远不会。"

她搂着他的腿，搂得那么紧，明明还是一个小孩，却有了一双大人的眼睛。

他经常将她置于膝上，给她讲故事。她会安静地听，笑意恬淡。明明还是个小孩，却成了一个冷静自持的人。

他教她跳舞。

十二岁的她，身高已经蹿到一米六了。可在他身边，还是那么娇娇小小的，她要努力仰头，才够得着他的视线。

而他，总会垂下头，温柔的眼睛，只注视着她。他实在是太高了，她将两只脚踩到了他的皮鞋上，由他带着她，一起漫步，一起旋转，一起起舞……

他还教她穿衣打扮，他说，身上不要超过三种颜色，把自己搞得五颜六色的，只会是一棵圣诞树。他喜欢她扎马尾，他说，毕加索的名画《扎马尾的女郎》，你该如此打扮。于是，她变得与同龄人不同起来。

中学时，十五岁的她已经一米六八了，身体发育得异常快。在学校里，也不是没有男生追求她。她的家门，总是有男生流连，情书、玫瑰花也没有断过，甚至直接放到了她家门前的邮箱里。可每次，总是被司长宁打发掉了。他会说："这个阶段，你该好好读书。那些，都是些蠢男孩。"

确实，都是些蠢男孩，又有哪个男子比得上她的长腿叔叔，比得上她的司长宁呢！

若不是他说，他要结婚，她想，自己就不会被送出国外的。

那是他第一次提出要结婚。

当管家李姆妈走上楼，叫她下去吃饭时，笑意满面，一种家有喜事的高兴劲。

"小姐，快下去吧！客人都上桌了，那黄小姐有几分像你咧！都是白面孔、大眼睛、小嘴红红的。"

她走了下去，穿了一条长及脚踝的小黑裙，因为高，每步走来都摇曳生姿。裙子的料子是最贴身，轻薄的黑纱。她的发随意披散，只发尾有些卷，白的脸庞，没有化妆，但涂了防水防脱的艳丽口红。白脸红唇，远远看来，是有几分与黄小姐相似。

黄小姐在刹那间，就屏住了呼吸，她有些惊慌失措，柔柔地问了句："这是？"

"这是水露，露露，这是黄小姐，黄洁仪。"司长宁没有过多介绍。他一向如此，从不点明彼此的关系。

可那时的黄小姐很明显没有陈小姐聪明，黄小姐是那种很黏人的女性，娇娇嗲嗲的，一个晚上都霸占着她的司长宁。

她坐在一旁，冷眼旁观。

后来，他去书房接听工作上的电话。

见黄小姐总是在一旁偷眼看她，反正也是无聊，她一笑，道："要不我带你参观参观房子？"

她把房门一扇一扇推开，向黄小姐介绍。

黄小姐忍不住好奇，终于问道："你今年几岁了？"

她头一歪，露出一点顽皮的笑意："十五呀！"

黄小姐惊叹了一句："我还以为你满十八了。"

她没接话，将一道巨大的门推开，然后道："这里是长宁的卧室，很大吧！连着浴室呢！这里有套很不错的音响，你看，单是CD架子就占了一个储物间的大小了。平常，我最爱躺在这里听交响音乐，因为长宁最喜欢古典乐了。"她指了指他睡床旁不远处的一张贵妃榻。

"你叫他长宁？"黄小姐觉得不可思议。

"是啊，我一直这样叫他。我和他没有血缘关系的。"见黄小姐苍白的脸，水露笑着说下去，"这道门可锁可开，但我们习惯了不锁的。"于是一推开，就是另一个大的套房了，"这里是我的卧室，就在他隔壁，一道中门隔着，喏，这些衣橱是他特意替我定做的，他说过'女孩子就该有一个巨大的衣柜，才够摆放那些永远也不嫌多的衣裳'，他喜欢我打扮得漂漂亮亮的。"她打开衣柜，里面果然有许多华丽衣裳，"那里梳妆台上的化妆品、护肤品是他替我挑的，衣柜里的衣服，也是他替我选的。他还爱送我口红与香水。"

"你们……你们是这种关系？"黄小姐已经说话不利索了。

一声轻笑，她道："我还小，十岁那年，他收养了我，我就一直跟着他了。可有什么关系呢，他会和你结婚，而我……还是他的义女，他是我的……长腿叔叔。"

黄小姐"啊"的一声尖叫，跑了出去，离开了那个家。

[3]

"怎么了？"司长宁找到她，问。而她就窝在他的床上，听着音乐。她的发披散，垂在胸前，长裙撩开了一些，露出了半边大腿，她的肌肤雪白细腻，与黑裙相配，竟是震撼的惊艳。

一瞬之间，他才明白过来，她已经长大了，不再是以前那个，他可以抱着讲故事的软软的小女孩。

他移开了视线："你和黄小姐说了什么？"

"何必问我呢？你迟早是会去问她的。"她挑衅。

"你也大了，从明天开始，我会把卧室搬到楼下去。"他没再说什么，回了书房。

可第二天，她还在熟睡，却听见他"轰"的一声撞进门来，他恨得牙痒痒的，一把掀开了她的被子，声音不大，却很冰冷："你怎么能这样毁我声誉？"

她揉了揉眼，许久才清醒过来，笑了笑道："我怎么了，我说的都是实话，难道有哪一句是谎言吗？"

"你真是……妖异！"他被逼着，说出最难听的话，"我居然养出了一头怪物！"

她只穿了一件真丝的黑色睡裙，深V的款式，将她的身体包裹得十分诱人。她的胸脯随着呼吸，起伏。这些，不是他替她置办的。他一向只给她挑选最中规中矩的睡衣牌子，然后让店员按地址送过来。

"穿上衣服。"他有些气愤。

"你只说过，出客厅时，要穿戴整齐，可这里还是卧房啊，我不穿也是可以的。"她直直地看着他。

他一怔，叹了声气，自己离开了她的房间。

黄小姐并没有嫁给他，但是上流社会里，开始传出一些流言蜚语。说他名为收养孤儿，实则是风月无边。云云。

那时，他正在上一个项目，而竞争对手，对此大做文章。他的声名有些狼藉，可回来面对她时，依旧不让外界的丑陋露出半分给她瞧见。他只是安排了她出国读书。

　　她自然是不愿意。可她只是他的养女，一切都得听他的。

　　她收敛起了那些坏脾气。临走的那晚，她将头靠在他的膝上，她说："我只是害怕，害怕你结婚了，就不要我了，我又成了孤儿！"

　　他当然懂得她的害怕。他也害怕，害怕失去她，已经有相关的福利社机构派了人员来调查此事了。

　　她依旧是白衬衣、黑裙子，简简单单，干净而美好。她不再穿那些性感的衣衫，只做回他的小女孩。她说："还记得我十一岁时，你病发了，连路也走不了。你最喜欢的那个女子，也主动离开了你。你很伤心，很难过，就抱着我哭。你对我说，你很爱，很爱那个姐姐。可我的心很痛，我不想看到你再受伤。那时，我就发了誓，长大了，一定要嫁给你，让你快乐起来。你还记得吗？"

　　他抚着她的发，声音温柔，像情人间的呢喃："当然记得。那时，我以为自己这辈子没希望了。我最心爱的女人，也要离开我了。我的遗产案还没有结束，不知道还要为此拖耗多少年，而我手头上可用的资金那么有限，打官司根本耗不起。我只是一个穷光蛋，谁愿意要一个没有前途和未来的人呢？也只有你肯陪着我。那时，我真的有想过自杀，可你总是寸步不离，小心翼翼地跟在我身边，连睡觉，也要看着我。你的身体软软的，抱着我，不说话，就一直抱着我。我在想，如果我走了，你该多孤单。所以，我放弃了那不该有的想法。我活了下来。可你说的，只是小孩话。等你长大了，我就老了。"

　　他们两个人，谁也离不开谁。

　　第二天，她没有出国。因为来了调查组。

　　那时，司长宁真的是焦头烂额。调查人员甚至要带她去福利院，幸得司长宁的律师从中周旋，她才留了下来。

司长宁是累极了，就躺在摇椅里。

她坐在他身旁："我们会输吗？"

"不！一定不会，我不会让你离开我！"司长宁猛地睁眼，眼睛里全是血丝。那个项目已经失败了，可他不在乎，他在乎的只是她！

"我不允许任何人，将你抢走。"他低吼，如同困兽。

"我不走，我哪儿都不去，我会永远在你身边。"她看着他，一字一句地承诺。

"或许，将来你会后悔。"他说。

"不，永远不会！"她答。

那一晚，他喝了许多酒，他只晓得说，绝不会放开她。

可第二天，酒醒了，他便换了说辞。他会冷静地对她说："外国的一对夫妇，听了你的事，表示愿意收养你，还送你去最好的大学上学。你应该好好考虑考虑。"

你瞧，大人的世界，变得多快！可她一眨不眨地看着他，说："你永远也别想抛开我。"

他忽然笑了，答："彼此彼此。"

后来，他没有犯什么亵童罪。经过调查，两人间的关系是清白的。那个处女膜取证的过程，对她与他来说，都是耻辱，可她认为值得。起码，她不用被送走了。她依旧留在他身边，但他还是按照原计划送了她出国。

出去三年，本来是要升大学的。但一日，他却转道英国来看她。见到她后，他说的第一句话，就是"跟我回去吧"。

她早料到的，不是吗？！她的笑意有些苦涩。

他终于舍不得了，他终于来接她了。

候机厅里，俩人坐着喝咖啡。旁边的玻璃窗外倒映着美丽的蓝天，金色的太阳光照进来，笼着她的身体，竟然是亮晶晶的。他一时看入了迷，连烟灼到了手，也没发觉。以前，他是从不吸烟的。原来，她离开的这三年，他学会了吸烟。他说："看着你，真使人老。你整个人都是透明的。我真不知道，接你回来，是不是自己的自私自利。"

"你一点都不老。"她也看着他，他依旧英俊得体。他的微笑、他的眼睛，在她的梦里，出现过一千遍，一万遍。三年了，离开三年，她已满十八岁。

"我已经成年了。"她道。

"可在我眼里，你永远都是那个孩子。"他无法跨越，世俗的那道鸿沟，永远也没有办法跨过去。

回忆被打断，是窗外传来的雨声。

他道："我还约了美娴，你早点休息。"然后，匆忙地离开了那个家。他还有别的家，不是吗？而自己，永远寄人篱下。害怕下一秒，就会被赶了出去……

[4]

司机每天都出现，水露都有些不好意思了。司长宁又玩起了平常的把戏，派司机来盯梢，就像她小时候。

每晚，只要工作完了，她都会由司机接送，送回到司宅。可是他已经许多个晚上，没有回来住了。也是，他要陪着那位，美娴。

已经快十一点了，她披着湿淋淋的长发坐在飘窗上，看着花园里的玫瑰花。月色也正好，照耀着那一片繁花似锦。雾气缭绕，像一条白纱般的丝带，温柔地拂过每朵花，可却阻挡了她的视线。是的，她在等着他回来。

手机响了，是明珠。她已拒绝了明珠的好几次邀约。

接起，明珠的笑声传来："我不主动联系你，你从不电我。可见，你是个没良心的。"

她低低地笑了："岂敢。"

原来是《沉香屑第一炉香》在上海的首映礼，半夜场，明珠邀她一起看。反正不是他们那个圈子的就行，与其在家孤单一人，还不如出去玩。

她极少化妆，但因是公众场合，她还是化了个淡妆，用了裸色的唇膏。她把发吹干，拿起卷发棒，卷了卷发尾，换上烟霞色的小礼服，就出去了。

那种场合，果真是衣香鬓影的。每个女明星都恨不得将自己打扮得美如天仙。依旧是一套简洁小黑裙的明珠见了她，调皮一笑，就拉了她进场，连照片也懒得去拍。你瞧瞧，用实力说话的，就这点好，根本不担心曝光率的问题。

她与明珠，坐的是最好的位置。

看着葛薇龙寄人篱下的复杂心情，她一下子觉得似吃了只苍蝇。她与葛薇龙又有什么区别呢，都不过是看人脸色过活罢了。

当看到葛薇龙面对着一大橱华美的衣服，内心的那种挣扎，和最后终于还是走出了那一步的时候，她就落泪了。如果，不是贪恋那些衣服，那些美好事物，包括乔琪乔；如果葛薇龙不是想进入那个圈子，或许，她还是那个纯洁的女大学生。

双手紧紧地握成拳，水露觉得难堪。多少次，她想逃离司长宁编织的精美牢笼，可都是失败。可那是因为她爱他！

白明珠的演技很好，这是毋庸置疑的。当灯光亮起，水露首先对她致贺。一个家庭幸福美满的女孩，要演出寄人篱下的感觉不容易。明珠一向努力，这个奖从一开始就是属于她的。

放完片，一系列活动结束，天也快亮了。

容华来接明珠，看到她时有些意外，但还是请她上车，先送了她回家。

她说去西区时，不是不尴尬的。她是要回司宅，而不是自己小小的员工宿舍。那一区，多是独栋的别墅区。幸得，容华没有问一个字。她靠在车后座，只觉疲倦。

开了门，户外的玫瑰香盈满一室。

"首映式好看吗？"司长宁就坐在客厅里，抽着烟，烟雾缭绕，他神色不辨。

水露将自己摔到了沙发上："你派人跟踪我？"

他不说话，低垂着头，压下了心里的恐慌。他不过是怕她再去放纵自己罢了。身旁，传来她低低的笑。

"有时觉得，我与葛薇龙，又有什么区别呢？不过是贪恋那些物质生活，贪恋你罢了。"

"你与她不同，而我只是想好好栽培你。"他忽略掉了她的后半句。

"可惜，水露是裁坏了的衣服，没有办法按你的意愿活了。"她黯然。他明明知道，她爱他，却对她，如此残忍。

"露露，你给我的快乐，是任何人也无法取代的。我所想，也是希望你能获得幸福。"他将烟熄灭，深深地注视着她，"这里永远是你的家，你无须害怕，会一无所有，会被人扫地出门。我永远是你的长腿叔叔。"

"可我在十岁时，就被所有的亲戚扫地出门了。而且，我大了，需要的不再是长腿叔叔。我会搬回宿舍去住。"她说。她需要的是一个伴侣啊！

"是你对我残忍了，回来吧，露露，哪儿也别去，就在我身边。"他恳求。

她转过身去，只有离开他，只有独立了，她与他才是平等的，才能去追求他。而他，总是借不同的女朋友躲起来，躲到她们身后，仿佛这样了，他才是安全的，才不会被她纠缠住。

回到自己的宿舍，她才觉得自己活了过来，是可以呼吸的。这里再小，始终是自己的窝。她躲在这里，才会觉得安全。

还是独立好啊！

当她接过了容华给的工作，她就开始领工资了，一开始，还真的不多。慢慢地，容华发现了她这个秘书的好处，她也由打杂小妹变为首席秘书，工资真的不知是翻了多少倍。就连大学学费，也是她自己交的了。还有两年，她就毕业了。可是自从她签了容华的公司，学校方面只要定期报到就可以了，到底是任性。从前，她从不用钱，什么都是拿司长宁的卡刷的，刷了也不看数。所以，当初把宿舍装修了一番，也刷的是他的卡。如今，她把所有的卡都锁在了司宅里，她只有靠她自己了。

在没日没夜地工作了半个月后，她又接到了明珠的电话。

本不想出去的，但明珠软语求她，她也不好推掉。他们那帮公子哥，换女伴像换衣服似的，所以明珠与她们并无深交，也只有与她聊得来，所以，每次聚会，都喜欢约她出来。她推了许多次，这次是推不掉了。

是容华来接她们的。在那个圈子玩，自然是不谈公事的，他与她也不是老板与员工关系了，只不过是他女伴的朋友，就是如此简单。甚至，容华也是会开玩笑的，说一说冷笑话，大家都乐得开心，她也会配合地笑。

容华换了辆银灰色的老款迈巴赫，真是够奢侈的。天知道，迈巴赫早停产了。不过，她也没在意，坐上了车里，随了他们走。过了江，在那左拐右拐，终于停了下来，原来是不知到了哪位公子哥的私人别墅了。

难得的是，纪慕并不在。这一来，她倒放下了心，与明珠浅浅地喝起了酒。

"唱不唱歌？"明珠把麦克风给她。

她摊了摊手，学明珠笑嘻嘻的样子道："我五音不全，还是不要献丑了。"

明珠笑她不爱玩，天知道，她唱歌是真的跑调又难听。

连公子带来的女伴艳光四射，美丽得像电影明星，闲着也是无聊，便接过了麦克风，低低吟唱起来。也还真是动听，一点不比大牌歌星差，唱的是法文的《玫瑰人生》。

明珠与水露娴雅地听着，和着拍子，也轻轻吟唱。

如此一来，打发时间，倒也是极为轻松的事。等女生唱完了，俩人笑着拍起了掌，女生腼腆地吐了吐舌头，十分俏皮。聊了起来，才知道是外语系的大学生。等她坐到另一桌了，明珠才朝水露眨了眨眼，道："真腐败不是？"

每个女伴都倾国倾城，那些公子哥确是腐败的。

容华端了杯酒，坐了下来，揽着明珠的肩膀，温柔地说着话："什么事，那么好笑，也说给我听听。"

明珠一声娇嗔："在说你们腐败呢！"

他听了也是笑，一脸宠溺。

其实，容华也并非只有明珠一个女伴，只不过，他更爱她一些，更宠她一些罢了。工作时，遇上过紧急情况的，水露半夜打电话给他，可接听的却是一个女声。当时，她还疑惑是不是明珠，但一想，就知道不是。以明珠的修养是不会在半夜接起他的电话的。她只是让容华接电话，却遭到了那女人连连盘问。后来还是容华抢过了电话，才得以把事情交代清楚。

第二天，容华专程道了歉。可她也只是一笑，道："昨晚有什么事吗，我都不记得了。"他则向她投来一记赞许的目光。

她能当上首席秘书当然是不容易的，自然，有些话，她也不会和明珠说起。只是对他们这个圈子的人，又隔多了一层。偶尔出来玩玩可以，但实则是不愿意靠近的。

等到回去时，通常也是半夜了。这次的女伴来得有些多，四五辆车子居然不够坐的。她站于别墅门口，也很有些凉意，她将米棕色的丝巾，围紧了些。

"我送你。"围栏的阴影里走出一个人，原来是纪慕。他站在那里多久了？可整场聚会，她都没有看见他呀！

她本不是扭捏的人，也就上了他的车。

"谢谢。"她没有多话，静静倚着车窗，看着窗外景色。

其实，她也有段时间没有见到他了。

她让他送她回宿舍。

当她背抵着门时，心里有刹那凄凉。房子里冷冷清清的，她是连灯也不愿开的。

她洗了澡，换上睡衣，倒下床就睡。

可黑暗里，她听到了门铃声。谁又会在半夜找自己呢，一定是别家的门铃！于是，她继续睡，可门铃依旧不依不饶地响着，然后是隔壁邻居的大骂："大半夜的，还让不让人睡啊！"

依稀辨来，还真是她家的门铃。她睡眼惺忪地开了房门，屋外一点亮光，并不明朗，摇摇曳曳地笼罩着一个人影。可来者身上有她熟悉的香烟味。

"是我。"纪慕的声音很低。

她一怔，正想反手关门，却被他抵住，转身就进来了。

依旧没有开灯，两人看不见彼此的脸面，但他的呼吸一阵一阵袭来。她的喉头发涩，只怔了怔，飞也似的转过身，想逃进卧室，却被他抱住。他开始吻她，她想挣扎，可他身上熟悉的味道一阵一阵地传来，围绕着她，套牢了她。他吻她耳根，然后是耳垂，她想挣扎，却酥麻了身体。他的手插进了她深浓的发里，他将她的脸扳了起来，深深地吻着她，与她唇齿相缠，不容她有一丝逃脱的机会。

她软倒在他怀里，想反抗也是不能。夜色深浓，长夜寂寥，而人生更注定是寂寞如雪。他于她而言，不过是一次放纵。他们在黑暗里相知相会，他们注定不会有白天。

第二天，等她醒来，床畔早已空了。她笑了笑，不过是一场黑暗里的相聚罢了。

她照常工作，不会给他电话。而他，也没有电话。

如是过了两个月，又是明珠来约她了："又躲起来了，不是我找不到你，实在是怕逼到了你家门口，你急了要咬人。"

"你当我是兔子呀！"她笑。

例牌的聚会。

去到时，纪慕已经在了，在唱歌，是法文的《玫瑰人生》。居然还是那首歌。她垂下眸，笑了笑，坐到了明珠那一桌上，玩的是麻将。其实，她玩得不好，一上桌，就输了好几把。

纪慕是带了女伴来的。那位美艳无比的女伴，水露也认得，就是头一次见的那位金连桥。金连桥是真的美丽，将一众鲜花般的女伴都比了下去。她的美，艳而不妖，是连白明珠这样的戛纳影后也不及的。

水露没有理会纪慕，连招呼也省了打，而他也只顾陪着金连桥。这样反而挺好的，各得其所，她下次再来时，也不会有什么避忌。

可途中却来了一个电话，是李姆妈打来的。她本不想接，可一直响个不停，还是接了。她一听，脸色就白了，急忙跑了出去，司机已经等着了，她上了车就赶回了司宅。

她一向是冷静自持的一个人，何曾有如此惊慌失措的时候。

纪慕放下了麦克风，出去抽烟。容华跟了过来："这滋味不好受? 还是说，你真的动了心、动了情?"

他喷出了一口烟，没有回答。

[5]

是司长宁的病又发作了。

以前，是她还小，根本不知道他发生了什么，只晓得抱着他长长的手臂，一直安慰、一直安慰，连睡觉，也挪到了他的床上，就是要看着他，守着他，如同一只小狗狗，守望着他。

那时，她还会偷偷地哭，一哭，眼睛是湿淋淋的，又黑又亮。他就笑，真像一只小动物。后来，她大了，不被允许上他的床，但她会搬来摇椅，就靠在他身边，与他一同入睡。夜里，会起来照看他无数次，他的眉头如果蹙起，她就会用小小的手，一点一点地替他按揉胃部，那还是医生教的按摩手法。两人亲昵无间，同吃同睡，许多时候，底下的人也习惯了，连李姆妈也不会再说什么小姐大了，不能再围着先生转，这样的话。

可到了现在，她依旧搞不清楚，他的病到底是怎么回事。他讳莫如深，严厉地吩咐了底下的人，不许对她透露半个字，所有的病例，他都锁得死死的。医生也不会对她透露一字半句，只是教她如何替他按摩和照看他而已。

等到她来，李妈妈才放心了些，见先生睡着了，才敢多说两句话："小姐，你不知道哇！这几个月，你不在家里住。先生天天回来，也不安心睡觉，就把摇椅搬到你房间里，每晚都躺在摇椅上守着你的卧室才肯睡上一会儿。其实，他就是嘴硬，心里别提多惦念着小姐。"

"好了，我回来了，我来照顾他。"她如是说道。

下人们都退了下去。因为他是在她房里晕过去的，所以下人们只能将他抱到她床上。医生已经来过了，他还在打点滴。

她将棉签蘸湿了，一点一点地往他唇上抹。兴许是渴极了，他慢慢吞咽，她再蘸了水，往他唇上抹。他的唇渐渐恢复了红润。他还睡着，意识不清。她取过水杯，含了一小口，然后在他唇上吻了下去，他一点一点地喝着，然后慢慢睁开了眼睛。

只刹那，他就恢复了清明，可是没有推开她的力气。

她轻手轻脚地上了床，与他脸贴脸躺下，伸出手，仔细地揉着他的胃。他的痛，似乎缓解了，可一双眼睛深深地看着她，俩人皆没有说话。

窗外，是一片美丽的玫瑰，花香随风送进来，月光也进来了，投洒在床前。

一片白月光，而床前还置有一只小巧的花瓶，插着一朵白色的玫瑰，花瓣于月夜里，柔柔地开着，像极了她娇嫩的脸庞。也是那样白皙，那样柔软。他举起手，轻抚她的脸，一如想象中的娇艳欲滴，再往下，抚她的唇，指腹柔柔地在她的唇瓣上摩挲。他这样渴望她，他已是连推开她的力气，也没有了。

两个人就这样对望，仿佛要看尽对方的一生，要去到世界的尽头。

后来，她是在他怀里睡着的。她的呼吸清浅，头枕在他的臂弯里，脸贴着他的胸膛，他一手抱着她，再也没有办法入睡，一直看着她，一直看着……

　　李姆妈是不敢进来打搅的，还是水露先醒了，然后就去吩咐姆妈做些清淡的粥水来。再回到房间里，他已经起床了，洗了澡，也换过了干净衣服。

　　他半靠在床头前，不知在想些什么。她走上去哄他："我扶你出去用早餐吧？"

　　他的腿脚无力，只点了点头。她推来轮椅，扶着他，坐到了轮椅上。她忽然就蹲了下来，伏在他身前。到底是大了，再不能如从前一般，可她还是把头枕在了他的膝上，双手抱住了他长长的腿，一如从前。她闭上眼睛，忽然就笑了，声音沙哑，却也迷人："小时候，我最喜欢抱着长腿叔叔的腿，那样我才能获得安全感。因为我知道，去到哪儿，长腿叔叔都会保护我的。"

　　"我永远都会保护你，一如从前，尽我所能保护你。"他说，手抚着她的发。她的发很美，又黑又长。

　　花瓶里那朵玫瑰，娇柔、洁白胜雪，可经一夜辗转，终究是败了，洁白的花瓣一点点飘落，坠于她的发间脸庞，痒痒的，她咯咯地笑。而他将花瓣自她脸面拾起，竟再不舍得放下，趁她不注意，悄悄地放进了衣袋里。

　　忽然，一瓣柔和的雪白飘落，沾在她殷红的唇上。是最美的那一片玫瑰花瓣。他伸出手来，轻轻地按在了她的唇上，隔着那片花瓣。她看着他，而他也注视着她。

　　他摘下了那片印有她口红的花瓣，而她已迎了上来，吻住了他。她与他唇齿交缠，他的呼吸很乱，她能感受到他的炙热与渴望。可他到底是司长宁，"司长宁"这三个字注定了他要背负起他的名望，不允许她坏了他的名声。他推开了她："不可以。"

　　她的心被他无情撕裂，死死地咬住唇，哪怕血丝一点点地渗出。他背转身去，可她不能离开，因为他的病情没有好转。

俩人没有再提起那一次"意外"，维持着表面的平静，艰难地相处下去。

　　他有最深邃的目光，每每于夜里相望，他都似要把她刻进他的眼睛里。他依旧睡于她的房间，自然也不会有人过问此类事情。他与她共卧于一张床上。她的床比他的小多了，俩人睡着，竟是小的、挤的，这让他时常感叹，她已是大姑娘了。

　　她每夜都会替他按摩。也有过许多次，她拐弯抹角地问他，到底是什么病。可他一句话也不说，被她问得恼了，他就转过身去，背对着她。她没有办法，只能选择不问。当他肩膀抽搐，她知道，是他痛了，她便伸过手来，替他按摩，她将身体贴着他的背。他的背明明宽阔如海，却瘦得单薄，那么瘦，只有骨头。

　　她轻轻揉按，忽然，他的身体一僵，然后他的手握住了她的手，那么用力。他的身体绷得太紧，而他的声音沙哑，又似低叹："离我远一些。"

　　刹那间，她就明白了，他已动了情。她缩回了手，却不小心碰到了他双腿间的高高隆起，她脸红成了一片，也不敢再有任何动作。他一叹，低低说道："你到我房间睡吧。"

　　于是，乖乖地，她去了他的房间。

　　俩人处于两个不同的房间，却是同样辗转难眠。他对她的保护，对她的珍视，其实，她都懂得。

　　那段日子，她一直留在司宅，照顾他。她白天照常工作，晚上守着他，要替他翻身，擦汗，按摩腿部，按揉胃部，不是不累的。不过短短一个月，她就瘦了五公斤，带点婴儿肥的鹅蛋脸变尖了，可整个人看起来，倒是越发妩媚。

　　并不是说她的举止轻佻妩媚，而是一瞬间，她好像就长大了，她时常会对着镜子笑。"瞧瞧，怎么看着老了。"她这样说，也不过是为了缩短彼此的距离。而他则是说："你从来就没有小过，也从来没有长大过。"

　　多么懂得她啊！她放下镜子，只是笑一笑。她没有问，当他病了，他的美娴在哪里，他的那些女朋友又在哪里。自然，他也并非只有美娴一个女伴。

也不是没有遇上过。那时，她随容华出差，去了滨海的一个城市，环境是美的，使人羡慕那一对对共游的情侣。

她来工作的，自然没有闲工夫赏风景。她那时也是急了，老板和客户谈生意，而她却忘了拿一份重要文件。她下了的士，就往酒店跑，却在门口摔了一跤。是司长宁扶了她起来，俩人在异地他乡见了面，倒是一时怔住。

她的膝盖磕破了，他扶着她到他房间。

她见了他太高兴了，已经忘记了一切，忘记了容华，忘记了紧急文件，忘记了工作。她只晓得傻傻地、怔怔地看着。而他专注地替她上药，还会问她疼吗，像小时候。那时，她要闹独立，根本不回司宅，俩人已是许久不曾见面。本有许多话要说，可到了嘴边，却什么也不是。

突然，房门被敲响。他一怔，没有动。她看着他，倒也好奇。后来，那女郎叫他的名字，David。叫的是他的英文名。他依旧没动。原来，是认识的，并非午夜的那些流莺。她笑了笑："眼下，想必你也没有那种心思了，不如我打发了她走。"见他笑了笑，不是不尴尬的。

她一蹦，跳了起来，小跑着开了门，声音甜腻："谁找长宁啊？"可一对上那门外女郎的眼时，不禁怔了怔，是个很年轻的女郎，也就十八九岁，与她十六七岁时的样子几乎一模一样。那女郎一怔，看了眼门内坐着不动的他，倒知情识趣地走了。

关上门，她看了他一眼，他依旧坐着不动。只是，他转过头来，看着她，眼睛一眨不眨。

"你不希望我留下来是吗？"她问。

"你我都知道，留下来，意味着会发生什么。"他答。

"谁在乎呢？我不在乎！"她看着他。

"可是我在乎。"他转身进了卧房，关上了门。偌大的套间客厅里，只有她一人。那是一个总统套房，果真是大的。原来，他来此，是会小情人的。她笑了笑，努力不让眼泪流出来，然后，昂起头，走了出去。

从那时起，水露就知道，司长宁不止一个女友。

[6]

司长宁大体好转了，已经可以下床走动了。

而水露待在司宅里，也有好些时日。所以当明珠再约她时，她爽快地答应了。

她打扮停当，正要出去，司长宁走到了她的房门前。

"约了纪家的小子？"他的声音有些不悦。

她也不高兴了，反击回来："你就只许州官放火，不许百姓点灯？！"

他的脸瞬间苍白，然后气极反笑了："好！你喜欢放纵自己，喜欢自甘堕落，都随你。"然后，离开。

她狠狠地将花瓶扔到了地上去，打碎了一地晶莹。

明珠要带她去做SPA，刚见面时，就说："啧啧，我怎么觉得，你好像不同了？"

水露摸了摸自己的脸，奇异道："有什么不同？"

"变美了！哈哈哈，快说，是不是打了瘦脸针，整个人居然都变精致了。早知道，我就不带你来美容了。"明珠捏了把她的脸蛋。

"去你的，你才打瘦脸针。"水露也捏了一把她的小脸蛋，还大赞，"真滑啊，便宜了容总了！"

两个女孩子，嘻哈个不停。

去的是纪元商厦，那里有一家高级美容会所，叫"时光"。

"时光"的护肤品，十分有名，许多名门淑女、大牌影星都喜欢光顾。

走进那装饰奢华的会所，真是觉得腐败。

会所里有迎宾区，男士可以在此休息，等候女伴。那里格调高雅又舒适，还放有许多好酒。容华已经坐在那儿了，身旁还有一对男女。

明珠走上前去打招呼，水露自然也跟了过去。转过挡着的木雕栏，才发现，纪慕也坐在那一桌，此时，他的目光胶着在一位女子身上。

那女子是冷冷清清的容貌气质，唯有那双眼睛美丽无比，像最璀璨的星空，又似夜色浓浓。她坐在一位英俊的男士身旁，脸色绯红，手被那男士握着，想抽离却又不能。那英俊男士是一个很懂调情的个中高手。水露只觉得奇怪，那英俊男士好似是在哪里见过，仔细想，一时又想不起来。

听得声音，大家都抬头。那英俊男士见了水露先是一怔，然后就恢复了寻常神色，与那女子喁喁细语。她听得分明，那男士叫那女子"露露"。

原来如此。原来纪慕真正想的，是这一位露露。

水露始终微微笑着。见明珠与那女子十分熟络，说话间亲昵万分，才明白明珠为什么会如此与自己投缘了。怕是明珠第一次见到自己时，就因自己与那女子的几分相像而对自己有好感吧！

水露始终是游离开来的那一个人，对他们每个人，都保持着距离。

纪慕没有看水露，只玩弄着手中的打火机。倒是容华替大家做了介绍："这位是文氏集团的文洛伊，按排行，我叫他老四。这位是汪晨露，'时光'的女继承人，也是我们文少的红颜知己。"然后指了指她，"这是我妹妹，也是我的救命恩人，水露。你们叫她露露就好。"

这样公开认妹妹，倒是对她另眼相看的。也对，自己毕竟救过他的命，不然他早胃穿孔了！

文四是百花丛中过的人，自然笑着打趣："容少，什么时候新得了这么个粉雕玉琢的可爱妹妹。哈哈哈哈，妹妹啊，你叫我四哥就行了。我们这帮人，也习惯称兄道弟的，多个妹妹，那更好啊！"

水露听了，有些局促，但还是微微笑了笑。

容华捶他肩膀："'别吓坏了我妹妹。而且，你们俩都别欺负她。"指了指文四与纪六。

"哎，老六，平常不就是你话最多吗？今日倒安静。"文洛伊看向纪慕，一脸似笑非笑。

而纪慕看了眼水露，从衣袋里取出了烟盒，抽起烟来。

仍是汪晨露打破了沉默，向她们两位女士简单地介绍了一下美容项目。

明珠见气氛有些糟糕，而水露太过于沉默，她只能陪着水露说着话："露露，晨露是我的文化课老师呢，当初，不是她提议我到孤儿院去住一段时间，用心感受孤儿的敏感心细，我也演不来葛薇龙寄人篱下的复杂心思。"

汪晨露听她说了，微微一笑："那是因为你的用心，与我有什么关系呢！对了，露露，你不舒服吗？吃过东西了没有？空腹喝酒可不好，要不，我给你端些点心过来吧！"她处事倒也圆滑玲珑。

水露不愿拂人好意，微笑着点了点头："谢谢。"

明珠笑着继续聊："那时真不知道你就是'时光'的女继承人啊！可结识了你就是好，有大把大把的美妆品用。露露爱美，你也给她整一套，让她美美的！"

"都是自家妹妹，当然要给的。"汪晨露极会说话。她不说送，而说给，送就太生分了，她主动与水露亲近。

水露也喜欢她清淡的性子，笑着说："好，谢谢姐姐。"

于是，气氛热了起来，大家又聊起了拍片的一些趣事。

那一次，剧组的所有化妆品都是"时光"赞助的，无形，这部电影也为"时光"做了巨大的宣传。这本是一个美差，当初也是容华让明珠答应启用"时光"的产品的。不然，就选择别的化妆品公司了。

文洛伊似笑非笑地看着汪晨露："原来都认识了。这样多好，以后白小姐的戏，都让我们露露多帮衬些！"已经在替汪晨露招揽生意了。

明珠看了眼容华，早明白了过来，当初也是文洛伊托容华推荐"时光"的。

文氏在美妆品界的地位无人可撼动。明珠与汪晨露交好，与文洛伊却不熟悉。见文洛伊提到合作的事，场面上的话，明珠也懂说，更何况也是帮了好姐妹汪晨露的忙，于是连忙道："那是一定的。而且'时光'的产品确是好用，现在我用的眼影膏全是'时光'的产品。"

见时间也不早了，汪晨露料到男士间还有话要聊，于是道："两位妹妹来，也是美容的，让他们自己聊吧！"于是，水露与明珠随她进入了美容区。

等到再出来，每位佳人都是有人接送的。自然，又是纪慕送她回去。

原以为，见到了正主，她这个冒牌的，就可以自行打发了。谁想，他还在那儿等着她。

她在廊下走来，顶上垂下一块块帷幔，如一缕缕纱，将她包裹得朦朦胧胧。壁灯很暗，她于夜色里摇曳生姿地走来。

纪慕已许久不曾见到她，只觉，她竟变得更加美丽了。他看着她，不能呼吸。

"露露？"他试探性地叫了叫她。

她则笑了，笑得既天真无邪，又无端魅感。

"哪一个露露？"

她的眼睛清清灵灵的，早看穿了他的一切。

他伸出手来，捂住了脸，带着浓浓的疲倦："这个重要吗？你也不是在利用我，气那个男人吗？"

是，他们都看透了彼此。

[7]

与纪慕的关系，居然就这样不可思议地保持了下来。

他总是在深夜里出现。他会站在她的宿舍门口，等她回来。然后，于深夜里，索取彼此的身体。

他爱上了兄弟的未婚妻，永远也没有办法得到她，而这些秘密更是无从开口，只能烂在心里。

这些，水露心中了然，从不说破。

他们的聚会，水露偶尔也会参加，文洛伊也带了汪晨露来。那女子，似是很怕文洛伊，她与文洛伊始终是保持着距离的。

水露觉得很好奇，瑨暗观察着这一对。

"很好奇？"纪慕在她身边坐下，带了一点笑，"与你一样，汪晨露有她自己喜欢的人，她喜欢她的义兄。这世界这么大，也真是奇怪，居然会有如此相似的人。"

她玩味地笑了笑，抿了一口酒。原来，汪晨露也只不过是文洛伊的禁脔。可她一抬头时，看见的，分明是文洛伊看向汪晨露的深情眸子，他的眼里，只有一个汪晨露。

纪慕附于她耳畔，声音低低："满足你的好奇心。其实，文四并不知道，自己有多爱她。"他的呼吸喷在她耳旁，热热的，使得她躁动不安，使得她慌张失措，她缩了缩身子，离他远些。

而他忽然就吻了她，抱着她，与她的唇齿纠缠，汹涌而缠绵。突然间，整个包厢就安静了下来，好像就连唱歌的人，也退出去了。

包厢很大，是一个套房连着一个套房的，可光线昏暗，谁也瞧不清谁。

她拼命地推开他，喘着气，只觉他的一双眸散发出奇异般的光亮，深深地注视着她。那瞳仁又黑又深，她根本看不见底，里面充满了各类的情感。

　　还是容华走了过来："不许欺负我妹妹啊！"

　　文洛伊则笑："二哥，你也太不知情识趣了吧！"亦在容华身后跟了过来。

　　一众人也只当看了场冷笑话，哈哈笑了起来。而纪慕，依旧是紧抓着她的肩膀，大口大口地喘气。

　　连水露，也觉得自己看不懂他了，他似乎想要得更多……而自己能紧抓着的，也只有自己的那一颗心了！

　　明珠是聪明人，也约过水露出来喝咖啡。

　　环境依旧是好的。坐落于天穹之上，那片片霓虹都似从天上浸进了水里，片片玻璃幕墙折射出琉璃般的光泽，落进水露的眼中，一片繁花似锦，偏偏最后都得归于冷清的。即使有不夜天，琼楼玉宇也会有冷清的时分。

　　原木的地板、暖色的墙体，使得咖啡馆有种温馨的气氛。来的人不多，三两个的，散落地坐着。

　　水露就笑："这么晚才来喝咖啡的人，多半是不正常的。"

　　"不带你这样嘲讽人的。"明珠拍了拍她的手背，见她一双清清灵灵的眼睛看向自己，明珠有些欲言又止，"你……你到底和他怎么样了？"

　　他们从哪儿开始的，都不清晰，如今又该从何说起呢，不说也罢，不过是一场艳遇罢了。

　　她托着腮，歪着头瞧明珠，那唇边淡淡的笑意有些迷惘，她整个人都是慵慵懒懒的，像只毛茸茸的小猫。

　　"我和他也就这样了，从没有开始过的事，不说了吧！"

　　"就知道你是个实心眼，吃了亏还不知道呢！在香港时，明明是我掉进了海里，有救生人员在的，你居然还是跳了下去。"明珠又拿指尖戳了戳她的手背。

　　她依旧是笑嘻嘻的："那是人的本能嘛！哪有救人还思前想

后的。"

明珠看了看她，又看了看她。

水露被明珠看得怪不好意思的，伸出手来在明珠面前摇了摇："哎，你这样看着我，我会害怕的。"然后做心心眼状，"我怕你会对我说'露露，我刚发现，原来我爱的人是你'！"

"去你的！"见她并未芥蒂，明珠才松了口气，"你不会怪我吧？"

"怎么会，我相信尔与我交好，是因为你真的喜欢我。"水露大笑。

俩人都大笑了起来。她们能碰上，成为知己，真是人生中最美好的事。很多话，甚至都不用说出口，彼此都懂。原先，明珠确是因为第一眼看见她时，觉得她与好姐妹晨露相似，才会如此热情；可后来，却是真正想和她成为好友的。而这一切，水露都懂得。

两人正说着话，忽然一个艳女走了过来，起初还是试探性的，后来越走越快。水露还在说着笑话，突然，一杯烫茶泼到了她的脸上。她"呀"的一声，痛得叫了起来。

那女人原本美丽的容颜变得扭曲，只狠狠地盯着她骂："汪晨露，你别以为自己是个什么东西。文洛伊是我的！是我的！"

商场保安早跑了过来，把闹事者给带走了。

水露有些哭笑不得，抚了抚脸，故意装作一副凄惨无比的样子，问道："真有这么像？"

倒是明珠急了，发现水露的脸，已经烫开了一个很大的水泡，还伴有好几颗小水泡，原本白白净净的一张脸，有些惨不忍睹。自然，水露也是极力忍着的，那杯茶虽不是滚烫，但也真的是烫伤了脸。明珠早拨了电话向容华求救，但来的却是纪慕与容华两个人。

纪慕二话不说，拉起水露就走。明珠还想跟着，倒是容华握住了她的手："让他们去吧。"

车子开得很快，水露都害怕起来。虽说现在车辆不多，可这时速都快赶上了《速度与激情》了！好车也真的是好车，也只有这样的二世祖，才会开。像司长宁，永远是一式的黑色轿车，中规中矩，开车也稳。

　　怎么就想到他了？她摸了摸脸，瞬间痛得泪水都流了下来。

　　"别摸，会感染的。"他侧过头来看她，再出口时，声音低了许多，"脸很痛、很痒是吗？忍一忍，快到医院了。"

　　消毒处理的过程，是疼痛难忍的。她的双手互相攥着，都拧红了，真的是痛！原本，只是左边脸颊有一颗大的水泡，现在右眼眼角的那一颗也变大了，更因接近眼睛，痛得敏感，火烧火燎的，连视线都模糊了。

　　一双手伸了过来，握住了她的。她一抬头，对上的，是纪慕那一双黑白分明的眼睛。很多时候，他都是似笑非笑的，何曾有过如今这般严肃的神情。医生处理眼角那颗了，她痛得不自觉地拧紧了他的手，可他一动不动，只握住她的手不放。

　　他垂下头来，看见她方才拧自己的地方，洁白的手腕上已全是红痕。他怜爱地摸了摸那些红痕，而她的身体动了动，最终安静了下来。

　　连医生都摇头，有些可惜："小姐这么白的皮肤，只怕眼角这里会留疤啊！"

　　"最重要的是伤口，还有别伤着了眼睛。"纪慕抢先答话。

　　现在的她，怕是丑陋无比的，红肿的一张脸，连她自己都觉得惨不忍睹了，可他居然不厌恶？他所希望看到的，不就是一张类似汪晨露的脸吗？可现在，他不在意容貌，只在意她的伤？水露怔怔地看着他，无奈眼睛太痛，泛出的泪花，模糊了视线，她永远也看不清他……

　　而他，以为她是痛了，连忙柔声安慰："怎么了，露露？很痛吗？快好了，忍一忍。"声音温柔，与寻常时分不同。

　　她有些惊慌失措起来，她从不怕痛，她只是害怕孤单。她茫然地摇了摇头，又点了点头。

为了防止发炎，她留院观察，吊瓶挂在床前，看着药一点一点地滴落，彼此都有些沉默。只是小病，却住那么大的一间单独套房，反而越显得寂寥，连药水滴落的声音都能听见。

"折腾了一晚，你先睡一下吧！"纪慕哄道。

他刚要起身，却被她握住了手。这么大的房间，如此安静，她害怕，害怕寂寞如影随形。他带了一点笑音："我在旁边沙发歇一歇。我不走，就在这里。"

显然，他是累的，一躺下，就睡着了。他的面容有些憔悴，下巴淡青色的须根都冒出来了，明明那么修边幅的一个人，却显得如此落拓。他究竟是从什么地方赶来的呢？水露看着他，远处的街灯昏暗不定，绒绒的一团橘黄，根本映不亮路人。可那点点光亮，却投影到了这个漆黑的房间里，使得她看清了他的模样。

他有好看的眉眼、俊秀的脸庞，分明就是好看的一个人，可他离她很遥远……

[8]

后来，她就出院了。

那段时间，纪慕都是天天去看她的。因为伤口发炎感染，她住了五天院，一直在输液，他则每天都过去，而且，每晚都会陪着她。其实，他也忙。许多个夜晚，他都是在通宵工作。

他的电脑屏幕开着，幽幽的一点光，可不知道为什么，她看见就觉得很安全。那是她从未看到过的，他的另一面。他工作时，专注认真，有时需要视频会议，他就会悄悄地离开病房，怕吵到了她。

那时，她经常于黑暗里看他。她真正接触到的男性不多，无非只有一个司长宁，从小到大，司机就是长宁的眼线，管接管送，她没有单独外出的机会，而男孩子也不敢走近她。

如果哪个男孩子给她家门口送花，司长宁会笑："又是哪个蠢男孩？"他总是看透了她，她不会喜欢上任何一个男孩，因为她从来就没有小过，她的心里一片荒凉，她又怎么可能忍受得了那些幼稚的男孩子呢？！

可如今，纪慕却真真切切地走进了她的生命里，使得她害怕，连自己害怕什么，也无法分辨。

出院那天，也是纪慕来接她的。坐在他的车子里，她看着窗外景色，忽然说："以后，我们别见面了吧！"

他不说话，车子一直开。他的双手紧握着方向盘。等到了她的宿舍楼下，他猛地一脚刹车，再看向她时，眼睛里全是红血丝，他说："你再说一遍。"

"我们别再见面了，到此为止。"他们从未开始过，所以连说"我们分手吧"的机会都没有，不是不讽刺的。他们是什么关系，一时激情，一场艳遇？那总该到了落幕的时候了。

她要下车了。忽然，她的手被他抓住，那么紧，竟然痛了。她看了看他。

"何必呢？我不是汪晨露，也永远不会成为她，我就是我。在这个城市里，你可以找到许多个像她一样的女孩来取代我。"

然后，他就松开了手。等她下了车，他猛地一打方向盘，车子就飙出了老远。

工作，自然还是要的。

果然，经过一段时间的打点滴，和脸上换敷药消炎，左边脸的水泡消了，可因水泡大，那粉红的新肉还是明显了些，医生说了，再过一段时间也会消的，但右眼角那颗水泡干了后，却留下了淡红色的疤。

她对着镜子苦笑，本就没有美貌了，如今更惨。她取出遮瑕膏，在左脸和右眼角旁按了按，涂上唇蜜，才出门。

离开了司长宁的日子，她是搭地铁公交车的。他的司机，早被她打发了回去。她睡眠不好，睡得浅，也起得早，赶到公司时，大部分的员工还未到。

可容华已经在了。可想而知，做老板，也是不容易的。她敲了敲门，走了进去，眼睛还算好使，看见了老板办公桌上标着的文件。那是针对司氏的土地招标的标书方案，她再蠢，也知道有些事自己该避嫌了。

于是，她坐了下来。

容华方才抬起头看她，见她肤色依旧白皙，只是左边脸颊的印子浅浅的，是粉红的新肉，虽淡，但仔细地看，终究还是看得见的。

"可以多请两天假的。"他笑了笑。在公司，他们依旧是上下级的关系。

水露礼貌地笑了笑，轻声说道："容总，其实我是想说明一件事的。"

"哦？"容华挑了挑眉，等着她说下去。

"我是司氏集团司长宁的养女，他是我的……"她斟酌许久，该说义父的，可最后说出来的却是，"他是我的叔叔。"

"所以？"容华笑笑，倒也不惊讶。

"所以，这个项目我跟进，怕是不好。"接着，她已经从通勤包里取出了文件，是容华集团与纪元集团在港共同投拍商区地皮的方案，"你放心，这边的事我不会向叔叔透露半分的。职业道德守则，我懂得。"

容华想了想，道："也好。"然后顿了顿，接着说，"以后的酒会应酬，你不用陪我去了。新来的小李会随我走动。你在这里历练，也有些时候了，该是自己带团队了。"

见她不解，细细的眉挑起，他笑了笑："别担心，不是明升实降。女孩子还是得注意身体的，别看现在还年轻，很能喝似的，等你上了年纪了，可别来怨我。"

水露没想到他会如此关心自己，一双眼睛睁得大大的，那么盈盈的一片，水光潋滟，竟是十分好看的，就是太傻气了。他哈哈大笑起来："你呀，就是个小孩子。我从前也有一个好胃，就是应酬喝坏的，你到底是仗着自己年轻，不过以后挡酒的事，就不用你了。"

她咬了咬唇，还是问了出来："因为纪少吗？"

他想了想答："你许久没见过他了吧？"

见她茫然地摇了摇头，他说："他去接你出院的那一天，发生了车祸，撞断了腿，在医院里躺了快一个月了。"

她猛地抬头，眼睛亮得不可思议，又深又黑，波光粼粼的，倒映着一根一根的睫毛，似是在眼底映出了一片云杉，雾气蒙蒙。又是一个因眼睛美丽而吸引人的女孩。

当然，她的容貌也是秀丽的，身段高挑婀娜，但与他们那个圈子的女伴比，容貌上是逊色的。可她气质很好，总能令人过目不忘。见容华若有所思地看着自己，水露不知道他此刻在想什么，只能说道："你希望我去看他？"

"我只是你的老板，不能，也不会管你的私事，我不会命令你去看他。但私底下，我确实当你是妹妹，并非只是随口说说，而这，也与纪六无关。我真心将你当妹妹看待。"容华叹了叹，说了真话。

"谢谢你。"水露不是不感动的，容华给了她一个机会，一个她能与司长宁平起平坐的机会。他使得她，在司长宁面前是平等的。

回到办公桌上，她想了许久许久，该不该去看他？最后，她让花店送了两株睡莲过去。

[9]

水露依旧没有去看他，既然已经说了不再见面，还有什么好见的呢？！

只是，连明珠都给她打了电话，说："你去看看他吧！"

她没有单独的办公室，只是坐在容总的办公室外面，可地方空落，右边临窗，阳光正好，一点一点地洒进来，在她的书桌上晃动起一圈一圈的涟漪。

　　其实，容华的办公楼很雅致，不是高耸入云的摩天大楼，而是将办公楼设在外滩十八号的小洋楼里，一整栋楼带花园都是容华集团的旗下公司，真是既小资又有意思得紧。站在七楼的红顶阁楼上，有一口钟，还能看到外滩的江景。

　　她就握着电话，有一搭没一搭地和明珠说着话。窗外一枝新绿斜了进来，鲜翠欲滴，明丽动人，是新发芽的枝丫，枝丫上还缀着几多白色的小花，送来淡淡香气，是白玉兰。这株玉兰树，估计有上百年的历史了，居然将浓密的枝丫伸到了六楼。

　　那一丛一丛的树影投在雪白的墙壁上，似墙上开出了一蓬一蓬的花影，又似燃尽后的烟火；再仔细看，那影子绒绒的，一丝一线地勾勒在墙上，竟似孔雀的尾羽，明明那么绚烂，却又如此寂寥，晃动在她的眉眼间，连自己都觉得自己的影子寂寞了。

　　一声叹，让她回过神来，听见明珠说："你出事，他送你去医院那天，本来在谈一个几亿的项目，可容华的一句话，他就丢下了客户，跑了过来。他能有这份心意，可见，并非只是玩玩的。原本，我担心你，怕你伤心，可如今看，他对你是上心的，不然也不会撞了车……"

　　挂了电话后，水露徘徊不定，他是因为她才撞车的吗？

　　到底，还是去看了他。

　　他住的，还是上次她留院时住的房间。当时出来得匆忙，她连一套换洗的睡衣还放在了那儿。进入时，满室鲜花入目，那鲜花都已经沿着室外走廊排了一排了，但室内更是夸张。可她首先看见的，却是她那一条淡黄色的泡泡袖睡裙。是司长宁喜欢的，最中规中矩的棉布款式。远远看着，黄色泡泡糖一般，又似棉花团，软软的、甜蜜的。

　　她走近了看，是放在了他的枕巾旁的，一小团，倒像一团黄色绣球花。他睡着了，一只手还抱着那团睡裙，他的脸就靠着睡裙，布料已经被他攥起褶了。而她的一颗心，也似被他揉乱了。

将保温桶放到了桌面上，是她煲的生鱼片粥，挺清补的。她刚想离开，就看到了他床头前的花缸，小小的一个扁口缸，里面浮着两朵白色睡莲，粉白透红的花瓣有些败了，露出内里憔悴的白色花瓣。可其他鲜花明明那么鲜艳动人，一眼便知，全是最新鲜的，偏偏那两朵莲……

莲心寂寞，如雪，就如她一般苍白。她入定般注视那两朵莲，连他醒了，也没有发现。他顺着她的视线，也看到了那两朵莲。夕阳沉沉的，淡金色的余晖透过洁白的窗纱，如一只只轻盈的金蝶停栖在这雪白的房间里，偶尔一两点金光顽皮地跃到她的眼里，她依旧冷清。

她身旁是两捧金色的郁金香，盛开时，绚烂得不可思议，花影笼着她单薄的身体，越发显得她楚楚可怜。而他一直看着花影中，她单薄纤细的影子出神。

"你醒了？"她还是发现了他已醒来，"要不要喝些粥？"

见他点了点头，她把保温桶打开，给他装了一小碗。鱼片晶莹剔透入口即化，粥粒糯软，十分香甜，就是淡了些，兴许是盐放少了。他就着她递过来的，喝了一小碗。

"不好喝吗？"她喃喃，"兴许是我放少了盐。"

原来，真的是她煲的。纪慕没有说什么，但很快就将粥全部喝完了。

太阳完全沉了下去。街灯一点一点地亮起，远远地晕着，虽不明亮，倒也有种朦朦胧胧的美感，像油画里的景致。雾霭沉沉，如白纱带萦绕，与薄绿的一片乔木纠缠，那影子迷迷蒙蒙，看得人不真切起来。

"晚了，我要回去了。"她将保温桶叠好，放进袋子里，就要走，手却被抓住。她没有说话，他亦没有，只是拉着她的手。他从没有把她当作汪晨露，从来没有，可这些话却无从出口，说了她亦不在乎，她眼里、心里，也只有一个司长宁。骄傲如他，还能说些什么？

她的手挣了挣，他便放开了，可她也没有走。她只是侧过了身去，他只能瞧得她的侧脸，睫毛不停地颤动。他听见她低低地、几不可闻地说："我明天再来看你。"

"我还要喝粥。"他忽然间就笑了，眉目全舒展开来，从心底感到由衷的快乐。

"哎。"她低低应了一声，就离开了。

每次她来，话也不多，但都会给他带些吃的，有时是粥，有时是糕点。起初，纪慕并没有在意，后来才发现，那些粥品糕点都是养胃的。他猛地想起，司长宁的胃不好。原来，一切，不过是她做惯做熟了的，所以才会有此厨艺。她做一切，都只是为着一个司长宁。

那一口精致的蛋糕，卡在喉咙里，吞咽不得，如鲠在喉。

他转过头来，看了看那两朵睡莲，尽管每日都换上清水养着，可终究是败了。

这些时日里，金连桥来看过他。

她只问一句"值得吗"，而她与他早已分开，他已搬出了她的住所，只是一切没有明说而已。

他笑了笑，竟有些答不上来。

金连桥也是笑着的，容光璀璨，是叫人挪不开眼睛的一个美人，可此时看来，却是落寞的。她看了眼那两朵莲，道："我替你换清水养着。"说完，捧了那个扁口缸，出去了。

她一向是他最喜欢的红颜知己，所以才会陪在他身边的时间最长。可现在想来，其实自己从来没有考虑过和她的将来。她也并非是他想与之共度一生的人，他只是贪恋她的美色罢了。

金连桥刚换上清水，并拿喷头替粉白的花瓣喷上水珠，就见到了水露。水露不是不尴尬的，想退出去，倒是金连桥叫住了她："妹妹，进来坐呀！"

三人面对面的，好不局促。纪慕也有些无可奈何，寻常她都是下了班，傍晚时分才过来的，如今倒是撞上了。换作平常，他也是无所谓的，可不知为何，对着她，他总是没有法子。

　　金连桥是长袖善舞的，与水露聊了起来，渐渐地，说起了汪晨露："原先，我还叫汪小姐'姐姐'来着，如今，我们这一圈人里，倒来了个妹妹。还是容少有福气，得了个好妹妹。你与明珠都得喊我一声姐姐。"俏皮话说得十分可爱，脸上也是笑意连连，并无半分嫌隙。

　　其实，明珠一早就与她说过，在他们那群女伴里，金连桥是顶有趣的一个人，人也纯良，与汪晨露交好。如今想来，自己与汪晨露有几分相似，所以才投了所有人的眼缘吧！

　　水露应了一声："哎，那我岂不也得叫汪小姐一声姐姐。"也是一句俏皮话。可话里的嘲讽，纪慕还是听出来了。他变得更为沉默，只看着窗外。金连桥一怔，看了看时间，就告辞了，并轻轻地替俩人把门锁好，更在门外挂了"免扰"的牌子，她是顶知情识趣的一个人。

　　当房间里只剩下他俩时，水露更为难堪，坐也不是，站也不是。刚想说替他倒粥，方转过身去，腰就被他一把抱住，用力一扯，她就摔到了床上，他的吻铺天盖地地压了下来，她想挣扎，却怕碰到了他的伤腿。虽然，他已好得差不多了，可总不能大意了，省得以后落下病根。

　　她惊呼"小心"，可他的舌头已经趁机探了进来，攻城略地，不允许她有一丝喘息的机会。

　　她不过是寂寞而已，可最悲哀的却是，他吻着她时，想到的却是方才金连桥提起的女子，那位汪小姐。她到底是在意。

　　他动作变得急切起来，粗暴地抚摸她的身体，他手上的茧子粗糙，一带过去，激起了她的片片战栗，俩人霎时就乱了。她伸手用力推他，却被他一手反剪压在了头顶上，将她手腕死死地压制住，他一把扯掉了她的珠扣，一排衬衣扣子，滴滴答答地滚落了一地，溅起晶莹的珠光。她的肌肤雪白一片，他的手一拨，固定马尾辫子的发夹掉落地上，"咔嚓"一声，碎成了两半。她的一头青丝堪堪垂落，乌黑的发笼着雪白的肩、雪白的脸庞、雪白的肌肤，一切美得不可思议。他只想要她……

窗外芭蕉摇曳，摇碎一池碧绿，那些光与影，一圈一圈地纠缠、流连，投影在彼此的身上，是痛楚的甜蜜。

[10]

后来，她再也没来过了。

她是恼极了他。

那一天，她打了他一掌，可他没有放过她，对她予取予求，明明知道，她只是怕弄伤了他，所以才委屈了她自己。她的泪水被他吻去，是咸的，是苦的。他才知道，自己的心里有多苦。

容华倒是来过的，说的是"你别欺负，我妹妹"，他全然地将她当作了自己的妹妹。见纪慕不语，容华倒是无可奈何："看来，你的脚也没有多伤嘛！"

容华是在公司里遇到水露时才发现的。她递文件给他，两手手腕处是深深的紫红色瘀痕，他马上明白，是纪慕做的好事。

见他眼神停留的地方，水露忙收回了手，文件掉了一地。她工作认真，从不会如今天这样。容华没作声，只是让她出去。

后来，晚上他有应酬，他带了小李去。可那新招的助理，根本就是个吃不了苦的绣花枕头，只是表面上帅气，酒过一巡，人就倒了，且没有半分细心，桌面上谈了什么合作细节，他全然不知，连记都记不下来，被下面的人扛着走了，却苦了容华。

司机是个精明人，见势不对，马上就拨了水露电话。水露是坐的士过来的。一进包厢，就见容华雪白的脸，汗已有豆大。知道他是胃痛犯了，水露连忙替他挡酒，还将随手带的保温杯打开，给他倒了一杯温水。就着温水吃了药，他才觉得好些。

容华依旧在谈判桌上谈笑风生，一低头时，就见她，打开了录音笔，一切有条不紊，该挡的酒，一巡一巡地挡，但说出的话，条理清晰，全是针对合同里不可以让步的条款。

　　她话语玲珑，也会灌对方喝酒，对方一醉晕晕的，居然就让步了，让她把合同梳理一遍。她请来一旁的法律顾问，看过后，就签了字，对方也签了字。她低声吩咐一边没喝酒的助理："你把录音笔里的内容，梳理一遍，这是合同的副本条款，今晚就要整理好打印出来，明天带到华天集团就可以签约了。最关键的，还是这份主件，幸好，还是拿下了。"于是，又敬了华天的总裁一杯，总算是把对方彻底灌倒了。

　　她一回头，见他满是赞赏地看着自己。她脸一红，道："容总，我扶你上套房休息吧！"他点了点头。

　　回到房里，冷汗还是不停地冒出，容华觉得胃痛极了，可还是忍不住说："你一个姑娘家家的，下次还是别喝这么多了。不然啊，我看胃穿孔的，迟早是你。替我打个电话，让明珠过来照顾我吧！"

　　她莞尔："大哥，你怎么像个小老头似的，长气（啰唆）！"她笑意明媚，也是第一次唤他大哥，料来，就是喝多了，无拘无束起来。

　　他哈哈大笑："对，就该这样叫我。以后，就叫大哥。在公司里，也该这样叫。让大家都知道，你就是我最疼的亲妹子。"说得她，也哈哈大笑起来。

　　给明珠的电话是早拨过了，她正赶过来。水露便陪着容华有一搭没一搭地聊着天。见他脸色发青，根本没有恢复过来，她二话不说，坐到了他身边，伸出手来，替他仔细地按揉。

　　她累出一头细细密密的汗，连汗珠也是香的，带着潮湿的淡淡的海水味道，还有一丝甜。他知道，这是她身体特有的香味，与汪晨露的玫瑰体香不同，怕是纪慕早发现了吧！纪慕爱她，却不敢宣之于口，爱她，却还以为自己爱着的是汪晨露。真是一对冤家！一笔糊涂账！

她脸庞的绒毛细细的，被室内灯光一打，更衬得脸庞晶莹细腻，眼底盈盈的一片水光，无端像一只小鸭，可爱极了。他的大手一把揉乱了她的发："真像一只毛茸茸的鸭子。"

她听了，就是笑。

原来，只有喝醉了，她才会展露出如此艳光。也难怪，他总喜欢看她喝醉了，所以，说让她少喝，可总是不制止她。

两人又聊起了许多往事。

只听容华说："以前，我还真有一个妹妹。一笑时，很甜很甜，甜得我的心都化了．只恨不得把世上这一切最好的都给她。可她在五岁那年，病故了。那时我多伤心，无论父母怎么劝慰，我都走不出来，每天将自己关在她的卧房里，替她保管着属于她的一室的洋娃娃。你说，我是不是很傻？"

"大哥，你不傻。"水露收起了笑意。才知道，原来，他有过那么伤心的一段，所以，他才会那么照顾自己。她替他再揉了揉胃，见他神色已然平复了，晓得他不痛了，才放下心来，再去替他倒了一杯温水来。

他接过，慢慢喝了下去。水有点甜，是她加了糖的缘故，喝着很舒服。

"谢谢你。"他说，顿了顿，他问了出来，"你如此懂得照顾人，是因为你……叔叔的缘故……"他欲言又止。

可她倒没有避讳，清清灵灵的一双眼，看着他答："是的。叔叔他胃很不好。我为了方便照顾他，专门学的按摩手法。对了，这是养胃的粥品食谱，我都记录好了的，我把它放这儿，让明珠煲给你吃。"

见时候也不早了，估计明珠也快到了，她就要告辞。

"这么晚了，一个女孩回家不安全，让司机送你。"他接着拨了司机电话。

她也不推辞，答："好的。大哥，你好好休息。"然后就安静地退了出去。

容华把那一段说给纪慕听，也包括司长宁的那一段："她有意灌醉自己。她有许多心思，也很难过。"顿了顿，继续说，"如果你真的爱她，你得有耐心。"

[11]

破天荒地，水露收到了花。

一开始，连容华都以为是纪慕送的。每天不同，都是一些素雅美丽的花，以白色居多。花朵美而不妖，清清淡淡的，可见，送的人十分有心思。

巧的是，这日里，送来的是一株长柄的白睡莲，插在花瓶里刚刚好，十分清新动人。滚动的水珠，盈盈一片，滴落时，坠于碧绿的莲叶之上，盈盈绿绿的，连看的人，都心情大好起来。

她蓦地，想起了纪慕病床前的那两朵莲。料来，他也该出院了。在医院躺了这么些许时日，他又岂能耐得住寂寞。他的病房里，那么多的鲜花，估计都是他的那些莺莺燕燕送来的吧。不再想他，她翻了翻卡片，原来，送花来的是曾云航。

那个大好青年！原来，是司长宁又要将眼线放到她身边了。自那日，她与司长宁吵架后，他还没有联系过她，如今，却是通过了旁的人，来对她旁敲侧击。

不一会儿，曾云航的电话就到了，他约她晚上吃饭。

她答应了。

这个富足了五代，祖上是翰林的曾云航，是真正的贵族。司长宁对她也真是好，居然给她点了一个大好青年。

原来，这些日子的花，都是曾云航送的。尽管，全数的卡片她都没有看就扔了，她原以为，是纪慕送的，所以扔了，没曾想，从一开始，就是自己自作多情了。

曾云航在她公司楼下等她。

她走出公司，就看见了一个一脸阳光的大男孩朝她挥手："这里，这里。"

　　与他的人不符的是，他只开一辆普通的捷达。不知为什么，她一时间，心情大好，朝他一笑，就坐了上去。

　　她笑嘻嘻地说："这车不像你风格哦！"

　　曾云航就知道，她喜欢这样，她不是一个爱慕虚荣的女孩。

　　他笑得灿烂："姐姐有说送我一辆保时捷的，还说安装了加强版的马达，不过我怕被父亲责怪，不敢开了。"真是一个谦厚的男孩子。

　　两人去了游艇会吃饭。在他的游艇里，他给她做了一顿海鲜大餐。游艇开到了宽阔的江面上，四处无人，安静清爽，江风怡人，红酒醇香，真的是不错的享受。她抿了一口酒，微微地眯起了眼睛，笑他："真没想到，你还会做菜。"

　　"别小看人了嘛！我在国外留学，哪有什么好吃的，样样都得自己一手一脚来，后来就学会了做菜。只做中餐，西餐太难吃了。"他拧了拧她的小脸蛋。

　　啊，大好青年真的是大好青年！她忽然"咯咯咯咯"地笑了，笑声飘出老远。

　　在他们不远处，亦跟着一艘游艇，纪慕站于夜色中，看着她明媚的笑脸，那笑声似银铃，竟飘出老远，传进他的耳膜里，竟是挥也挥不去的。这笑声让他生生地嫉妒，嫉妒得发狂。

　　他老早就等在了她的公司楼下。他想见她，可见到的却是她一脸明媚地朝另一个男子挥手，向着那个男子走去。不知怎的，他就跟在了她的车后，到了游艇会，到了江上。

　　水露是聪明的，问道："曾大少爷，怎么想到约我了？"

　　被她如此说，他的脸红了："叫我云航就是了。那天在香港见了你，大家也聊得来，一直想来拜访的。这段时间，我随父亲做生意，留在上海，所以马上想到了要联系你，也就问长宁叔叔要了你的电话。"

一个不会说谎话的好孩子。水露微笑着，点了点头。容易哄骗，心思单纯，家境富裕，工作用心，又肯进取，真是怎么看都是良人的上好人选。

见她有些心不在焉，他说："想见一见家父吗？"

居然就想将她介绍给家里人了。她微微一笑，摇了摇头。他有些失落。

家长都是一面照妖镜，见过了她，只会现形，然后人家再问一句"水小姐，你为什么不姓司"，是司长宁幼稚了，以为每个人都会像他那样喜欢她，以为个个都会像他那样，只觉得她好。其实，她这辈子，都好不了了。她任性、骄纵、脾气坏，是拿不出手，上不了大雅之堂的。而曾家，就是那大雅之堂。

自然，她不会留宿于曾云航的游艇上。

曾云航亦绅士地将她送回了司宅。

等曾云航的车走远了，她方想离开司宅回宿舍，却是一个声音响起，生生地将她钉住。

满园玫瑰飘香，可她心里有的只是那个声音的主人。

"好玩吗？"司长宁问。他坐在花园里，坐在轮椅上。夜露芬芳带了微寒，浸润于他的双膝之上，连裹在膝上的毛毯都被水汽打湿了，润着那一针一线勾勒成的繁复花式，只觉看得人眼花缭乱。

树影婆娑，荡开了一圈一圈的浓荫，投掷在地上的影子，也是乱的，不知被什么搅乱了。

"你不需要我了，就想着将我推开吗？"她向司长宁走近了一步。

"我一直需要你，从没有那样想过。"他自轮椅上站起，对她招了招手。身不由己地、飞蛾扑火般地，她快步走来，一把投进了他的怀抱里。他的怀抱，才是她一直渴望的，一直眷恋的。

更深露重，水露赶紧扶了他回屋里坐。

等扶了他回房，水露替他换了一张厚的毛毯盖在他的膝上。

他的手覆在了她的手背上。她抬头问他："还冷吗？"

司长宁摇了摇头。

水露陪着他，俩人靠在床上。她忽然说："让我一直陪着你好吗？"她指的不过是今晚，可他怔了怔，凝视着她。

怕他要赶自己走，水露将脸埋进了他的胸膛里，双手抱住了他的肩膀："就一个晚上，让我陪陪你。我害怕……"怕他不要她了。

她的发铺了他一身。

司长宁一手揽着她，一手抚着她柔软的发，叹息声落在她的耳旁。他不说话，就是答应了。

俩人紧紧相依，谁也不作声，仿佛时间都是静止的。

俩人的身影被不远处的落地灯一打，投影在香槟金色的窗纱上，如一对交颈鸳鸯，缠绵无比。

她盯着俩人的倒影，久久出神。

"我想看《蝴蝶梦》，你去找来，给我读一读吧！"司长宁忽然说。

"好嘞！"她带了一点笑，语声轻快。能让她陪着他，她很开心。她到书柜前找书，那里书太多了，需要些时间。

而他站了起来，将窗纱拉开了一些，他看见纪慕站在花园外的一棵树下。

方才，司长宁就看见了隐于树后的纪慕，只是不说破而已。纪慕一直跟着她，可她却不知道，也没必要知道。

司长宁放下了窗帘。

水露在翻找时，看见了《沉香屑第一炉香》，还是民国时的版印。

"哟，古董货！"她笑着对着他摇了摇书。

"别！"司长宁的话来不及说完，一枚书签掉了下来，水露接住了。

是白色玫瑰的花瓣，一瓣一瓣，似诉不清的缠绕心事。那些花瓣被书压得十分平整，颜色不复原来的洁白，却也有了时间沉积后的内敛味道。一点点地拼成花的形状，压进了塑封里，成了一枚书签。

其中一片花瓣上染了一点红，是正红，她口红的颜色。蓦然明了，是那一次他从她唇瓣上取下的玫瑰花瓣，更是她亲了他时的那一次"意外"。

原来，他根本忘不了。他不过是在骗自己，骗她。

"这样不累吗？"她看向他。

司长宁觉得难堪："你出去吧！"

到底，还是要赶她。他是面对不了自己，还是她？！

原来，能自欺欺人也是不错的。水露放下书与书签，安静地退出了他的房间。

因为她知道，只有她离开，司长宁才会觉得自己是安全的。

她与他的那一切，无从说起，不可触碰，难以逾越。

后来，曾云航还约了水露好几次，水露也喜欢他这样的一个朋友，于是不咸不淡地相处了下去。

偶尔也会赴约，与他玩笑打闹，倒也相处得如一般朋友舒服。渐渐地，他就明白了她的意思，没有勉强她，自动退到了朋友的位置，只是，闲暇时给她打一个电话，问候几句。如果，她心情不好了，他也会陪她出去，喝上几杯，熟悉得像一对多年的良朋知己。

在酒吧时，俩人喝酒聊天，自然地就谈到了生意上来，原来，司长宁成功投到了香港的那块地。

其实，司长宁的手段，她是知道的。他城府太深，又工于计算，年纪轻轻的纪慕与容华自然不是他的对手。长宁能接手这个项目，在她意料之中。可她听司氏的总裁提起过，对于那块地，一开始就并非在计划内，其实是可有可无的。

司长宁这样做，就因为她在容华集团工作，她和容华、纪慕走得近吗？还是，他只是为了报复她？报复她与纪慕的那一段放纵？她看不透司长宁，只觉得头很痛，她再抿了一口酒，液体是甘甜可口的，可一不小心还是会被呛到，后劲不是不大的。

她让曾云航先走，自己还想再坐坐。其实，是她不愿回司宅，司机就在酒吧外等着，好没意思。

她又喝了好几杯。她喝得醉醺醺的，连谁扶她走的，都不知道了。

等及醒来，是在陌生的床上，衣衫皆已换过了，她才晓得害怕。她惊恐地坐了起来，只是痛，头痛！

室内没有开灯，可暗处伏着一个人影。

"谁？"她的声音有些颤抖。

那人似走了过来，台灯"啪"一下亮了，刺得她睁不开眼。

"知道害怕了？居然喝那么多的酒！"是纪慕的声音。他在她床边坐下。

她提着的一颗心，总算是放了下来。这是自医院那一次不欢而散后，俩人再次相见。

"放心，我没碰你。衣服是用人换的，你喝醉了，这里是我家。"纪慕笑着垂下了眼睛，心底的酸楚没让她瞧见。

他忽然站了起来，见她的身体抖了抖，知道她是怕他。他一怔，转身去了客厅，背影僵硬，再回来时，手里拿着一杯水。

"喝了，这是解酒药，不然你明天头更痛了。"

她不敢看他，只晓得乖乖地接过水杯，把药吃下。

她的头低着，露出雪白的一截颈项，他连忙把视线移开。她身上穿着的，是他的白衬衣，长及大腿，衬衣上还有他惯常用的男用香水味，也是淡淡的海水气息，与司长宁用的是同一款。蓦地，她的脸就红透了。

白衬衣单薄得有些透明，看着她微微起伏的身体、她红透了的脸庞，他就觉得热了起来。而她始终垂着头，那乌黑的发，柔柔地披在肩头胸前，丝丝缕缕，竟是极缠绵的，他忍不住伸出手去，摸了摸她的发。

　　她正要放下水杯，握着水杯的手一抖，竟把水杯也打翻了，把台灯也拨到了地上，室内昏暗迷离，只剩了皎皎月色透了进来，两人看不清彼此，可他的呼吸就在她耳边，萦绕着她。

　　"水泼了。"她有些慌张。

　　"泼了，就泼了。"他已经吻了下来。他的身上，也有那种淡淡的海水气息，温柔地将她包围。

　　多么可悲，这一次，是她自己没有拒绝……

[12]

　　水露对纪慕，没有过多在意。与他的来往，没有断，却也依然是在最深的夜里相逢、交汇。他们的那个圈子，因为她成了容华的妹妹，反而去得多了起来。

　　一日，风和日丽，倒是好天气，一行人也就约了出去玩。水露自然是跟明珠搭容华的车子的。

　　依旧是那辆银灰色的迈巴赫，水露是每看一次，都觉得腐败了一次。明珠拍了拍她肩膀，打趣："怎么，对这辆车一见钟情了，每次看到都是这种眼神？"

　　"这也真是腐败。"她还是说了出来。

　　容华心情大好，也拍了拍她肩膀："还不是明珠喜欢，说这样多言情，霸道总裁都开这样的车。真搞不懂，你们这些小女生，整日里都看什么的。"

　　刚好下得车来，水露挽了明珠的手，道："看《五十度灰》呀！你们两个看正好。大陆没播，你们去香港看啊，或者包机去国外看也是一样的，再要一个总统套房，啧啧，多美妙啊！"说得兴起，也没注意身后停下的那辆黑色大奔。

　　"去你的，没想到你那么色。从实招来，跟谁学的？"明珠扭了她一把，见容华一脸茫然，于是在他耳根说起了悄悄话。

然后，容华"哦"的一声恍然大悟："原来如此，此提议甚好，我们下次包机去法国看，法国放文艺片，是最没有禁忌的。妹妹，你要不要来呀？"

"去你的，两个人都好没正经，我只是说看电影，你们倒好，说出这么多话头来。"她也是笑。容色潋滟，被投下的阳光沾上了睫毛、长发，就如一只只轻盈的金蝶沾在了睫毛上，一颤一颤的，明丽得不可思议。

纪慕一怔，自然知道她所说的电影，是一部情色文艺片，里面有许多大胆的性爱镜头，只是没想到，她那么清清冷冷的一个人，也会对此有兴趣。再想到她在那方面，根本就是青涩得可以，他就没碰见过，比她还差劲的。他一吻她，就脸红，可现在倒说得脸不红心不跳的。

纪慕慢慢走了上来，显然她已经看见了他，脸上一红，忙转过了身去，往前方走去。明明那么明媚的笑意，却在见到他时，全数收了起来，换上的，是淡淡的微笑，对着谁，皆是淡淡地笑，仿佛每个人都只是她的客户，不过是应付公事一般。

容华无奈地摇了摇头，放开了牵着明珠的手，道："你跟过去，陪陪她。"

"如此偷听，也太无趣了吧？"容华对着一旁的人说。

文洛伊迎了上来，这次带来的倒是另一位美女，艳光四射，看人时，火辣直白、大胆撩人。文洛伊一开口就是："《五十度灰》呀，我刚看了，真的是不错。怎么，你们俩最近都转口味了，喜欢小妹妹，大学生型的，司家的人可不好惹！"

纪慕没有答话，想到的却是最近报纸上炒得最热的丑闻，是汪晨露与她义兄汪柱在车中激吻的照片。难怪，文四没有带她出来。他笑了笑，没有答话。

一行人，游山玩水，倒也乐得逍遥。

太湖边上，最多的就是杨梅。

那杨梅一树一树，绿的叶子，红的果子，远远望去，红彤彤绿莹莹的一片，倒像一块鲜艳的翡翠镶嵌于山中。

明珠是好动的，要爬上树去摘梅子，可哪有水露的身手。水露如小猴子一般，"嗖"地就爬上了树去，将梅子摘下，含在口里，还发出"唔唔"的声音，真的是甜极了。见明珠干着急，她便扔了几颗下去。

纪慕站于一旁瞧着，唇边扬起了一抹笑意。其实，他也是带了女伴过来的，并不是金连桥，是一位电影系的女大学生，只不过他撇下她，先下的车。

那女学生，娇滴滴的，明明说了是出游，却穿上高跟鞋、长裙子，一路走来，再也没了袅娜。与水露的娇健灵活比，真的是一俗物了。

那女学生，只有白净的面孔、乌黑的长发，是有几分与水露相似的，可气质却不对。她一把挽住了纪慕的手，撒娇道："你别走那么快啊！"看见满树殷红，也是喜欢极了，竟嚷嚷着要吃梅子。她太娇，又摘不到梅子，只想哄着他去摘。

不过是陪了他一次晚宴，真当自己是正牌女友了。纪慕好不恼火，连脸色也拉了下来。那女学生才明白过来，住了嘴。

可恨的是那水露，居然连一眼也没有看他。仿佛，他是透明人，不存在的一般。

"真是有趣得紧的一个女子，爬树爬得那么快，没见过这么像猴子的，嗯，眼睛那么大，像狐猴，多可爱啊。"文洛伊笑了起来。

容华叹："她确是有趣。也是我见过的，最能吃苦的一个人。明明身系富贵，却吃得下常人吃不了的苦。她是一个很矛盾的人，所以分外吸引人。"

与之相比，他们带来的女伴，哪一个不是娇滴滴、缚手缚脚的呢！只有她，这个野姑娘，像山野间的精灵。

水露站于粗壮的树杈上，一时被银光，晃乱了眼睛，远远看去，原来是波光粼粼的太湖。湖上扁舟轻过，渔人撒网捕鱼，银灰色的渔网，透过水汽，被太阳一打，金光闪闪，而映衬着远山青黛，湖光山色，真是美不胜收。

"真美！"她叹。

一行人，正站于一个小山坳上，顺了她的视线，看出去，果然看见太湖，烟波浩渺，如能泛舟湖上，真的是人生一大乐事。

晚饭，自然是在船上吃的。太湖有许多湖鲜，鱼肉鲜嫩无比，农家人倒上的茶是碧螺春，青青的茶叶，白色的鱼，夜色潋滟，波光粼粼，真是好景致。

还是纪慕说的话："那片岛上，有我的祖宅，一直空着，没人住了。盛夏时，大家可以去消暑。在岛上，哪里都可以看得见太湖。"见水露长长的睫毛抖了抖，知道她喜欢湖光山色，也就继续说了下去，"岛上还有一排杨梅林，梅子肥美鲜甜，荒在那儿许久，怕是压坏了枝头。"

他一直看着水露，等着她说话，可她只是拨着碟子里晶莹的鱼片，夹起，却又放下，好似没什么胃口。她十指纤细，指甲都是剪平了的，没有涂指甲油，可偏偏透明粉盈，十分动人。

那女学生连声说好，只恨不得马上上岛。偏水露听见了，只是低垂着头，微微地笑。

纪慕烦了，打了通电话，司机很快上了渔船，恭敬地道："陈小姐，天色晚了，我送你回学校吧！"女学生还想撒娇，但见他冷着一张脸，也就乖乖地跟着司机走了。

大家都当看戏，继续聊天吃饭。

这段时间，纪慕也不是经常出来聚，但偶尔与水露碰上了，他身边皆带着不同的女子。可她依旧是不闻不问，仿若他们从来不曾相识。明明，在黑夜里，他与她有过那样的温柔缠绵，可在圈子里遇上，她依旧从容平淡，全身而退，只有他，沦陷了自己的一颗心。

那一晚，纪慕喝得十分醉。他心情不好，大家都知道。

偏偏那帮子人，送了他到岛上祖宅去住，水露本是跟着大家过去的，可大家走时，独独留下了她。只因他喝醉时，一直抓着她的手，怎么也不肯放。她的脸红透了，明珠却在那儿笑，看好戏一般，其他的几个公子哥与众佳人早散去了。

那两层的渔船里，只剩了容华、明珠、文洛伊与他俩，是文洛伊开了车送他们过去的。文洛伊一向与纪慕最为友好，居然连纪家祖宅钥匙放在花盆底都知道，轻轻巧巧开了门。

一并扶了纪慕进房间，他们三人说是去拿些东西，迟迟不见人影，后来，水露才知道，他们三人连夜坐船走了，气得她是牙痒痒的，却也无可奈何。

要上岛，就得坐船，想那纪慕本就喝了酒，在船上一颠簸，居然吐了起来，害得她更是手忙脚乱，一宿不得安睡。

幸而，他只是吐在了地板上，宽落的床上倒是干净的。

她取来水桶，一点一点地打扫、拖地，总算是把呕吐物给清理掉了。替他换过了干净衣服，她才觉得一身汗，黏糊糊的。幸得，这里的一切都是好的，通水通电，她洗了澡，从满是衣服的衣柜里，取了一件白衬衣穿上。

又见他糊了一身汗，她再次取来热水，替他擦洗。她一点一点地抹着，先是额头、眼睛、鼻子、脸面，然后是唇、下巴。他的五官，在她的描摹下，一点一点地清晰起来。没来由地，她就红了脸。幸而，他睡着了，看不见。

[13]

忽然，起风了，能听见呼呼的声音。这里地处湖上，地广人稀，水汽又盛，到了此时，居然是有冷意的。

虽是四月天了，可在江南，一场夜雨下来，依旧是冷。见他抖了抖，她连忙从柜子里抽出了一张毯子，盖到了他身上。

这是一座十分有历史的私宅，是清朝遗留下来的了，几进院落，颇有庭院深深的味道。虽然屋宇里的一切，都颇为现代化，可庭院花木扶疏，一式的明清木家具，浓重的深灰掩映之下，还是觉出些荒凉来。这里，太安静了。

雨越下越大了，打在芭蕉上，是寂寞的声音。

树木被狂风摇撼，向窗户袭来，"咚咚咚"的击打声，显出了几分怪诞的恐怖。

室内光线昏暗，到底是长久没住人了，那些线路皆已老化，昏暗橘红的电灯闪啊闪的，水露越来越心慌，将视线移开，可看见的又是一大片一大片摇动的枝叶，互相倾轧，互相抽打，失落了叶子，打伤了彼此的脸面。

地上全是树叶花瓣，一地狼藉。本来娇艳的几盆绣球花，全数被吹倒在地，一团一团的鲜艳花瓣，于风中零落，似失去了水分的苍白容颜。

不远处的湖面宽广得如海一般深、一般远。波涛卷起千堆雪，拍击岸面，发出巨大的怒吼。一浪一浪地吼过来，连屋宇之间，都有了回响。"轰"的一声，吓得水露咬住了自己的指甲。

远处树影幢幢，岛上林木茂密，四周环水，竟是个闭塞的地方。真真是一个荒岛！电灯摇曳，灯影影影绰绰，与窗外浓黑的树影一同摇摆，无数的影子竟是被剪得支离破碎。

雷声轰隆，由远及近，连地板都似在颤抖，巨大的白玉瓷瓶轰然倒地，溅起了一地晶莹瓷光，那片片碎瓷，如此细腻莹润，可此刻却粉身碎骨。

她有些慌了，坐在床边上，站不是，坐不是的，要走，更是不可能，另一个房间，空空荡荡，她害怕！这里有无数间房间，可只有这一间房里，还有他陪着她。

于梦中，他也不得安眠，他的眉头紧蹙，唇咬得紧，竟被虎牙咬出了一个小窝窝。他的脸色有些苍白，兴许是酒喝多了，此刻胃里也是翻江倒海。他忽然喃喃。她听不甚清，俯下了身子，软软地问他："是要喝水吗？"

"露露……"他喃喃。

原来，他在梦中也想念着汪晨露。她将被子拉高一点，想挡住他的肩膀，可他的手一把握住了她的，手那么冰凉。

"露露，水露，水露，别走……"他依旧还在沉睡，可嘴里却含糊地说着一串梦话。

他在叫水露，他在叫她。她一怔，有些害怕，想抽回手，却被他握得更紧，那种感觉，似紧得深入骨髓，此生此世，再也分不开彼此。

"露露，是你，一直是你，不是汪晨露，只有你，露露。"他依旧说着谵语。

他的话，使她震惊，原以为，他一直想的，只是文洛伊的未婚妻，汪晨露！

"不，不是的，他叫的分明就是汪晨露，不是我。不是我！他想要的，也只是汪晨露！"水露拼命地摇头，只有那样想，自己才能好过一些。也只有那样想，她才能觉得，安全一些。

他的手冰冷，她只能替他慢慢揉搓，渐渐地，他的双手变得暖和起来，她将他的手放进毯子里。

忽然，摇曳的灯一闪，灭了。

四周一片漆黑，只有惊涛拍岸的怒吼，只有雷雨轰鸣，整个岛死寂沉默，她处于孤岛之上。那一瞬间，有一种岛会沉没的错觉。浪涛会涌上来，一点一点地将彼此吞没，她唯有紧紧地抱住自己。

可太昏暗了，树影重重压下，这样的雨夜，连月光也没有，在这样的百年老宅里，她觉得，仿如自己的一生都将如此过去。不行，她一定要找些事做，不然，她会疯掉的。

她想打电话，却发现手机根本没信号，真的成了一座孤岛了！她来到客厅，仔细翻找柜子抽屉，终于找到了几支红色蜡烛与打火机。在客厅点燃两支，荧荧火光，更映得古色古香的大厅阴森可怖。她连忙跑回了卧室，点上了红蜡烛，却猛然发现，纪慕不见了。

她急了，到处找他，大声地呼唤："纪慕？"

后来，是在院子中庭找到了他。他在淋雨。她怯怯地走近他，拉了拉他的衫袖，他木讷的表情，僵硬的眼，在见到她的那一刻，才活转了过来，方佛魂魄，跟随着她，又回到了他的身上。他一把抱住了她："别离开我，水露。"

他怕她误会，所以不再叫她露露吗？

他的声音带了一丝笑，颤颤地在她耳边响起："我知道，我很卑鄙，只有唤你露露，只有抽那个牌子的烟，用那款香水，你才不会拒绝我。因为司长宁也是这样唤你，也是那个牌子的烟和香水，对吗？我只是想你别离开我。"他声音温柔，是从未有过的。她有些怔怔。

他身体滚烫，她被他抱着，一动不敢动，雨水打湿了彼此的脸庞，他的发湿淋淋的，她的发亦湿透了，互相纠缠在了一起，再也分不开似的。她举起手来，探了探他的额头，滚烫。

他发烧了！她连忙哄他："露露不走，乖，我们进屋里去，好吗？"

他听了，真的很乖，就像一个小男孩，随她牵了手，回到卧房里。他的衣裤湿透了，她取出干净的睡衣，哄着让他穿上。他倒是乖乖地、一颗一颗地解着扣子，她臊红了脸，见他还要换裤子，忙转过了身去。

等了许久不见动静，她悄悄转回身，他已经换好了，就乖乖地坐在床边，看着她。他的模样安静、乖巧，如同这世上最纯稚的孩童。那张脸，有些苍白，却很乖巧。那双狭长的、黑白分明的眼睛又大又亮，像黑曜石，静静地注视着她。

她的脸又红了，见衣衫早已湿透，只能迅速地除下，换过了一件棉T恤衫，也是他的衣服，长及膝盖，她穿着，倒是如裙子一般。

她亦坐了下来，靠着床边。他倚靠着她，躺了下来，他的头枕在她大腿上，双手环上她的腰。她的腰太细，他怎么环着，圈着，还是怕她会逃了。

外面的世界风雨飘摇，可此刻，这个室内无比安宁。水露抚着他的发，觉得心安定了下来。可躺了一会儿，她就发现，不对劲了。他的身体蜷了起来，似乎很痛苦。她只能就着红蜡烛微弱的光，看了看他的脸，豆大的汗珠，从他额间滑落，他的身体开始颤抖。

估计是醉酒伤了胃，再兼风雨侵袭，寒气进了肺腑。她连忙去弄了一杯温热的姜水，喂他喝下。他倒是很乖，十分听她的话。她取过毛巾替他擦汗，擦背，又怕他会得肺炎，取出了一大床棉被，替他裹住，一出汗，就替他擦去。渐渐地，他的脸色变得红润了些，她才算是嘘出了一口气。

再瞧自己，一身狼狈，头发被汗濡湿，全贴在了脸面上，尤其是刘海，一缕一缕地贴着，十分难受。她拨了拨，将碎发别在了耳后。她的发太长了，竟然铺到了他的身上，又黑又亮，被雨水打湿，并未干透，烛光下看，盈盈的一片，滚动的水珠，"嘀嗒"一下，落到了锦被上，洇开了一小朵暗红的花。

"你真美。"他忽然说话，手握住了一缕她的发，在掌心中把玩。那一头青丝竟是水一般柔软，锦缎丝绸一般细滑，纠纠缠缠地，缠绵进了他的心里，再也没有办法放下。

"你好些了吗？"她声音低低的，竟有种不胜娇怯的味道。

他听了，身体一颤，拼命压下了那股燥热，答："好多了。"这样宁静的夜，他不愿打破了彼此的安宁。是的，纵使外面的世界，大风大雨，只要有她在，就是安宁的。

"我替你拿些粥过来。"她道。她记得，文洛伊送他们过来时，手里提着两个保温壶的，就放在大厅上。

出到大厅，果然看见了，由于是放在保温壶里，一打开盖子，竟还冒着热气的。她大喜，连忙捧着，小跑了来，脸上笑意潋滟，竟叫他一时挪不开眼睛。

"快吃吧，还是热的呢。文先生真是心细。"

两人就着小小的红烛，吃了起来。

　　忽然，他就伸过手来，在她唇边轻轻一抹，原来是一粒晶莹的粥粒。他将粥粒，含进口中，是甜的。他看着她，而她亦怔怔地看着他，脸一下就红了。

　　他低低地笑了笑，她总是很容易脸红的。

　　他说："这一段时光，于我，是此生此世也不会遗忘的。"

　　她不知该说什么，只能垂下了眸，茫然地搅拌着粥，却是再没了胃口。过了许久，她才道："我饱了。"

　　他说："我还有些饿。"

　　她却慌了："那怎么办？没有粥了啊！"

　　他笑了笑，取过了她手上的粥："别浪费了，我吃完它。"他真的将粥喝完，脸上冒了汗，人反而精神了起来，那双眼睛黑亮得叫人不敢细看，怕会被他的目光勾走魂魄。

　　她探了探他额头，见烧终于是退了，她才露出了一丝笑意，淡淡的，可眼内的光芒却璀璨动人，那种喜悦，挡也挡不住。

　　"我有些累，可不可以借你的肩膀靠靠？"他说，慢慢闭上了眼。

　　她想了想，还是半躺到了床上，背靠床头坐着，而他依旧环上她的腰，将头搁在了她的肩上，任她的发垂了他一身一脸，枕着她的肩、她的发，也说不出的心安。

　　后来，他就与她说起了他的童年。

　　他的童年，大多时候在这里过，跟着外婆外公。这里是母亲的祖宅，并非父亲的。他的母亲，是书香门第出来的大户人家的小姐。那时，与父亲相爱了，父亲却是个穷小子。可父亲是有本事的，白手起家，居然也富甲一方。后来就到了上海去跑生意，生意越做越大，资产如雪球一般，越滚越大，外祖父家的人，再也不敢瞧不起他。

　　其实，父亲与母亲也有过恩爱无比的时光。母亲是个大美人，即使去到上海滩，能比得过她的美人，真是寥寥可数。但自生下他后，母亲就一直卧床不起。

人常言道，久病床前无孝子，更何况夫妻本是同林鸟呢。一开始，父亲还是耐心照顾，来往于她的病榻前。但慢慢地，那心思就淡了，后来更有了许多的红颜知己。其实也很难怪他，他正值壮年，本又是极英俊潇洒的一个人，除去那些财富，依旧有许多女人贴上来，更何况他那么富有呢！

母亲也是淡了心，只想看他长大，后来以要静养为由，搬回了这里。纪慕当时还庆幸，母亲走了的好，因为不出一个星期，父亲就开始带不同的美丽女人回家。后来，纪慕也搬去了外祖父家住着，陪伴母亲。

这里是一片看不到头的广阔太湖，不起风浪时，果真是美的，风景秀丽。江南之美，这里尽数有了。还有后面那片杨梅林，正是对小孩子胃口。他经常爬树去摘杨梅，跟个猴子一般。

正说着，他却听到了她"嗤"的一声笑。原来，她笑他是只猴子。他抬了抬头，见她一张鹅蛋般的脸亮晶晶、粉盈盈的，脸庞无数小小的绒毛被烛光一打，更是细腻得透明，像扑过了香粉一般。可她明明就是清素的一张脸，脂粉未施，连她最爱的口红，也没有涂。唇色淡淡的、粉色的，娇嫩无比。忍不住地，他就凑了上去，亲了一口，如偷到了蜜糖的小孩，马上分开。可他还是觉得甜，无比甜蜜。

水露早着红了脸，身体动了动，他就说："痛。"

"怎么了？"水露十分担忧。

"没什么，肚子有些痛。"他带了点撒娇的语气。

兴许是肚子着凉了的缘故，她替他轻轻地揉按，而他继续说了下去。

可这片岛屿，也是会有风浪的时候，一旦刮风下雨，真的是无处不凄凉。林木又多，村落也不在这片岛屿上，竟是荒无人烟的。夏季还好，一入了冬，真的是太凄冷。

头两年，父亲还会过来度春节，一家人还算热闹。可后来，他就不来了。母亲经常在病榻上等待，明明那个人不会来了，依旧在等待。

久病不好，再美的人儿也会凋零了容颜。当容貌不再，昔日的情分也都到了头了。那时的母亲，是蜡黄的一张脸，形容枯槁，失了水分，哪还有当年的半点风姿。老话说得对，色衰则爱弛，爱弛则恩绝。母亲还那么年轻，却已断了夫妻的情分。

后来父亲另立了一房，没多久，母亲也去了。去时，孤零零的，就是在这个家里，而父亲不知道在哪儿风流快活呢。不过那一房也没得宠多久，父亲又被其他的女人迷住了眼睛，离了婚。他一直单身到现在，即使年老，依旧不缺女人，身边多的是莺莺燕燕。

纪慕的童年，几乎都住在这儿，到了初中，就直接出国留学了，还是外祖父母照顾他，在法国陪伴他读书的。父亲，只顾周旋于不同的女人之间，哪还记得起他这个失宠的孩子呢！现在外祖父母都在法国定居了，所以这里也空置下来了。但每年夏季，他还是会回来小住一段时日的。

原来，他也有过他的哀伤，有过他不愿提及的过往。每个人生来孤独，只能不停地寻寻觅觅，希望找到那一个人，才不会孤单。可她与他，又能找得到，抓得住吗？这些，水露皆觉，无从理清。

"你出了一身汗，身体也刚退烧，快睡吧！"她哄了哄他。

"好！"他抱住她，不让她走。

这样的风雨凄迷，她也不愿单独睡下，被他抱着，也不禁困了，歪着头，睡了过去。

等醒来时，却是尴尬的。

如果说昨晚，彼此都喝了些酒，风雨飘摇，一室漆黑，还可以放任自己的情绪。可现在，谁都是清醒无比的。他一双清亮的眼睛只注视着她，她一睁眼，便瞧见了。

而她则是睡在他的怀抱里的，她的头枕着他的手臂，身体投进他宽阔的胸膛，而他拥抱着她，如此亲密，仿如这世上最普通的一对情侣。她动了动，却听他说："别动，让我再抱一抱你。"不然再次醒来，就再也没有了理由。

　　天还未亮透，她没有动，任由他抱着。他在她额间，印下一吻，轻轻的，却又十分珍重。

　　地面湿淋淋的，她脚步打滑，他在一边扶着。雨还未停歇，只是变得淅淅沥沥起来。还是早上七点的光景，可路面依旧昏暗，天还是乌沉沉的，透不出一丝光亮。码头上有盏灯，是碧绿色的，一闪一闪，似在等待谁。

　　看仔细了，竟有种凄凉气氛，就如《了不起的盖茨比》里，盖茨比永远守望着黛西屋前的那盏绿灯一样。

　　可此时，即使有一盏灯，也照不亮码头，照不亮湖面。只能照见密密的雨丝，雨丝斜飞，而不远处的湖面一片漆黑，使人觉得坐于船上一般，一切都是飘飘摇摇的。

　　是文洛伊来接他们，纪慕小心地扶了她上船。

　　文洛伊打趣："老六，昨晚大风大雨的，睡得可好？"

　　一旁的水露早羞红了脸，垂下了头来。纪慕瞧了她一眼，她连耳根、细细的颈项都红了，他真想咬一口。可见文洛伊正似笑非笑地看着他，他也只是一笑，打发了过去。

　　他坐到了水露身旁，明明隔了那么浓的雾气、水汽，可还是能闻到她身上的香，不似香水的味道，淡淡的，有些甜，似花香，又似蜜香。

　　他握住了她的手，低低道："夏季，我们还过来。"

　　她不动声色地放开了他的手，移了移身子，也不说话。

　　纪慕的心只觉被沉闷地撞击了一下，说不出是痛是麻。

第三章
婚期
I love the most

[1]

　　容华说到做到，给了水露一间小小的独立办公室。而她也升了职，挂了一个副总监的名号，实则依旧是他的秘书。

　　人前人后，别人见了她，也要叫一声"水副总"，这倒让她十分不好意思。她也依旧会陪容华出去应酬，但挡酒的事，倒不用她做了。每次助理被灌倒了，她要挡，都被容华笑着按下了酒杯，说："妹妹，你就悠着点吧！喝坏了你的胃，老了，我可不管你。"

　　公开场合里，容华也已经公开了彼此的关系，而且十分不露痕迹。许多人，还真以为，她就是他的小表妹。所以，那些客户也不再过分难为她。

　　这段时间，一直是阴雨天，天气寒冷。

　　早上出门时，她穿了一件中短袖的白色针织毛衣，搭配了一条黑色的开司米长裤，裤管宽松，走起路来，十分飘逸，竟生出丝妩媚来。而毛衣领子上，是绒绒的一圈白色细毛，点缀着她黑如点漆的眼睛，竟又是雾蒙蒙的，明明是最普通不过的职业装，可她穿着，倒像个孩子，少女一般的肌肤，水做的脸蛋，眉目清淡，倒有一派孩子般的天真明媚。

她把刘海修得短短的，省得挡了视线，可却更显得脸庞毛茸茸的。容华一见了她，就笑："妹妹，你真像一只小鸭子。"

她也是嘻嘻地笑着。

一开始，俩人间还是有距离感的，所以她总是装出一副老成持重的姿态，现在彼此也混熟了，容华才发现，她根本就是个小孩子，与十七八岁的少女无异。

"晚上有个饭局，你代我去吧！你也该独当一面了。我晚上的飞机，要赶去深圳开会。"容华直接吩咐下来。

她答："好的。"

接待的，居然是个暴发户，可人家是真的有钱，又有什么办法呢。对方身家过亿，对于容华集团来说，有这样一个客户，是好事。所以，容华派来接洽的人里还有亚太区的CEO丽莎小姐。

丽莎年近四十，工作能力也是有目共睹的。一行人里，还有好几个组员，多是年轻的男士与女士，还有两个小秘书，也是与水露差不多的年纪。而丽莎为人亲近和善，一行人走来，嘻嘻哈哈的，倒也快乐轻松。

只是见到那暴发户陈红旺时，连极有教养的丽莎都忍不住皱了皱眉。

桌面上，大家一一介绍，握手打招呼。

轮到水露时，她礼貌地叫了一声："陈总，您好。"

那陈总顿觉眼前一亮，只见这小姑娘一头马尾辫，刘海绒绒的，也没有化妆，在灯光底下看，却是粉雕玉琢般的，乖巧甜美，像个高中生，而眉目间又分明有些清妩的姿态，像一朵尚未开放的芍药，艳色已经淡淡地流露了出来。

他连忙握住了她的手，道："别客气，叫我陈红旺，叫我陈总什么的，太见外了。"

他的手油油的，水露想抽，却又被紧握着，抽不掉，心里是一万个恶心，面上却还是笑的，可那笑别提多别扭了。还是丽莎在一旁说话："上菜了。陈总，可以起筷了。来来来，让我先敬您一杯。"

于是，水露顺势抽了手，然后向丽莎投去一记感激的目光。

订的是一间大包间。桌子很大，水露挑了离陈红旺最远的地方坐。她也不作声，只管吃。到了敬酒时，那陈红旺却像有意似的，连连来灌她酒。

水露推却，声音细细的："我不会喝酒。"碰上这样的人，她装就好了，不然真被灌醉了更麻烦。

"没事，喝一点，喝一点就会了。"酒杯却推到了她手边，而他的手有意无意地碰她的手。

水露那一组的人，都露出无可奈何的表情。她只能勉强地喝了一小杯，然后说："我真喝不了多少。"

此时的陈红旺，已经喝得是满脸红光，见她喝了一杯，十分高兴，竟在那儿扯起了他的发家史。这样的大客户，自然还是要奉承一下的，小李和另一个女助理小吕适当地拍起陈红旺马屁来，顺势，挡下了他敬向水露的酒。

本以为，就这样过去了。

没想到，到了下一周，容华回来后，与陈红旺再见面时，陈红旺点了名要水露作陪。

本就是走个过场，应酬一下而已，容华说，不想去就算了。

但水露头一歪，笑了笑："还是公司要紧。毕竟他是大客户，而且还有海外的关系与资源。"

容华向她投来一记赞赏的眼光："果然有大家闺秀的风范，司长宁把你教得很好。"

见他提起长宁，她怔了怔，笑意便有些苦涩。

陈红旺钱多，所以喜欢附庸风雅，要打高尔夫，还嫌上海不够规格，硬是包了机要去香港玩，更请了容华与水露上机，一起过去。

容华的修养是好的，自然不会去抢了他的风头，也携了明珠一并过去。

飞机上，陈红旺总是有事没事往水露身边挪，这让水露好不烦恼。

见她老低着头，以为她是害羞。再看看她打扮，一件简单的白衬衣，黑色百褶裙，梳着一头马尾，那马尾辫又黑又亮，像一匹缎，偏偏马尾尖又带了波浪卷，随着气流颠簸，一颤一颤的，十分动人，他竟真的伸手去摸了，还满脸堆笑的："露露啊，看你打扮像个学生，今年几岁了呀！"

她借着说话，调整了姿势，与他挪开了一个肩的距离："快满二十一了。"

容华十分识趣，玩笑道："陈总，我妹妹年纪还小，你别打她主意啊！"

他这样说了，陈红旺才不敢过分轻薄。

到了香港，接机的阵势好不热闹，根本就像一出滑稽剧。那陈总为了彰显面子，居然还请来了仪仗队，在那儿吹吹打打的，连明珠都嗤嗤笑起来，水露也是笑。而那陈总还自以为很厉害，笑得开心，连金牙都露出来了。

到底是年轻，水露并没有想得太多，也只把陈总当一般暴发户看待。陪他打了几场高尔夫，也就飞回了上海。该工作工作，该干吗干吗。

这段时间，纪慕没有再来找水露，水露反倒觉得轻松起来。经过了在太湖俩人独处的那一晚，他向她袒露心扉，说起了以前，她很难再绝情地推开他。可她与他，终究是不可能的，他们之间，会永远地隔着一个司长宁。

她也许久没回司宅了。见手头跟着的项目已经完成了大半，她回到了司宅。

司长宁依旧在那里。

回到司宅时，夕阳刚刚落下，司长宁的身周是一片粉红的玫瑰海洋，而背后是融融的晚霞，他独自站着，又高又瘦，不知在等着谁。

她走上前去，他似有感应，慢慢地回转身，然后笑着说："回来了？"

一段时间不见，她变得更美了。原来，无论过去了多久，他终究是忘不了她的，她一直在他的心里。是纪慕改变了她吗？他是妒忌，自然请了最好的私家侦探，她与纪慕一直有往来，纪慕经常留宿在她的小窝舍里，两人甚至在孤岛上过了一夜，这些，他都知道。她始终是大了，要离开他了吗？

他握住她的手，声音淡淡的："饿了吧，我做了你喜欢的玫瑰糕。"

她忽然就抬起了头，刘海剪得短短的，绒绒地点缀在额上，衬得明亮的眼睛更加灵动。他笑着举起了手，抚了抚她的刘海，果然是痒痒的，一直漾到了他的心里。

"我扶你进去。"她眼睛里是藏不住的喜悦。

本来一切，都很好，他却将一张红色的喜帖推给了她。

她低着头，他看不见她的表情。

她只是随意地翻开，然后说："定在了下个月？"

"嗯。"

"不结婚不行吗？"她还是那句话。

"有一笔重要的家族基金，一定要在我婚后才能启动。"他回答。

"我们离开这里不好吗？可以去任何一个地方。我还记得，小时候你给我说童话，北欧小镇，处处都是那么神奇、美丽。你也曾经说过喜欢北欧小镇，说那里像童话一般，到过的人，就不想离开了。我从没去过，我们去那里隐居起来，一辈子！"她在说傻话了。

果然，他深邃的目光闪了闪，道："你在说傻话了。我们不可以就这样私奔。我们有名誉，有社会地位，这些，是我努力了许久，才能给你的东西。"

"可我不在乎。"她的手握成了拳头。

他一声轻笑，神色疲倦："可我在乎，养父与养女乱伦，天天睡在一张床上，露露，你的名声就不要了吗？"

"Who care！"

她的脸色已十分苍白，眼泪已经快止不住了。

他不再说话，继续用着晚餐。

她忽然离开了饭桌，跑回房间。

没多久，她就听见了，客厅里飘来的音乐声，是一支华丽动人的圆舞曲，也是她与他最爱的曲子。

然后，她就听见了敲门声，是他进来了。

他看见，她伏在床上哭泣。

司长宁轻轻地走了过去，在她身边坐下，唤道："露露。"

唤了许久，她才肯抬起头来，眼睛是红肿的，眼角还有晶莹的泪痕。他的心一痛，忍不住就捧起她的脸，吻了起来。

这是他第一次主动吻她。起初是浅浅的，然后逐渐加深，与她一点一点地唇齿纠缠，她的唇那么甜，他已渴望了许久。自她十五岁后，他从来没有主动吻过她。她的呼吸暖暖的，有些急促，带着细碎的喘息，她的手攀上了他的脖子，仿佛明天就是世界末日，现下，这个世界只剩下他与她。

他知道，她可以给予他所有的快乐与甜蜜。这些是他想要的、渴望的，却又是无望的。他喘息着推开了她，眼底是一片情潮涌动。只有她明白，他忍得多么辛苦。

"我们去跳舞好吗？"他说。

客厅里，回旋着那一支舞曲，他第一次教她跳舞时的情形历历在目。那时他那么高，为了迁就她，他把头放得很低很低，腰身也是弓着的，从那时起，他就没把她当孩子，而是一个小大人来看待。

她牵住了他伸过来的手，随他下了楼梯，来到大厅上，偌大的客厅，那么空荡，只有彼此。她脱掉了高跟鞋，将脚踩在了他的皮鞋上，由他带着跳。他就笑了："现在你重多了。"

"因为我长大了。"她将头抵在他的肩上。

他搂着她细细的腰，叹道："你永远不长大多好，那我永远也不会老。"他吻了吻她的发，那种若有若无的淡香一缕一缕地飘来，将他萦绕。

她踮起了脚，想吻一吻他，却不能，他那么高。他低下了头，将脸贴着她的额头，俩人不说话，脸贴着脸，共舞。

跳了多久，最后，连彼此都忘记了。

[2]

无论怎样不去想起，那一天终究还是来了。各大财经版面、社会版面，都是司长宁要结婚的消息。

司长宁的投资方向一向在香港那边，在香港的名声比在内地还大。公司也已经在华尔街上市，可司长宁做事一向低调，是隐形富豪，此次高调宣布婚事，为的，该是那一笔很重要的家族基金了。

这一切，水露都清楚，可心里还是闷闷作痛，无论怎样，也缓解不过来。

那一天晚上，她彻底搬离了司宅。原来，把所有的东西都收拾好了，也不过是一个箱子。十岁时，她第一次踏进司宅，什么东西也没有带。而如今，带走的也不多，只是一些琐碎，但是有纪念价值的东西。她将他这么多年来，送给她的每一支口红，都装到了那个箱子里，一并带走。

离开前，她停止了跳舞。

她对他说："你选择了陈美娴，这将是你与我最后的一支舞，以后，我的事，也不再需要你管了。"

司长宁还要说什么，她已转身离去。

可他的婚礼，她还是要去的。

　　那天，她请了一天的假。当她出现在婚礼现场时，她看见了司长宁。司长宁没有穿黑或白的礼服，他穿的是灰色的，而陈美娴也很识趣地挑了件灰色的婚纱配他。

　　原来，司长宁是在以这样的方式来告诉她，他在乎她。

　　可这又有什么用呢？他可以不结婚吗？

　　西式的婚礼，在户外举行。宽阔的绿草地，蔚蓝的天空，一切如梦似幻的布景，礼花、美酒、蛋糕，可这一切，都不是属于她的。

　　她正要走进去，手被握住，她一回头，偏偏那人的吻，就落了下来，落在她唇上，带了淡淡的酒气与熟悉的烟味。她一怔，才发现是纪慕。

　　"这种场合，一个人出席多无聊。"纪慕微笑着看她。今日她只简单地穿了一袭白色裙子，裙子很长，裙摆飘逸，而发绾起，披于背后，发间缀有珍珠，妆容也是精致的，就如从爱琴海走来的希腊少女。

　　"嗯，你今天真美。"他抱了抱她。

　　她没说什么，挽起了他的手，与他一起进入会场。

　　司长宁已经在等着了，看到了那一幕，他神色疲惫，全无半点做新郎的喜悦。

　　新娘很美，鹅蛋脸，大眼睛，肤白如雪，远远瞧着时，竟与水露有几分相似。

　　可走近看时，水露觉得，美娴果然是美且娴，样子比她美多了。

　　人很多，几乎是被推挤前进的。她与纪慕站在了新娘新郎面前，她笑，笑得比一般人开心，笑得花枝乱颤，她居然能清楚地听见自己说："叔叔，新婚快乐。"接着把早已备好的礼物递给了他，再开口就是，"新娘真美。"

　　陈美娴谦虚地回应了几句，再看了看丈夫，却发现司长宁一直没有说话，眼睛只注视着眼前的女孩。

纪慕笑了笑，也道："新婚快乐，露露，我们入席吧！"

她低低地说了一声"好"，便随了他入席。

在人前，她只能叫司长宁叔叔。司长宁是她的监护人，也只能是她叔叔。

参加婚礼的还有许多司家的亲朋好友以及司家的生意伙伴，他们一一与水露打招呼，水露则露出最灿烂的微笑，仿佛叔叔结婚，她比他还要高兴。

"你累不累？"

听得话声，水露转过身来，依旧是纪慕似笑非笑地看着她，在问她：你装得累不累？

"我并没有请你过来。"水露收起了笑容，是一脸落寞。

"你叔叔也没有请我来。"纪慕说起了玩笑话。

"这个玩笑一点不好笑。"她恼了，摘下手旁的一朵粉色玫瑰，往他脸上抽去。她正恼着，也没有收力，他生生吃了这一记，左脸上出现了一道血痕，不是不狼狈的。幸而人来人往，这里被芭蕉树挡着，无人看见这一幕。

纪慕仍是笑着的，脸上是火辣辣作痛，他伸手一摸，是血珠渗了出来。

水露眸光一闪，知道自己是过分了，连忙上前了两步："你……你痛吗？我陪你去处理处理伤口吧？"

可他一步靠近，已经圈住了她，不容她抗拒，就吻了下来。

那个吻，吻得很深，他不再是浅尝辄止。

她喘息着想推开他，竟是不能。他的手抚在她的耳根项间，一点一点地撩拨，她身体挣了挣，忽觉酥麻无比，再也用不上力。她恨他，居然比自己更了解自己的身体。

"咳咳……"

一声轻咳，打断了两个人，是司长宁站在了芭蕉树旁。浓绿的一排芭蕉叶低低垂垂，那碧色浓得跟泼墨似的，笼在他的身后，连他的眉目也越发映衬得深不见底起来。

"露露，马上就开始跳舞了。"

原来，已经礼成，舞会开始了，而她竟没有观礼。

她笑了笑，挽住了纪慕的手："我已经有舞伴了，你也已经有舞伴了不是吗？我们马上就过去。"

司长宁看了看纪慕，发现了他脸面上的伤痕。

"露露，别再任性了。"

司长宁移开了目光。那目光似被芭蕉叶黏住了一般，那浓翠倒影于他的瞳仁里，墨深似海，又似夜色。

"我没有任性，只是你变了，我也变了而已。而且我说过了，你选择了她，那以后我的事，你也无须管了。"说完，水露携了纪慕往舞会走去。

许多人已经在跳了，新娘显然是在等新郎共舞。水露将手搭在了纪慕的脖子上，忽然觉得累了，便将身体的重量都压在了他的身上。音乐居然还是那支曲子，她与司长宁最爱的那一支。

两人头抵着头，懒懒散散地跳着，转着圈。纪慕人高，她穿了高跟鞋，才够得上他的高度。他的脸贴着她的额角，她的发绒绒的，一直往他脸上黏来，又似一只一只顽皮的小手，一直在向他招手，让他靠近她，靠近她，再不放开她。

"还痛吗？"她问。

他笑了笑，颤音自胸膛传来，连她的身体亦能感觉得到。他抱她抱得那么紧，两人之间，几乎再没有距离。

"不痛。"他答。

他的肩膀很宽厚，他的高度与她刚刚合适，她无须仰起头来，就能看见他。蓦地，她就觉得很安心，因为只要她稍稍扬起脸，便能看到他的眼睛，他的眼睛里，只有她一人。她看了他多久，连自己也没察觉。

"还没看够吗？"他一直注视着她，不放过她的每一个眼神，他用目光来勾勒她的脸庞、她的眼睛、她的鼻子、她的唇。

被他如此说，她的脸红了。她的肌肤几欲透明，那抹红也就更加俏丽。他笑，声音低低的，只有她能听见："我们离开这里，好不好？"

可司长宁没有给机会让她回答，他已走到了俩人面前："第二支舞，该是我和你跳了，露露。"

水露一怔，想起了那日说过的话，脸色已经苍白。纪慕已经放开了她，可她没有接过司长宁的手。

见纪慕已经退到了人群中，她冷冷说道："我原以为，已经说得很清楚了。此生此世，不会再与你共舞。"

"露露，那么多的人在，别任性。这支舞，该你和我跳的。"他皱起眉。

原来，他所能想的，只是人前人后的光景，他只是要这个形式，这个面子而已。她一仰头，很努力才够得上他的视线，她甚至连他的目光，也无法看清。

"好，既然你那么在乎人前的礼仪，我会陪你跳这一曲。"

她随了他的舞步起舞。他的手箍得那么紧，他用力一揽，俩人的身体严丝合缝，他竟似要把她融进他的身体一般，她喘不过气来，只觉得身体的每一个细胞都是疼痛的。她想挣扎，她的腰被他固定住、紧紧地贴着他的。他的呼吸，全喷到了她的脸上，她的眸光闪了闪，忽然笑了："无论你多想，你都得克制对不对？因为你不可以吻我，无论你多想。"

司长宁不说话，只注视着她。那支舞，跳了许久，许久。难道他以为，这样跳下去，就能天荒地老吗？始终是要曲终人散的。渐渐地，人群里起了骚动，许多人在窃窃私语。

水露看了眼一旁的新娘，已经是目光如刀了。她嗤嗤地笑："新娘子该妒忌了。"

他终于是明白了过来，人言可畏，他本不该与她跳这支舞。他只是无法忍受，她与纪慕那样亲密。过去的那些无数的时光，始终是他陪她跳舞，而如今，她却是要离开他了。他停下了舞步，放开了她的手。

他听见她说：“再见了，长宁。”然后，她转身融入了人群中，他再也寻找不到她了。

[3]

纪慕也找不到她了。她消失于人群中，那么快，也不过一眨眼的事。

在人群中来回寻找，最终，纪慕知道她逃了。他打她电话，可她一个不接，他没有办法可想。偏偏容华等人的电话到了，倒是约了新地方。

他无计可施，也是烦到了极点，干脆就往酒吧去了。一进包厢，就一连喝了好几杯。

文洛伊笑他：“怎么，敢情来我们这里是买醉的？”

容华一脸了然：“他心情不好，你别惹他。”

包厢里，还有陪伴而来的几位女伴，每个都是国色天香，连公子那家伙，新交了女朋友，更是恨不得带出来炫耀一番。那位林小姐，也当真是美，有此资本，难怪连公子高兴。

纪慕来，不过是想大醉一场。

包厢外面是慢摇厅，许多人在跳舞。

可金碧辉煌的包厢里，倒是静谧的。

明珠在唱歌，是蔡琴的《被遗忘的时光》。别看明珠娇滴滴的，但唱出来的女中音倒是有模有样。

连林小姐也拍手赞好。原来，明珠从小就练声乐的，也会弹钢琴，更长期学过油画，她气质好，否则也不会从《沉香屑第一炉香》的海选里，脱颖而出。

纪慕一怔，陷入了沉默，仿佛又回到了风雨飘摇的孤岛上。有她做伴，那段时光，他永生难忘，他如置身大海，而那叶舟摇啊摇的，仿如他与她还在船上，原来是他醉了。

明珠见林小姐赞美，提及如果水露在，才有意思。想她年纪轻轻的，对古董瓷器倒是有研究，与每位客人聊天皆能有不同的话题，可以从高科技的医美谈到各弄堂里的私房菜，一直聊到青花瓷器与世界名画。她仿佛是一道迷人的谜题，永远叫人猜不到答案。

"上次她与我说及各式名车，后来竟辩到了古典音乐上来，真是有趣得紧。"明珠放下了麦克风说道。

容华揽过了她的肩膀，也说："她家教甚严，从小见过世面，与一般大家闺秀确实不同。上次，我办公室进了一幅毕加索赝品画作，居然让她一眼看穿。"

纪慕越喝越觉得烦躁，于是也就推了门出去静一静。

他靠在暗金色的墙面吸烟，那种烟的味道，只要抽上一次，就绝对不会再忘记。上午时，在司长宁的身上就闻到过，就是这一款烟味。

记得第一次见水露，他也是靠在墙上吸烟。如果不是一种深入骨髓的味道，恐怕他是会拒绝他的。

前方一抹白影飘过，竟然像极了水露的身影。纪慕笑起自己来，真是想她想疯了，可身体已经本能地向前走去。

其实，水露倒也真是过来了。这里是新开的酒吧，许多人说起不错，所以她才过来的。她开了一个单独的包间，将KTV放到最大声，然后一边落泪，一边喝酒。她从早上到现在，一点东西也没吃，可她一点也不觉得饿。

包里的手机似乎响了，她拿起，看了一眼，哈哈大笑了起来。是司长宁在找她。她不接，然后又是手机不依不饶地响起，她懒懒地看了一眼，是纪慕。

她亦懒得接，还在不停地喝着酒。

纪慕好似听见了她的手机铃响，可又不真切，似他的幻听。酒吧太大，巷道太多，他只能逐间寻找。

而水露喝得醉醺醺的，觉得浑身发热，只想出去跳舞，发泄一通。外面就是慢摇厅，气氛很好，你不认识我，我也不认识你，多好。她咯咯笑，已经推开了包厢的大门。

走路已经有些东倒西歪了，管他呢！她哼起了小曲，手舞足蹈。司长宁一向舍得花本钱栽培她，所以一进入司宅，就给她请了芭蕾舞名伶，并把一间会客房改造成了练舞室。她在里面度过了八个春秋，一直到她成年才停止了学舞，所以她的身段一直保持挺拔、苗条。

可到底是醉了，舞动时，身体有些虚浮，可依旧不失轻盈，她本就是一袭白色长裙，飘飘的裙摆随着她转圈而飘荡起来，白色的轻纱下，是她细长洁白的脚踝与小腿。她咯咯地笑，如银铃一般。忽然，一扇门开了，出来的竟然是那陈红旺。

两人也算冤家路窄，居然在这里都会无端碰上。

那陈红旺色眯眯的，一见就是那清高的小姑娘，喝多了两杯的他更是忘乎所以，伸过手来，一把捞住了她："小姑娘，进来我这里坐坐吧，这里有好多好酒呢！"

虽然醉了还有三分醒，他那咸猪手又油又腻的，抓着她，汗涔涔的，十分不爽快。她嗔了起来："不！"

"不去！"她嚷嚷着，眼睛因酒的缘故，分外亮，就像个想要洋娃娃的小女孩，既纯真无邪，又妩媚诱惑，竟看得那陈总呆住了，他更是拼了命地把她往包厢里拖。

她一把抓住了门框，劲道却也是奇大，让那陈红旺一时抱不动了。他的手开始在她身上乱摸，还不忘骗她道："进去玩，我们进去玩，我们一起K歌，一起跳舞，还有好酒，喝个痛快。"

"不，你是色狼，我不跟你走。"

水露笑嘻嘻地伸出脚就去踢他，可酒意已经上涌，十成的力道，此刻只剩了三成，软绵绵的，踢在陈红旺身上，如挠痒，把陈红旺的一颗心挠得是受不住了。

他用力一扯，"嘶"的一声，她的裙摆已经撕裂，露出了圆润修长的大腿，她身体洁白芬芳，那如水一般的肌肤，一旦上手，就再舍不得放下了。她显然是受了惊吓，眼睛猛地睁大，像惊颤颤的小鹿，十分可怜。那陈总色胆已起，拼命扯她进房间，她大声叫了起来。

"不要！救命！救命！不——"她喊得声嘶力竭。

可就在那一瞬，就在门要关上的那一瞬，一个猛力，是纪慕冲了上来，他一把甩开了陈红旺，把陈红旺摔了个狗吃屎，竟晕了过去。

室内还是有些光影的，是水族箱幽幽的灯光，映在她的脸上，是苍白的。她已经吓傻了。她何曾遇到过这种情况，受过这种罪过呢！司长宁一向是把她保护得很好的。忽然，她就嘤嘤地哭了起来。

无论再苦再痛，她从来不哭，自十岁以后，她就很少哭泣了。她伏在纪慕身上，号啕大哭。

"好了，没事了，我在这里。你不会有事的，别哭了，乖，别哭了。"他轻轻地安慰她。

可她终是累了，软倒在他怀里。他抱了她上车，回到了他的家里。

在车上的时候，她就累极睡着了。现在，依然没有醒来。他将她放在床上，她的泪光晶莹，一粒一粒的，像一颗一颗的珍珠。她的唇色鲜艳，是喝了酒的缘故，鬓发乱了，如云的青丝堪堪地坠着，说不出的可怜。明明不是甚美的脸，却有着无限的生动，他伸出手去，抚了抚她的脸，那张白得透明的脸。

只一动，她就醒了。犹有些迷茫，方才的一切，不过是一场噩梦，可她的梦，也还未醒来。

"纪慕？"她的唇动了动，吐出了他的名字。

"是我。"他看着她，深深地看着她，充满了渴望。可下一秒，她已经吻上了他。他几乎是粗暴地回应她，急切地要除去她的衣衫，她的裙子本就薄，被他用力一扯，如裂帛，一直裂到了脚踝，裂成了三块，仿如将她与司长宁的一切，尽数撕碎。

他在她肌肤上噬咬，一点一点地用力，她被咬得又痒又痛，指甲掐进了他的背里。而他将她一转，将她压在了厚厚的床褥里，他猛地压了上来，胸膛紧紧地抵着她的背，从背上肩上一点一点地啃咬，她颤了颤，就不挣扎了。

他吻她耳根、颈项，她的呻吟细细的，十分悦耳动听，他一把将她翻了过来，开始吻她的唇。她搂住了他，攀附着他，从未如此的主动，他将吻逐渐加深，下巴、颈项，一点一点往下……而她沉沦到他所给予的甜蜜里……

[4]

纵欲过度的危险就在于，第二天起不来床。

她从未想过，纪慕会有那样热情，抵死缠绵，恨不得两人就这样死在了床上才好。她累极了，连动一动也不愿意。

如不是容华的电话，她还会继续睡下去的。那电话响了许久，是睡意模糊的纪慕接的，他"喂"的一声，是浓浓的鼻音。

那边，许久没有声音，纪慕才清醒了一些，一看是水露的手机，再看，是容华，他嘿嘿两声笑："容总有何贵干？"

水露猛地就清醒了过来，伸过手来抢了电话，不过容华已经挂机了。她才想起，今日有个会要开。

被他这样看着，她是羞死了，正要抢过被子裹住身体，便听得他道："露露，我们结婚吧！"

她一怔，没有回应。

他将她拥进怀里，她也没有拒绝。他说："即使不是我，你也会和别人结婚的，为什么不考虑考虑我呢？！"他忽然笑了笑，"起码，你可以气一气某人。"

"好，我答应你。"几乎只是一瞬，她做出了决定，能气司长宁，便是她想要的。

她没有抬头，没有看见纪慕眼底的一丝哀伤。

其实，有什么好哀伤的呢？不过是他自己求仁得仁罢了！昨晚，她那样迎合自己，也不过是因为司长宁结婚了。她去买醉，去疯狂，所做一切不过是为着一个司长宁，甚至差一点被那禽兽……纪慕不敢再想，只说了一句："以后不要再喝酒了。很危险。"我会心疼的，那一句话，却无论如何也说不出来。

她的身体颤了颤，然后答："好的，我会把酒戒掉。"如把对司长宁的思念戒掉一般。

水露首先把这个消息告诉了明珠。

可明珠约的地方，竟然还是在咖啡馆。水露后到，一坐下来，就不忘看表：'大美女，也不看看几点了，居然晚上约出来喝咖啡。你想我不睡觉呀！"接着把要结婚的事，告诉了明珠。

明珠也替她高兴，但转而一想，还是问了出来："你真的决定了？可你爱纪慕吗？"

婚姻里不一定非得有爱吧？水露笑了笑，答："他也不爱我，他爱的自是别人。可这样不更好吗？反正我都是要嫁人的，嫁谁又有什么区别呢？"

不嫁纪慕，司长宁也会安排她嫁给曾云航，或者其他的大好青年。她端起咖啡杯，拿起勺子仔细地搅拌，杯口颇大，瓷白色杯面上，绘有两只缠绵的长翼蝴蝶，那蝶翼很美，在灯光下闪着幽蓝。她忽地，觉得心口有些痛，羡慕起蝴蝶的缠绵来。

咖啡馆里，是三三两两来往的人，客人们皆衣着光鲜。似是要打破沉默，她笑了笑，指了指右眼角道："希望不要再跑出一个疯女郎来才好。"

明珠也跟着笑了："其实纪慕很在意你。上次你受伤，他最关心的不是你的脸，而是你的健康与安危。"

想了许久，水露才答："所以我愿意嫁给他。"如果他能给她一场平静，让她慢慢地、无风无浪地度过余生，也算是她的求仁得仁。

"无论怎样，我衷心希望你幸福。"明珠握住了她的手。

俩人闲聊了许久，正好有最新的报纸，水露拿了一份来看。忽然，啧啧称奇，原来那陈总的上市公司居然倒闭了。前后，不过两三个月的时间。

明珠见她神色，也取过了报纸看，然后"哦"一声："是容华与纪慕下的狠手。容华和我说过一二，看来你把这好色的陈总整惨了哦！"

一时，心情大好，水露无拘无束地笑了起来："谁让他倒霉，撞上了我呢！"笑声飘出好远，引来许多人回头，见是一个学生样的清丽女郎，都转不过目光了。那女郎笑得十分动人，声音清脆，那双眼睛也是清清灵灵的，竟是十分讨喜的样子。

"在说什么呢？笑得如此开心！"纪慕从后而来，环住了水露的肩膀，并将下巴搁在了她的肩上。她一回头，他的吻就落了下来，清清爽爽的，带着海风的味道。他一吻，就放开了她。

他来了有一会儿了，见她笑得开怀，他竟舍不得走过来，把那么好的气氛破坏掉。

她何曾如此明媚地对他展露笑颜呢？可满室的男士都看着她，他竟然就妒忌了，就这样走了过来，吻了吻她。

她见是他，微笑道："闲聊而已。"已换回了最平常的笑容，淡淡的，十分疏离。

他低下头，把玩起她的杯子，也不在意。他能在意什么呢？！然后就着她喝过的地方，喝了一口，她的唇印是甜的，可咖啡是苦的，就如她，带给他的感觉，她既给了他甜蜜，又教他懂得了痛苦。

他开车送她回去。一路上，俩人话也不多。

"你怎么知道我在咖啡馆？"

"一问容华不就知道了。"他笑。他们多久没见面了，她居然一点也不想念。

水露也是笑："对的，容华与明珠总是形影不离的。"

这段时间，她都是往在自己的小宿舍里，她与他也没怎么见面。而每次见面，他仅仅是想拥抱她，都被她不着痕迹地推开。

等到了地方，他将车停好后，微笑着问道："不请我上去坐坐吗？"

她也没拒绝，开了门，请他先进，十分客气。

这个小窝，倒也是个好地方，是容华批下的中层员工宿舍。她还不知道，容华已经把这套小一居，划到了她的名下，为的是，让她有一个属于自己的窝。想来容华对她，倒也真好。其实，她与容华相处时，十分娇憨，与容华过了世的妹妹是有几分相似的，不是样貌像，而是神态像。

纪慕小时候也经常跑容华家里玩，最喜欢逗容华的妹妹。容华的妹妹容丽粉雕玉琢般的，十分标致可爱。常常是他把容丽惹哭了，容华就跑出来胖揍他。想起往事，他不禁笑了出来，唇角高高扬起，露出了腮边的两个小酒窝。

水露递水给他时，一仰头，就看到了他爽朗的笑意，那酒窝竟然十分可爱，一点也不惹人讨厌。

"想什么，如此入神？"她把水给他，随口问道。

"想你。"他忽然抱住了她，想亲一亲她的发。她喷喷笑，轻轻推开了他。他的眉蹙起，又放下，也没说什么。水杯尴尬地横在俩人之间，他一窝，把水杯往远处一扔，就打横抱起了她。

她并不想，便拒他。自然闻到了他身上浓郁的香水味，一怔，那不是她用的香水。他过来前，和别的女人在约会。

她身体有些僵硬，他自然也猜到了。他也并没有打算瞒她，起码，她可以问，他会回答。其实，也只是一般的应酬，并不是她想的那样。可她没问，依旧是淡淡的。

他吻她，她也不甚在意，也并没有拒绝。

他忽然就烦躁了起来。

"你可以问的。"他说。

"有这个必要吗？"她笑，"你每次过来，也不过是直奔主题而已。"

他狠狠地一把将她固定住,不带一点前戏地进入。她痛得闷声叫了起来,可随后咬紧了牙关,再不发出一点声音。而他的恨意更深,动作也愈加粗暴和快速,疾风暴雨似的,完全不顾她的痛苦。最后,他一声叹,全然发泄了出来。他伏在她身上,久久不愿起来。

客厅有什么声响,水露猛地推开他,坐起。她披上大衣,走了出去。她忘记了,她找到第一份工作后,当她入住了宿舍后,是给过司长宁钥匙的。

卧室门推开,果然是司长宁在那里。

他的眸色,如此深,瞳仁猛地收缩,那是他痛到极点时,才会有的表情。可他出口时,声音却是平静的:"我进来前,敲过门,房门没锁,一敲就开了,一地都是碎片,我以为发生了什么变故。怕有贼,你有危险。"

一时间,她的脸红了又白。倒是纪慕,无所谓似的,倚在门边上,姿态慵懒,只披了一件浴袍,那模样依旧是风度翩翩的,笑道:"没想到司先生还有此'窥墙角'的癖好。"

司长宁握紧了拳头,可声音依旧是镇静的:"我有些话要和露露说,麻烦你先回避。"

世家子弟的修养,彼此都是有的,纪慕笑了笑,回房换上了衣服,然后掩门离开。

[5]

"你这样是在作践自己。"

司长宁靠在沙发上,双手捂住了脸。

水露觉得难过,可只要能气到司长宁,又有什么关系呢!

"他是我未婚夫,我已经答应了他的求婚。婚礼在下个月底。大学一毕业,我就马上结婚。"

"你考虑清楚了？"司长宁问。他猛地抬头，眼里尽是血丝，模样十分憔悴。

"当然。"她答。她不是不心疼的，他明明那么爱整洁，可连胡楂都出来了。以前，他只有每天清晨醒来，才会有胡楂。那时，她还小，偷偷爬上他的床，被他发现了，他就拿胡楂刺她的小脸蛋，而她咯咯地笑。

那时的日子，多么开心啊！后来，她慢慢大了，不再爬上他的床，进了门，只蹲在他床前看着他。还以为他没发现，谁知道，他突然睁开眼睛，然后就是哈哈大笑。他的下巴上，全是胡楂。可那时的他，是神采飞扬的。

俩人之间，已经到了如此进退不得的地步。

"曾云航很喜欢你。他问起你好几次，他会对你很好，露露，婚姻大事，我希望你考虑清楚。"他站了起来，走到她身边，轻轻地拥住了她。

"反正我都是要嫁人的，嫁给谁又不是一样呢？曾云航不适合我！"她推开了他的臂弯。俩人间保持了一点距离，再回不到从前的亲昵。

"你明明知道，纪慕只是个花花公子，他身边总是换着不同的女人。"司长宁火了，一把揪住了她的手。

她被他揪得痛了，拼命地想甩开他："你弄痛我了。"大衣也随着动作，撩开了一点，露出了光洁圆润的香肩。

司长宁已经看到了她身上的吻痕，他心中痛苦难抑，终是放开了她。

她忙将衣服拉了上去，见到那些吻痕，怔了怔，明白到，纪慕是故意的。她将领子裹紧，才说："他也清楚明白，我爱的是谁。这样我与他互不拖欠，不是更好吗？你又何苦将曾云航推给我，他那么单纯，你又何必骗他。"

司长宁笑了笑："你大了，我再管不了你了。到底，是我做错了。"说完，他离开了她的小宿舍，走之前，把钥匙留在了茶几上。

后来，曾云航真的有约她。

她也爽快地答应了。

约在一家淮扬饭店。菜色有些甜腻，她挑了几筷子，就放下了，只喝了一点汤。

曾云航依旧是那样开朗大方，他说起，她叔叔结婚的时候，他最后有赶过去的，可还是去迟了，也没见到她。

她看着他，微微地笑。

她的眼睛亮晶晶的，总是叫人难忘，尤其是笑时，明明好像拒人于千里，明明似有许多忧愁，可又笑得恣意。

上次分开后，曾云航回了香港，可无论如何也忘不了她。明明，爸爸派他去德国谈生意，可一听到她叔叔结婚了，正好可以借此为由，来找她，于是风尘仆仆地赶了过来。忽然，他还是说了，鼓足了勇气，脸有些红，可到底是说了。

"露露，给我一次机会好不好？我给司叔叔打了电话，我对他说，我喜欢你。他也说好。我知道你一向尊敬他，所以我只能先求得他同意。我喜欢你，露露。"

水露怔了怔，难怪司长宁会来找她，不过是想将她打发了出去，嫁了人，他也安心地守住了他的名誉、地位。她拨了拨小碟子里的鱼，慵慵懒懒地看向他时，已收起了笑意："云航，关于我和我叔叔的事，你从没有听说过吗？"然后是带了一点笑的，有些自嘲。

曾云航一愣，没明白过来，反问道："你和叔叔之间，发生了什么不愉快的事吗？没有呀，我从没听到过什么呀！"

他眼神清澈，原来是真的不知道的。他真的是一个干净得透明的好人，那样单纯，她与叔叔的那点事，整个上流社会的圈子都传遍了吧，他倒是真不知道的。

她的笑意真诚而明媚："谢谢你。"

她顿了顿，继续说了下去："可我不能够答应你。是的，我和叔叔闹了些小矛盾，他对我失望了，也不会再管我。我已经有婚约了，我答应了纪家的婚事。"

曾云航的眼里是藏也藏不住的失落与伤心，但他还是笑了，十分灿烂，他握着她的手说："露露，我祝福你，你一定要永远幸福快乐。"

此生，怕是再也遇不到比他更好的男子了。可她没有办法，她的一颗心，只能给一个人，她给了司长宁，再也没办法去爱别的人了。

"云航，你很好。谢谢你！我也喜欢你，朋友间的喜欢。"她亦给了他祝福。

手机忽然响了，是纪慕的。

她接起，纪慕的声音不咸不淡："在哪儿呀？"

"在淮扬饭店吃饭呢！"她懒懒地答。

她似是听见了他的一声笑，又似没有。他问："要不要我去接你？"

"时间还早，不用了。"她答。既然她亦不爱他，又何须他费神费心地来照顾她的任性的坏脾气呢。

他说了一句"好"就挂了。

此时，曾云航已经将一个锦盒推到了她面前，他说："本就是打算送给你的，是在德国出差时挑的。现在就当作是送给你的结婚礼物吧！"

她大大方方地打开，竟是一对价值不菲的钻石耳环。她认得这个牌子，波兰最古老的牌子，只为皇室提供服务，是辜青斯基。也难得他有这份心思的，竟将她当作珠宝。她笑了笑："这太珍贵了。"

她没有收下，要往他这边推来。他一把握住了她的手，他看着她时那么真诚，让她不忍拒绝。

"你的眼睛很美，若这对钻石耳环能为你的美目增添一两分光彩，就是我最开心的事了。"

最终，她没有拒绝，收下了这份礼物。

她与他相处，一直是如朋友一般的，淡淡的，也可谓是有什么就说什么，没什么禁忌，俩人也玩得来。

她原以为，他也一直将她当朋友，从未想过，他的感情藏得如此深。她是有些歉意的。

"你不必抱歉，真的要谢，给我一个拥抱好了，我明天就回香港。"他笑，体贴地替她做好了一切的打算。

她站了起来，他亦站了起来。她给了他一个拥抱，能说的还是那句话："谢谢你。"

他要买单时，经理走过来跟他说，纪先生已经结过账了。

水露一怔，才知道，原来纪慕也在这里吃饭。她淡淡地对经理说："好的。知道了。"

曾云航先是一怔，也明白了过来，笑着道："原还想请你吃饭的，反倒变你请了。"

"没关系呀！等我过香港玩时，你再请我吃饭，一样的。"她笑意潋滟，并无芥蒂，与他还是朋友相处。

他一喜，道："好的，一定。"

"一定。"她答。

回到宿舍，纪慕已经在门口等着了。

她一开了门，他就缠了上来，不管不顾地吻她。

"你发什么神经？"她火了，踢他。

"我发情不行吗？发情我也懂得回来找你，才继续发！"他开始扯她的裙子。

她反抗，可他的手已经伸进了内衣里，肆意抚弄。她忍不住一声呻吟，更是刺激了他，一把将她甩到了沙发上。他已急切到连房间也不愿回的地步，整个人压下来，就是一阵疾风暴雨。

后来，她才发现，他是喝多了。

他躺在沙发上睡着了，她找来湿毛巾替他擦拭。他双眼紧闭，那眼线又深又长。忽然，一滴泪从他眼角滑落，她以为看错了。她怔了怔，将毛巾轻轻地拂过他的眼睛，她再擦拭他的鬓发，他的脸。然后取过了被子，盖在他身上。

她正想走，手却被拉住，她扯不开，唯有倚着沙发脚坐了下来，她的头枕在沙发上，居然就睡了过去。而他，睁开了眼睛，那样一动不动地看着她。

她对他，永远体贴、周到，甚至是温柔的。他病了，她会照顾他；他醉了，她还是毫无怨言地照顾他。可她永远也不会爱他。就这样看了多久，连他自己也不知道，看着天一点点地发白，他才迷迷糊糊地睡了过去。

等到她醒了，才记起什么似的，站了起来，他还握着她的手。她将他扳开，然后进了房间，翻起柜子来。其实，他早醒了，只是不愿吵醒了她。听得她的动静，他放轻了动作起身，本想吓一吓她，却见她从柜子里，取出了一瓶药。

他一把就抢了过来，当看见上面"避孕药"的三个英文单词时，他用不可思议的眼神看着她。原来，她不仅从没有喜欢过他，还如此厌恶他。

她有些不敢看他，他倒是气极反笑："我以为，我们已经说好了的。"

水露抿了抿唇，有些难以启齿："我只是答应了结婚……"声音弱了下去。

他一把将药瓶摔到了地上，药粒洒了一地。她伸了伸手，轻轻扯住了他的衣袖。她一向坚强，极少示弱，而现在却用可怜的眼神看着他。

他的头垂下，身体一直没有动过，他做不到拂开她的手，却也不愿原谅她。

"以后我会做好措施，别吃药了，伤身体。"他没有看她，推门离开。

当门"嗒"一声关紧，那一刻，水露只觉得四周静极了，静得可怕。窗外放着的一盆绣球花开得正好，明明五彩缤纷，可她却觉得寂寞。那花影，再璀璨，投在墙上只剩一片灰白，如雪。

[6]

到底是走了出去，可纪慕方离开，已经开始想念。

想念她的体温，想念她那一双温柔的手拂过时的轻怜，想念她那一圈绒绒的碎发刘海。想来，也是可笑，明明那么长的发，却剪了一个不安分的刘海，那刘海绒绒的，像蒲公英。他知道，当他闭上眼睛，她以为他睡着了，就会长时间地看他；如果他出汗了，她会温柔地替他擦拭，她的脸贴得近时，那绒绒的刘海就会挠到他的脸面，似无数只小手。

她扎起马尾时，颈上发角也是一圈绒绒的碎发，可他通常只能看到她一截雪白的颈子，那圈可爱的小碎发，要离得很近，才看得见的，只要他一呼吸，仿佛那些碎发就会飘起来，而发里的一丝幽香便钻进了他的脑海里，沁入心脾，渗入五脏六腑，血液骨髓，再也难以拔除了。

如今想来，那竟是一种窒息的感觉。当离开了她，再也触摸不到她，他会窒息。

街道上很冷清，纪慕苦笑，或许，热闹一些，他反而不会那么害怕，那么慌张。

路灯已经亮了，无数盏灯投影在通宵灯火明亮的大厦上，这里犹如中环，处处珠光宝气，灯火璀璨，从天上又到水里，似开出了一朵一朵的水中花。而投影在大厦上的光与影，勾勒出建筑伟岸的轮廓，一切，皆美得不可思议。

他拐了一个圈，进入了另一条街道，路灯的颜色变得温柔起来，泛出淡淡的橙黄，撒下来似细细的沙，像天痛苦得下起沙来。再拐一个弯，终于看到了那间带花园的小洋房。

金连桥住在那里，他已经有许久不曾找她了。这套小洋房也是他送给她的。仔细想想，他并没有送过什么给水露。他对女伴一向大方，可只有她，对一切都不甚在意。他将一颗心送给她，但她弃如敝屣。

他只是想看看，到底能不能在另一个女人那里找到忘记她的方法。他依旧还有其他女伴，可他明明知道，她们都不是她，可他没有办法。

机械地按动门铃，门开了，是金连桥。

见到他，金连桥并不意外。俩人之间的相处长达五年。在她还是十七八岁的少女时，就和纪慕在一起了。

纪慕一向对她好，原以为，他待她，始终是与别的女子不同。可当水露出现，她才明白，为何他对她一直不曾上心，因为他根本没用过心。她在他身上，从没有感受过那样的激情，从一开始，就是平淡的，好像很自然地便在一起了，可到底缺少了什么东西。

直到现在，她才明白，那是爱。

"累了吗？要不要休息一会儿？"金连桥替他脱下灰色的大衣挂到衣架上。他点了点头，也不管她回话，径直走到了卧室里，倒下便睡过去了。

连在梦中都是一副十分委屈的模样。金连桥觉得自己的心很痛，却也没有办法。

在梦里，他蜷缩起自己的身体，双手环抱住自己。他的姿势是如此寂寞，金连桥想替他盖好被子，手却被他抓紧。

"水露，别离开我。"

金连桥一怔，辛酸铺陈开来，她看着床头挂着的那对鸳鸯，刺绣精美，一针一线，皆是想念，可是鸳鸯那红红的羽毛，如今却刺眼，使人眼睛生痛，只晓得流泪。

"只有你，露露，没有别人。"他依旧说着断断续续的梦话。原来，汪晨露并不是他所爱的，原来，他真正爱的，只有水露，没有别人。

金连桥笑了笑，在现实里，如纪慕这样尊贵骄傲的人，怕是不会承认的吧！

第一次见到汪晨露时，她就知道，纪慕对汪晨露有一种不同于寻常的爱慕之情，汪晨露的那种气质、那种动人的眼神吸引着他，他逐渐被汪晨露所吸引而不自知。

他开始约会不同的女孩，她们都与汪晨露有相似的地方，可面对着汪晨露时，他所展露出来的是厌恶，甚至汪晨露按文洛伊所说的，叫他一声六哥，他也是摆出一副很厌恶的样子，其实不过是他在骗他自己。

汪晨露是文洛伊的未婚妻，注定了与他只是这样的关系。可那种感觉毕竟不是爱，当他遇到了水露，所有的一切，忽然轰然坍塌，他努力营造的疏离、理智被水露所摧毁，他的心里、眼里只有水露一个人，再也容不下其他。那一刻，金连桥才发现，他唯有对水露是真的不同。

坐在梳妆台前，她看着自己，依旧貌美如花，可心却早已老去。纪慕长得好看，又是娃娃脸，与文洛伊的英俊、容华的俊朗不同，他是清秀斯文的，所以无论再好看的年轻女子站于他身旁，都似他的小姐姐一般。

而他过往寻找的女朋友都是高挑美艳的，站于他身旁，反倒显得他是个安静斯文的小弟弟了。

她与他出去逛街时，就遇到过那样的情形，许多人都会以为，她是他姐姐，可她明明比他还小。

在读高三时，他就追求她了。她是在上海读的住校的中学，她家穷，唯有靠打工赚学费。那时，她是在红酒廊工作时认识他的。一开始，她不同意，他就天天缠着她，不是送花、打电话，就是管接管送。她是来自苏北的贫穷女孩，所倚仗的也不过是一张美丽出众的脸与高挑妖娆的身段，他追求她，可她理智地拒绝，因为她懂得，他所迷恋的只是她的美貌。

后来，他追得紧了，她居然也答应了他。那时，她已考上了大学，她学的是设计，他就替她买下了好几间商铺，让她卖自己设计的衣服与从全球搜来的精品。她店里的生意真的不错，后来一开开了好几家，就连许多电影明星、城中名媛也来她的精品店挑选衣服和鞋包。现在，她已经拥有了十家分店，这离不开他的资助。

一开始，他对她到也热情、迷恋，他喜欢她，更喜欢她的身体。后来，她才明白，他所需要的也只是一具美丽的躯壳，他从来没有爱过她，从来没有。

也到了说再见的时候了吧……虽然，纪慕与她已经分手，可五年了，五年里，他们彼此需要，他们彼此了解，纪慕这一次过来，是要来道别的。

金连桥忽然又有了一丝释然，没有他，就没有今天的十家店铺，金漆招牌，也不会有今天的自己。

这一段青春岁月，她并不后悔。她仔细地化着妆，直到妆容完美，她才满意地放下了化妆刷。

穿上最好的衣裙，她坐在客厅等他醒来。

天一点一点地暗了下去，后来，他终于醒了，虚掩的房门被推开，他自黑暗里出来，客厅里暖暖的一点橘黄色的光映着他的脸庞，他的脸年轻、美好，使得她深深眷恋。可她只是转过头来，对他笑了笑。

"其实，你不用陪我的，怎么不去店里守着？"纪慕说。

"守着的，也不过是一堆华丽衣裳罢了，没了欣赏的人，都是没有灵魂的美丽布料而已。"金连桥笑笑。

他坐了下来："我来是要说一件事情的，我们也这么多年了，我不希望你是最后一个才知道。"

她打断了他的话："我明白了。我没什么，真的，现代社会，好聚好散嘛！你对我一直很好，我很感激。"顿了顿，她忽然说，"我要结婚了。"

纪慕了然一笑："就是那位经常去你店里坐坐的男人？"

"是。他是我在大学时的师哥，最近他刚从伦敦回来，一回来就遇上了。难得的是，他还记得我，也肯对我好，我也累了，这条路，我是走不下去了。他对我说，他爱我。有这三个字，就足够了。"金连桥的神色变得温柔起来，她的微笑那样幸福。

　　"我祝福你，连桥，你值得更好的。"纪慕由衷地说道。

　　"那你呢？你真的觉得值得，你明明知道她爱的是……"见他脸色苍白，金连桥轻咳了咳，"是我多事了。如果真的爱，爱就是不问值不值得，我却连这也看不懂。"

　　他低着头，依旧不语。金连桥又觉得心痛起来，可还是站了起来，把门打开："想必以后你也不会上来了吧。不管怎样，我也祝福你，真心的。"

　　"谢谢你。"纪慕走到门边，回转身对她说，然后头也不回地走了出去。

第四章
蜜月里的暗涌
I love the most

[1]

按纪慕的意思，他是要整一出世纪婚礼来的，连水露的婚纱，他也已经预备好了，是英伦的著名婚纱设计师设计的。设计师一向只为欧洲皇室服务，但纪家，尤其是外祖父家，连续几代皆是贵族，所以也在设计师的客户名单里。

那设计师技艺高超，只要报过尺码，他皆能设计出最合体的婚纱来，根本无须亲自试穿。

纪慕把婚纱取出时，水露十分惊讶，她从未见过如此美妙的婚纱，而他笑着看她，催着她去试穿。当她从试衣间出来，一切美得不可思议，如光华流转，只一瞬，又全数融进了她的眼里。

他笑着看她试衣裳，转圈圈，那一袭华丽的纱裙，将她衬托得如此美好。

他还说了婚礼上的一些事，水露静了静，眉头蹙得紧，那两弯眉又细又长，微微地挑起，说不出的我见犹怜。

他走了过去，握着她的手，问："怎么了？"

"那么多的人，那么热闹的婚礼，即使不脱层皮，人也要瘦一圈，被那些镁光灯闪啊闪啊，真是惨过坐牢。我们不要那些繁文绉绉好不好？"她轻轻地挽起他的胳膊摇了摇，撒娇地说。

自她答应了他的婚事，她就放下了全身的刺，偶尔也会温柔地撒娇，他根本没办法拒绝，本能地就答了"好"。

他是想给她一个豪华的婚礼，向世人宣示，她这一生，将是他的妻。可她要的，不过是一个最简单的婚礼——在外国的一间无人小教堂里，只有他和她，还有一位牧师。

她说，她想旅行结婚。

后来，他都答应了她。在无人的海岛度蜜月，那里有间小小的意式教堂。在牧师的见证下，两人成了夫妻。她穿着他赠予的那套洁白纱裙，她含着浅浅的笑，向他走来。她的脸，泛起微微的红，肌肤几乎透明，泛着淡淡的珍珠光芒。

她的美，不在于精雕细琢，不在于修饰，而是她就是她，简简单单就已足够美好。她甚至连妆也没有化，只点了粉色的唇蜜。而右眼角旁的那点粉色疤痕，她也没有刻意修饰。

她安静乖巧得如同一个小小的孩子，闭上眼睛时，长长的睫毛微微颤动，就如邻家小妹一般。没有潋滟的艳光，容貌也不十分出挑，可只要她一睁开眼，全世界里，也只有他了，他想要的，也只有她。

当牧师问她，愿不愿意嫁给他时，他的心没来由地慌张了。可她只是闭上了眼，不知过了多久，一秒钟，两分钟，还是一个世纪，但她睁开眼时，她看向了他，含着温柔的微笑，答："我愿意。"

戒指是一对以草绳编织，系紧的贝壳，还是她登上海岛时，捡到的一大一小两块洁白美丽的贝壳，草绳也是她编织的。他本已送了她一颗十克拉的钻戒，可她嘟着嘴说："海岛和沙滩婚礼，不要这些金啊、钻啊的俗物。"他自然是顺了她意的，更何况那对贝壳戒指是她亲手编织的呢！于他，是无价之宝！

互相交换戒指，礼成，俩人已经是夫妻。

他亲吻了他的新娘。

那是一个意属的海上小岛，颇有几分西西里岛的质朴美感，那种意式风情无处不在。水露甚至还会开玩笑，说："不知道会不会在这里遇到那位忧愁的美人玛莲娜。"她说的是电影《西西里岛的美丽传说》里的玛莲娜。

那时，她轻轻地摇晃他的手，带点向往地说起，眼睛闭上，唇微微噘着，似在思考，可又分明是在笑的。纪慕以为，她终究是在意他的，她并不反感与他相处，甚至让他开始期待婚后的平淡生活了。

他会笑她，是个天真的小姑娘。这里又不是西西里岛，怎么会遇见玛莲娜。她正吃着路边的雪糕，挑了挑眉，嗔他："你好没意思。"

他抢过了她的雪糕，一口吞掉，一点也不留给她。她恼了，追着他打。而他在小小的巷道里跑了起来，躲开她的捶打。后来，他自一堵白色矮墙后，忽然跳了出来，一把揽住了她，就吻她。她的唇，那么甜蜜，比世上所有的蜜糖还要甜，而他就是爱吃蜜糖的那一只贪吃熊。

落日下，她的脸红了，红得要滴出水来。而他抚了抚，她那被他吻得肿了的唇，一直笑，一直笑……

白天一切都是好的，只是到了晚上，却犹如一场噩梦。

他一碰她，她就蜷起了身子，痛不可抑的模样，甚至还会呕吐。原来，他与她也不是没有过，可她不会像这个样子。后来，他才想明白，自从被司长宁撞见了他与她的那一次后，她就不愿他再碰她。

先前那段时间，他多是怒气冲冲而来，一开始，她只是轻微颤抖，身体再也没办法放松，她会紧张得疼痛，而那时，他没有顾忌她的感受，他每次都是强迫她。到了现在，她终于是再也没有办法忍受他了。

她会睁着无辜的双眼对他说"对不起"，她的眼里有泪光，那么晶莹剔透，他竟然不舍得让它们坠落。她的发湿湿地贴在额间，她只披着一件丝袍，胴体若隐若现，他只能压下所有的渴，笑了笑说："可能是旅途太累了，我们睡吧！"

于是，白天他们开始疯玩，她从来没有学过潜水，他就一点一点地教她，十分认真，十分耐心，后来她学会了，她有运动天分，倒是易上手，俩人就一起浮潜，看尽海底的一切奇景，世间的一切繁华。

到了晚上，累得倒下就睡着了，不许自己再有半点心思。如此，倒是平安无事地过了好几个晚上。

那一晚，回来得早。她也是累了，洗了澡，倒下，就睡着了。她睡着时，喜欢蜷缩起来，小小的一团，倒如小猫一般，呼吸也浅。她的身体微微起伏，当他抱着她时，那幽幽的香味再次袭来。他抱着她的手紧了紧，她"嗯"了一声，依旧在梦里。

那样的不可思议，她真的就如一只甜美的小猫，他吻了吻她的发，长长的发垂到了她面前，只露出雪白的一截后颈。窗外月光正好，溶溶地投洒进来，他竟能看清她额头一圈绒绒的碎发，那么可爱，让人想吻一吻。

对她的渴望，再也压制不住，他急切地将她扳过来，开始温柔地吻她，一点一点地哄着，轻舔她的耳朵她的身体震了震，刚要睁开眼睛，却被他捂住了眼，于黑暗中缠绵，他愿意她将他当作任何人。

他动作温柔，似有无限柔情蜜意。他的技术本就高超，如此耐心诱哄，她终于是放松了身体，任他予取予求。她闭着眼睛，看不见他，可闻到了淡淡的海水气息，是司长宁惯用的那款香水，还有烟味，夹了一丝迷迭香。她的呻吟几不可闻，细细碎碎的，那样娇羞，却暗含性感。他似融化在了她的温柔里，再也无可自拔。他在她耳旁低低地说："我爱你。"

他的声音，使得她蓦地清醒了过来，她开始挣扎，身体痛苦得扭曲起来，可他不愿放过她，也失去了耐性，动作变得粗暴，撞向她时，一下比一下猛烈。她哭了起来，而他一把堵住了她的唇，粗暴地吻她，不让她发出一点声音……

他累得睡了过去，而她还在嘤嘤哭着。她开始后悔，自己是不是做错了，本不该答应，他的求婚。

后来的旅程，他再没有碰过她。而她像一只受伤的兽，总是小心翼翼地看着他。不过短短几天，她就瘦了一圈，原本甜甜的笑容，再也没有出现过，取而代之的，是长久的沉默。

[2]

明珠有打过电话来，问她一切如何。

她笑着答："一切都好。"

"真话？"明珠问。

"真话。"水露说。

明珠笑了笑，又说："其实能去那么闷的地方度蜜月，来来去去都是海，一睁开眼看见的还是海。也只有他喜欢你，才会去那种闷地方，而不是往欧洲那些热闹地方跑，或是去巴黎、米兰Shopping。他对你，是上了心的。"

这一切水露都明白，可她能说什么呢？还有他说的那一句话，他说，他爱她。怎么可能呢？像他那样的花花公子，调情高手，也不过是哄哄她，骗骗她罢了！若她真的是相信，若她真的交出了自己的那一颗心，那万劫不复的将会是她自己……

挂了电话，她去叫他回来吃饭了。

他坐在岩石上，正在钓鱼。她走了上去，正要叫他，他却似有感应一般回过头来，他快速地吻了吻她的唇，然后笑："看我今天的成绩，夜宵可以吃烤鱼排。"

他的笑意融进落日的余晖里，淡淡的，眸里有片哀伤，可依旧微笑。

她说："好的，我会烤。"

他待她，与之前没有不同。其实，他对她已经是很有耐心了，这些她都懂得。他一手挽起了钓鱼桶、鱼竿，一手牵住了她，就往海边别墅走去。

晚餐是海鲜大餐，自然有大厨做好，无须水露操持。

两人都是注重餐桌礼仪的，吃东西时，都很安静。忽然，纪慕递了一只贝壳给她，她一笑，接过，从手边取来钳子打开，一片璀璨夺目，贝壳里面竟然有一颗硕大无比的深海珍珠。那颗珍珠那么美丽，比起一切钻石还要永恒夺目。

纪慕带着笑意，看她。见她露出的微笑，知道她是喜欢的。他说："等回去，我让设计师给你设计一款项链。"

"谢谢，我很喜欢。"水露的声音低低的，脸上透出红晕。她就如那一颗珍贵的海上明珠，他只想一直捧在手心里，呵护。

"其实，"水露的声音很低，"其实我也有礼物送给你，就当是结婚礼物。"她从背后取出了一样东西，是一条丝巾，她是学着当地人的样子，自己染的，是岛上常见的暗色花卉，虽然花式简单，但很有假日风情。

他看了看她的手，手上还有洗不掉的染料。难怪这两天都看不到她人影，是跑去当地人家里做客去了。他接过，二话不说就系上，系得急了，竟是歪歪斜斜的，那个领结怎么也打不好。

她忽然就笑了，眼中星光璀璨，比碧蓝的大海还要潋滟生姿。而他则板起了脸，伸过手来拧了拧她的小鼻子："不许笑。"带了一点刻意的凶狠。

水露笑着站了起来，站在他身后，替他重新系好，松松地打了一个结，丝巾那暗底的花色衬着他俊秀的脸容，倒是柔和得好看。她不禁怔了怔。他的眼神温柔，似能将她溺毙，她忙转开了视线。

她回到自己的座位上，小心翼翼地取过叉子，吃起了海鲜。

水露想，不该放任自己的感情的，他的眼睛，会使她沉沦，会使她万劫不复，本是微笑着的一张脸，转瞬之间，便变得哀伤起来。他察觉到了她的走神，问她："怎么了？"

她笑了笑："我觉得有些不舒服，想上去歇一歇。晚上你觉得无聊了，要不自己出去走走吧！"说完，转身离开了餐桌。她要回到只有她一人的房间，她不能时时刻刻盼望着有他陪伴，她本就是孤单的一个人。

可纪慕没有出去，只是坐在沙发上抽烟，沙发对出去的是一大片落地的玻璃，玻璃外面是一望无际的大海。他对着大海，默默出神，烟抽了一支又一支。

水露伏在枕头上，泪水一直流个不停，连她自己都要吃惊，竟然有那么多的泪水。哭累了，倒是睡了过去。等至醒来，夜风拂在她的身上，凉凉的，竟是深夜了。

对面的大海，一片沉寂，是墨黑的颜色，再没了白日里的蔚蓝。那种深浓的黑，似要将人拖进一个巨大的旋涡。风越来越大，浪声似咆哮，忽然海面就起了变化，那浪头一浪一浪地冲撞过来，似一堵墙。莫名地，她就慌张了。这里如此安静，安静得似全世界只剩了她一人。

而纪慕一定是出去玩了吧！村庄那边挺热闹的，也有许多酒吧，是打发时间的好去处，他一定是出去风流快活去了。可不是自己要推开他的吗？如今，怎么就害怕孤单了？她忽然嘤嘤地哭了起来。

忽然，她就听见了急切的脚步声，一抬头，他就站在了门前，她的泪水不停滑落，他一把冲了进来，抱住她："露露，怎么了？"

"我害怕！我一个人，害怕！"她抱紧了他，哭泣。

海浪一波一波袭来，如一堵堵漆黑的墙，然后再轰然粉碎。

他哄她："我一直都在楼下，别怕了。乖！"

原来，他一直未曾离去。她的心动了动，只觉酥麻一点一点地传来。

"是不是想家了？"他问。

她没有多想，点了点头。

"我们明天就回去。好吗？乖，别哭了。"他一遍一遍吻她的发、她的眼睛、她的泪水，直至把泪水吻干了。

见她终于不哭了，他抱着她，哄道："多睡一会儿，我就在这儿陪着你。"

她点了点头，靠在他的怀里闭上了眼睛。他的怀抱那么温暖，她居然再没有了心悸，沉沉地睡了过去。

凌晨两点多，她的手机忽然闪了闪。纪慕一直坐着，没有睡意。他看了看她熟睡的脸，拿过了她的电话。

是一个陌生的号码，没有来电名字。他接起，没有作声，对方也没有作声，忽然，他就无声地笑了，在暗夜里，那笑容一分一分地变冷。

过了许久，对方打破了沉默："你是纪慕。"

纪慕按了挂机键。他猜得没错，果然是司长宁。这样的时分，司长宁居然想念她。他将她的通话记录删掉，再放回了她的身边。

他动了动，却听到她含糊的呓语："慕，别走。"

他一怔，身体变得僵硬，她梦见了自己？他低下头来，细细看她，她依然沉浸在睡梦里。他想，或许，他与她差的只是一些时间。他会等。他们已是夫妻，他终究要比司长宁有更多时间。

他搂紧了她，再不愿放开她……

[3]

回到家中，只觉一切静好。

纪慕把新房定在了第一次带她来的那个家。

其实，他的房产颇多，但只有这一个是属于他和她的家。他还记得，那一次，她喝醉了，他就是把她抱回了这里。

他照顾她，后来，她给了他一个希望。第二次，他还是把她带回了那个家里，她主动吻了他，把自己交付给他。然后，他向她求婚，而她答应了他。对于他而言，这个家，与所有的房子皆不同，因为这里处处是她的身影、她的气息。

纪慕一下了班，竟然马上飞奔回家，多年来，从没有过的那样急切，那样渴望。玥明知道，她就在家里，等着他，可他还是觉得车速太慢了，只恨不得开车的是自己，马上飞到她面前。

推开房门，竟见水露光着脚丫站在房间里，有些迷惘。而铺在她面前的，是无数礼物。原来她在烦恼，该怎么派送礼物了。真是可爱！

他笑了，然后从身后环住了她。她吓了一跳，然后回过头来，他吻了吻她。

水露红着脸，声音很低："怎么回来得这么早？"她拉了他的手，在雪白的地毯上坐下，带点不知所措的样子，"你居然买了这么多礼物，唉，都不知道怎么送出去才好。"

纪慕含了一点笑意，看她，只见她的指尖在不同的礼物盒子上流连，那十指纤细修长，指甲修得平平的，椭圆形的，像小孩子的手。他忽然抓起她的手，吻了吻，又软又细滑，忍不住咬了咬她食指小小的指头。她"唔"的一声，痒得嘻嘻笑，像一只小猫咪。

他只觉喉头干涩，忽然就觉得很热很渴，连忙放开了她，将视线移到了礼物上去。她并不知道他的心思，依旧一样一样地挑选礼物，仔细想了想，对着购物清单把盒里的东西一一对应过了，分门别类地放好，然后才道："你那个圈子的哥们，每人都备好了。反正我送明珠她们的，也没多少个盒子。这些，这些，是留给你的兄弟姐妹的。"

于是，晚上，他们一群人又聚到了一起。

那个包厢是长期订下的，来来去去就是他们那群人。给容二、文四、连公子、陈公子等人的礼物都一份份地送了出去。

明珠的礼物有好几个盒子，明珠笑："你对我真好。"

牌桌上，大家都会意，人家纪慕是新郎官嘛，怎么都得让着他，让他高兴高兴的。所以，打了几圈，纪慕倒是赢了一轮。大家都笑他，把整沓整沓的现金推到他面前。

"行啊，纪六，一回来就大杀四方啊！"

纪慕只顾得摸牌，脸上笑嘻嘻的，眼睛看向站于他身旁的水露时，既温柔又快乐。水露一手还搭在他肩上，眼睛看了看他，再看了看桌面上的牌，说："要那个，要那个！"

纪慕伸手刚要去拿牌，容华嗤了一声："妹妹，不带你这样的啊！"

水露很会装无辜："大哥，难道你还怕输得没钱打车回家吗？不怕，明珠会载你回家的！"

坐在另一头唱歌唱得正欢的明珠不乐意了，斜睨她："露露，你这样维护你家男人，真的好吗？秀恩爱是吧，真是有异性没人性啊！"

水露被说得"轰"一下脸就红了，到底是脸皮薄，马上就没了声音。倒是纪慕，心情很好，看了看她，觉得调戏她还不够，对着她勾了勾手指。水露以为他有什么话要说，俯下身来，做出洗耳恭听的样子，谁料下一秒，他就吻了下来，当着众人的面，和她来了个法式深吻。

大家连连叫好，水露被纪慕调戏得脸红得能滴出水来。她示威性地、恶作剧般地咬了他一口，瞪了他一眼。可那一眼，根本没杀伤力，连她自己都不知道，她上扬的唇角和那双顾盼生辉的眼睛里满满的，写着的都是一丝她从未有过的情绪。

纪慕被她那双脉脉含情、欲语还休的眼睛给迷住了，一时忘了做出回应，只是与她久久相望。

水露首先反应过来，原本喧闹的一间房子，忽然就静得出奇。她红着脸，轻咳了一声，首先移开了视线，不再看他。

水露的视线求救般地寻着明珠，明珠明明已经接到了她的眼风，却假装不知，在另一边抿着嘴偷乐。

还是纪慕体贴，知道她的鸵鸟性情，于是在她耳边低低地说："乖，过去那边玩吧！"

文洛伊打趣："咦，不继续虐单身狗了？"

纪慕呸了他一声："露露在的话，我牌运太旺，你们会输得打车的钱都没有了。"

惹来大家一阵狂笑。

水露已坐到了明珠身边，隔了珠帘看向纪慕，正好他也看过来，他向她微微一笑，她似被老师抓包的坏学生一般，连忙坐正，收回了视线。

明珠啧啧两声，本想调侃她两句，但还是收回了到嘴的话。

看到两人都是郎有情，妾有意的样子，明珠就放心了。

明珠是个通透人，自然明白，水露的转变，对纪慕暗藏的爱意，其实是连水露自己都没有察觉到的。可这终究是别人的事，她不好点破，还不如顺其自然吧！

而牌桌上，热闹气氛一直不减。原来是文洛伊已经发现了纪慕的那些隐秘的、窃喜的小秘密。

为了显得有情调，房间里灯光昏暗，一开始大家都没有发现，只是后来纪慕偶尔会摩挲左手。还是文洛伊眼尖，看见了纪慕左手无名指上戴着的贝壳戒指。

"啧啧，纪慕啊，还真看不出来，你俩这么有情调啊！连结婚戒指都是那么特别，来，我看看，居然不是金啊、钻啊这类俗物，是贝壳啊！"说着，他就要去摸纪慕的左手，"是不是我们家妹子亲手给你做的啊？这么宝贝，时常摸着！"

他的手却被纪慕打开，纪慕一副"你敢碰我的宝贝，看我不揍死你"的臭样子。

"喂，你俩不是背背山来的吧？在那儿推推搡搡的，人家老婆还在边上看着呢！"连公子笑哈哈。

一众公子哥儿一起起哄。

别说水露，就连纪慕也被臊红了脸。

最后他发话："就是我老婆给我做的，你们羡慕得来吗？"

一句话，让水露怔了怔，一丝甜蜜就那样猝不及防地从心底溢出。

　　大家都愤怒了，说纪慕在虐狗。

　　容华笑着打圆场："好了好了，人家还在蜜月期呢，不虐你们，虐谁啊！快打不打牌啊，这么啰唆。"

　　于是，众人都不再拿纪慕开玩笑，又开始新一轮的牌局了。

　　一行人玩到深夜。其实，别人新婚燕尔的，他们只想着再打一圈就散伙了。可水露忽然走了过来，附在纪慕耳边，低声道："我来这么久，都没K过歌，你们慢慢玩，我去唱一圈。"

　　只是一瞬之间，纪慕就明白了过来，心底的那些喜悦就蓦地变为苦涩。

　　本就隔得不远，大家都听得清楚，可也只有容华与文洛伊察觉到了纪慕的压抑与烦躁，纪慕并不开心。

　　那边，水露已经拿起麦克风，与明珠对唱了起来，也不在乎自己老跑调的歌喉了。水露如此不藏拙，歌声虽刻意压低，可跑调的歌声还是传到了正厅里，惹得一桌男宾都笑了起来。纪慕笑得无可奈何，她唱歌确实太喜感。

　　见水露玩得兴起，而纪慕那一桌，又重新开了一圈牌。

　　纪慕一直微笑着，心底却是苦涩一片。他自然知道，她不愿回去的原因。

　　回到家后，已经很晚了。进了卧房，纪慕忽然就从后抱住了水露，力气之大，使得水露吓了一跳。

　　水露挣了挣，有些无措地开口，声音小小的："我去给你放洗澡水。"

　　"不急。"纪慕耐心地哄她。

　　水露心底一片慌张，她的眼神迷惘又挣扎，睫毛扑闪扑闪的，他的脸又离得她那么近，她的睫毛在他脸上刷呀刷的，闹得他越发燥热。他的吻忽然就落了下来，吻在她的眼睛上，再在她眼角上辗转缠绵，小心翼翼。

水露一怔，是感受得到他的爱怜的。她放弃了挣扎，抵在他心间的手垂了下来。

纪慕一喜，知道她是愿意的，吻沿着她挺秀的鼻子一直下来，然后准确无误地咬在了她的唇上，并不用力，只是轻咬，却使得她身子猛地一震，他已经抱紧了她，不容她逃避。

只是当进入的时候，纪慕才发现她的不对劲。

她一直紧紧交着牙关，她行动上没有拒绝他，可她的干涩、她的忍痛，他都感受得到。这让他很挫败，她在本能地抗拒他，她甚至只是在可怜他……

纪慕离开了她的身体，只是拥抱着她。他是真的爱她，所以不愿勉强她。

"慕，对不起。"水露嗫嚅。

纪慕抚了抚她长长的发，在她额间印下一吻："没关系，我都明白。"

看着她欲言又止的样子，那长长的睫毛如扇子一般，扑闪扑闪的，那顾盼生辉的眼睛对上他视线时忽又垂了下去，头也低低的，只露出尖尖的下巴，纪慕忽然就笑了。

"没关系，你无须有心理负担。"顿了顿，他又说，"你知道吗，你最美的样子就是那一低头的温柔，像一朵水莲花不胜凉风的娇羞。"他在她耳边低喃，而一片红自她脸颊一直蔓延开来，红至了耳根、颈项与身体，十分诱人。

怕自己会忍耐不住，纪慕已经站了起来："我去洗澡。你累了，就先睡吧。"

等到他在她身边躺下时，其实她还是清醒的，可她只晓得紧闭着双眼。她能清晰地听见自她身后传来的一声叹息。她的心紧了紧，攥着被子的手握紧，然后又松开。一直等到他的呼吸变得均匀，她才敢睁开眼睛，转过身来看他。

她在夜色里，安静地、仔细地看着他。

她的视线至他的眉眼滑落至性感的唇瓣，脸上一红，她连忙移开了视线，然后看见了他精致的锁骨，他的肩膀很宽阔，身上肌理匀称有力，可又是瘦削的，她又看到了他的那双线条优美的手上。他的手白皙修长，像艺术家的手。她将他的手握起，在那枚贝壳戒指上摩挲，再看了眼自己手上的贝壳戒指，忽然就觉得心里被狠狠地撞了一击：这是对司长宁的背叛。

于是，她狠狠地去解手上的贝壳戒指。兴许是这段时日养肥了些，那草绳结的环居然那么牢固地钉在了她的手上，怎样也解不脱。她猛地一用力，草绳突然就断了，那枚小小的洁白的贝壳，"叮"一声掉落地上，然后碎成了三瓣。

动静不大，可纪慕却醒了过来，他只一眼，就明白了一切。

这一次，水露什么也没有辩解，明知道是她不对，可她选择了沉默。

纪慕怔了怔，然后就下了床，把那摔碎的贝壳捡起，握于掌心，低着头说："贝壳戒指容易损坏，你别放在心上。"

她情愿他动怒，他骂她，摔门离开，也不愿意他这样迁就她，在她面前如此小心翼翼、如此卑微。她猛地转过了身去，赌了气不再瞧他。他的手流血了，她都知道，可是她不能给他假的希望，从一结婚时就说好了的，她不爱他，他都知道的。可为什么看见他那落寞神伤的样子，她的心会那么痛……

[4]

后来，水露也再没看到纪慕戴那枚贝壳戒指了。

有时，当俩人相处时，她也会看着他空出来的无名指出神，想那戒指或许被他直接扔了吧。

坐在那儿看文件的纪慕敏感，自然察觉到了她的那些心思。他摸了摸颈项，那一处是那样滚烫。是，他除下了戒指，可他将戒指套进了项链里，一直贴身戴着，在离他心最近的地方。

他不动声色地移开了视线。

而她也蓦地反应过来，不再看他。

其实，这段时日，纪慕真的对她很好，样样让着她，时时哄着她。

她带过来的东西不多，除了一行李箱衣服，也就只有一个小小的妆奁盒子。盒子是上了锁的，里面没有放珠宝首饰，也没有放化妆品护肤品，只有一整盒口红，全是司长宁送给她的，从她十二岁开始，收到的第一支口红一直到她成年。

纪慕有过好奇，问她里面装了什么宝贝，可她笑而不答。

还是周末的休息日子，纪慕没有去公司，等到她逛完街回来，居然看见纪慕在做木工，给她拼了一个奶油色的木架子，与房间装修异常的和谐。木架子的手工精致，那些雕花也美，简直就是专业水平的。

水露有些好笑："你做这个干什么？"然后走过去，手抚上了木架子，细细摩挲。

"喜欢吗？"纪慕忽然问她。他眼睛里的笑意一闪而过，十分调皮。

这样的手工，这件东西绝不可能就一个下午能完工的。水露知道，纪慕一定是暗中花了好些时日，才把这件东西做好。难怪这半个月来，他整天躲去地下杂物库里，原来是做木工去了。

她忍住了笑意，微微点一点头，说："喜欢。"她是无法说出难听的话来打击他了，她心软，他都知道。

"为什么送东西给我？"水露牵了他的手，在沙发上坐下，眼睛一直看着他的手。他的手起了水泡，磨出了茧子，那句话就那样猝不及防地说出了口，"你知不知道，我会心疼。"她轻轻地按在了他的水泡上，可疼痛却是在她的心间。

纪慕压下了那些炙热猛烈的情绪，再开口时，云淡风轻："我也没送过什么给你。我见你的百宝箱一直压在箱底，如果是有什么好玩的小玩意或者是珠宝，都可以摆出来啊！我听说，有些女孩子，喜欢在房间里展示漂亮的香水瓶，你也可以一并摆出来。要不我再给你装几个射灯，灯光一打，老漂亮的。"

他说得笑了起来，十分愉快，像偷吃了好东西的小孩一般。

水露想了想，坦诚地说道："慕，你那么聪明，你自然明白，那些是什么。"

纪慕忽然就不说话了，他不是没有猜测过，只是，他更愿意自欺欺人。

见他已经明白了过来，水露又说："里面全是口红，并没有什么值得品赏的地方。"

里面全是司长宁送给她的口红，从小到大，从女孩到少女再到成年。第一支口红，她十二岁那年，司长宁送她的一支大红色口红，那支黑色的铜管已经掉了色，被时光磨去了它美好的光泽，留下掉漆的斑驳，可她依然仔细地保管着。

纪慕心下苦涩，可也只是微笑："没关系，你可以摆放我们旅行时买的小纪念品。反正，你喜欢什么，摆上去就是了。"

这段时日里，他说得最多的一句话，就是"没关系"。

可这一段，也就在彼此的秘而不宣中过去了。

因为还在新婚中，所以容华很大方地给水露一次性批了四个月假期，加上度蜜月时给的一个月长期，她等于放空了半年。一闲下来，她倒是不知道如何打发的好。

闲着也是无聊，水露除了在家陪伴纪慕，也就时不时地骚扰一下白明珠。

纪慕尽管也给自己放了三个月的小长假，白天时也尽量在家陪伴水露，可到底集团里的事，他不可能完全不管，所以，他通常是晚上通宵工作，白天陪伴她或者遇到重要事情时才走开一天半天的。

对于他为什么把工作放到晚上做，水露是明白的。她感动于纪慕的体贴，可除了感动，她也没有别的法子去接受他。

有时，半夜醒来，看见他还在批阅文件，水露是心疼的。她悄悄靠在他的书房门外，看着虚掩的房门里的他，一种异样的情绪使得她沮丧与痛苦。

"嗒"的一声响，是纪慕打开了打火机。打开，又合上，他心不在焉地玩弄着打火机。他手中夹着的烟，水露很熟悉，是纪慕常吸的那一款，也是司长宁惯常吸的那一款。

水露还是推开门走了进去。

"很累吗？"她走到纪慕旁边，而他已经伸出手来，隔了办公桌握住了她的手，她顺从地坐到了他的腿上。

他的额角抵着她的额头，他声音低低的，带着一丝疲倦："是有点。"

水露听了，想了想，伸出小手按在了他的两边太阳穴上，帮他按摩舒缓一下紧绷的神经。

纪慕顺势闭上眼睛，随她按揉。

"累了，就早些睡吧。工作的事，明天再做，好吗？"水露的声音轻轻柔柔的，他听着只觉内心无比宁静。

他爱她带给他的宁静。他举起手来，按在了她的手背上，笑了："你的声音真好听。"

结果就是，水露居然"噗"的一声，被他逗笑了。

"你不是说我是跑调天后吗？"水露打趣。纪慕唱歌倒是真的好听，尤其是他唱法文歌时，居然似在念一首动人的情诗，既醇厚又清澈，低低吟唱，缠绵婉约。

"那是你唱歌时老跑调，说话时，还是很动听的。"纪慕也是笑，工作的疲劳全一扫而空。

"不如你给我唱首歌吧，法文的。"水露忽然说，是有些突发奇想了，话一出口便后悔了。

可她的心思，纪慕没有察觉，倒真是唱了起来，依旧是那首《玫瑰人生》。

"他的轻吻仍留在我的眼梢，一抹笑意掠过他的嘴角，这就是他最真切的形象，这个男人，我属于他。当他轻拥我入怀，我眼前有玫瑰般浪漫人生。他对我说的情话，天天说不完，他的蜜语甜言对我如此重要，仿佛一股幸福的暖流流进我心中，只有我知道那暖流的源泉。他为了我，我为了他，在一生中，他对我这样说，这样以生命起誓；当我一想到这些，我的心儿就乱跳，爱的夜永无终点；幸福的光阴驱走了长夜，忧伤与泪水全无踪影，这幸福的感觉伴我至死。"他低低吟唱。唱完了，他又不厌其烦地将翻译过来的意思念给她听，果然是一首动人无比的情诗。

他低下头来看她，他的眼里全是一个她。他的笑声低低地轻拂过她的耳朵，她蓦地就红了脸。他的笑声更大了："还要听吗？"他正要再唱，她忽然就仰起脸来，吻住了他。起码，那一刻，她知道，自己是快乐的。

纪慕加深了那个吻，可拥着她时，心底的那些悸动、那些燥热全然涌了起来。他急切地去除她的衣服，用力地亲吻她，直至将她完全地、不管不顾地融进了他的身体……

水露紧闭双眼，一直在心里对自己说，就当是可怜他，她强忍下了不适让自己去迎合他。可纪慕并不傻，当一切重归于沉寂后，他轻抚着她的双眼，叹息："你连睁开眼来也不愿意。还……还痛吗？你也真是傻……"

水露的双睫颤了颤，压下了所有的不适，正要说话，唇却被他捂住。

"嘘，别说了。我知道，我都知道，你只是在可怜我……"

后来，那一夜，就像是没有发生过一般，纪慕对她依旧是从前一样包容和体贴，甚至对她更是温柔，可大家都明白，他与她之间隔了一层什么。

纪慕依旧是每夜每夜地忙工作，但白天总会想着法子陪她四处去玩，就怕她觉得闷。

一天，水露忽然对纪慕说，她约了白明珠去玩。纪慕一怔，然后点头答应："去哪儿？我送你过去吧。"

"有司机的啊,你就别来回奔波了,还不如在家好好睡上一觉,昨晚你又通宵工作了。这样下去,身体可吃不消。"水露劝他,不自觉地,唇瓣微微翘起,带了点撒娇的俏皮。

纪慕笑了笑答:"好。"

原来,水露约了明珠去攀岩俱乐部。

许久不曾运动了,一到地方,水露就跃跃欲试。其实,她没有约明珠,她撒谎,只是怕纪慕会担心。

而且,明珠也不适合这项运动,何必折磨那个大美人呢!于是,水露换好了装备,就去挑战高难度去了。

可她到底是闲了太久,一来就挑战难度大的,结果可想而知,她没有踩好那个点,直直地摔了下来,虽然有钢索保护,但手脚可是凄惨一片。当她摔在地上,看着两手鲜血时,真是内心一片沮丧。

她不怕疼,从小就不怕,在别人的"大惊小怪"的眼神下,她居然还能给纪慕拨个电话。她的声音有些怯怯的,只抱怨了一下又似在撒娇:"慕,我在'岩'俱乐部。我出了些小状况,你能不能过来一下?"

当纪慕赶过来时,就看到她坐在俱乐部休息区一角,可怜巴巴地等着,看到他时,又瑟缩了一下,有些怕他的样子。

所有的担忧,那些要出口的训斥,在触到了她小狗狗一样委屈的眼神时,他就转为了无可奈何。他坐在她身边,看着她凄惨无比的伤口,听到她忽然说:"我不是存心要骗你的,就怕你担心,所以没说来这里。"

"你都多大了,嗯?"纪慕挑一挑眉,吁了一口气,才继续说,"你就不晓得照顾好自己吗?你知不知道,我会担心?难道你现在这样,我就能不担心了,嗯?告诉我,露露。"

水露嗷了嗷嘴,想吐槽两句,可看了看他因为过分担心而急红了的眼睛,她又把话压了回去,只能低低地服软:"对不起,我不是有意的。我只是在意你会担心。"

她只是在意他？！纪慕心里一喜，眼底的严厉便淡了下去。他握住了她没受伤的手腕，说道："不许再有下次。"然后在她还没反应过来时，便一把抱了她起来，她"呀"的一声惊呼后，便住了嘴。

他也不管周围投来的眼神，就那样抱着她走出了俱乐部。

是家庭医生给水露处理的伤口。

其实，伤势看着严重，可只是伤在皮肉。水露毕竟是有经验的，所以滑落的过程，护住了自己，并没有造成伤筋动骨的大伤。可现在，却造成了一定的尴尬。

例如，她要洗澡，可双手手掌与脚膝盖都是伤。

头一天，她忍了，不碰水。可第二天开始，她就坐立不安了，就是到了自己也嫌弃自己"邋遢"的地步。

还是纪慕看出了她的心思，忽然说道："我帮你洗吧。"

水露飞快地看了他一眼，又垂下了眼睛，可红霞已蔓延到了耳根。她嗫嚅着，也不知道在说着什么话。

纪慕已经替她找来了纱布、保鲜膜，并且按住了她，替她将双手与双膝一一缠好，才扳起了她一直低垂着的头。

"看着我的眼睛。"他说。

水露抬眼看了看他，内心挣扎，长长的睫毛一颤，她又垂了眼眸，过了许久，才又看住他眼睛。

"没关系，你不用害羞。"纪慕说得很认真，"我们是夫妻。"眸底是一片赤子般的真诚。

"嗯。"水露极轻地应了一声，垂下了头去。

"你等一下。"纪慕似想到了什么，然后飞快地转进了杂物间，在寻找着什么。整个过程，水露都不敢抬头看他，也不晓得他进进出出在倒腾什么。再然后，她就听见了他进浴室放洗澡水的声音。

等纪慕将她抱进了浴室，轻轻地将她放在浴盆里，她都还是紧闭着眼睛。

"露露，睁开眼睛。"纪慕替她一点一点地除去衣物。

睫毛颤了颤，想起他那一句"我们是夫妻"的话，水露鼓起了勇气睁开了眼睛。她的身周都是鲜红的玫瑰花瓣，一层覆着一层，密密实实地将她的身体遮掩了起来。

纪慕居然能那么妥帖地照顾她的那些不安的情绪，她感动得不知道该说什么。

"来，把双脚弯高一些，不要让水浸到就好。"纪慕提醒着，一只手将她的手轻轻地搁在浴缸边上，另一只手取来毛巾替她擦拭身体。

水露的脸红成了火，可到底还是自在了许多。

"谢谢你。"她低低地说。

纪慕微微一笑，没有说什么。可他的意思，她都懂得：我们是夫妻，所以无须说谢。

[5]

那段时间，纪慕对水露照顾周到，百般殷勤，千般爱怜，体贴温柔，给了她无限柔情蜜意。水露并非是铁造的人，她知道自己的心在一点一点地动摇。

俩人的关系，有了回暖。水露也尽量收起了自己的任性与坏脾气。

可最终，两人用尽了力气去维护的一切，却在司长宁的一通电话中，化为乌有。

原来，司长宁知道了水露受伤的事，并且自作主张地安排了司机过来纪宅，要接她回去。

当陈妈进来禀报时，多少有些欲言又止，她是知道太太与少爷的那些心结的，也想按下不报，可花园里，司家的司机已经按响了车喇叭。

正在看书的水露听得车喇叭响，以为是纪慕开完会赶回来了，笑着调侃："不是说今天的会议很重要嘛，这么快就被你结束掉了？你学会败家了哦，小心破产，养不起我哦！"可抬头时，却是看见了陈妈站在书房门边，看着她时眼神躲闪，像在瞒着她什么。

"怎么了，陈妈？"水露正要站起来，却接到了司长宁的电话。她一怔，站了起来背对着陈妈，接起电话。

其实纪慕倒还真是赶了回来，坐在会议室里，他能想到的，全是她。于是一下达批示，连散会都来不及说，他就赶了回来。他只是比司长宁的司机晚到一点点。她打趣他养不起她的话，他也听见了。

如果，没有司长宁，那一切都是完美的。他也会笑着回应她，即使他只有一口吃的，也会先给了她。他会一直养着她，因为那是他这一生唯一的心愿。

可她已经接起了司长宁的电话。

"喂？"水露的声音有些怯怯的。可她的话还没说完，电话已经被纪慕拿走。

"我已经派了司机接你回家养伤。"司长宁说。

纪慕一声冷笑，讥讽："司先生，你可能忘了，露露已经嫁人了，这里才是她的家。这里有人全天照顾她，你大可放心。"然后不给彼此留任何的余地，切断了电话。

水露怔怔地看着他，没有拿任何话刺他，可他分明看到了她眼中一闪而过的恨意。

俩人之间的裂缝，猝不及防地就那样一直裂了下去。

水露觉得，她的日子更难打发了。

她的伤在纪慕的悉心照料下，已经好得差不多了。可她与纪慕之间的交流已越来越少，俩人纵使日日夜夜相对，可能说的话也不过寥寥那几句。

一日，她醒得早，才是早上六点的光景，街灯都还亮着。可她一睁眼，看见的却是他默默注视她的那双幽深、黝黑的眼睛。

她眨了眨眼，没有说话。

纪慕看着她，忽然说："要不你约白明珠去逛逛吧。不然，你整日在家也挺闷的吧？"他实在是怕，怕她这样一直下去，会得抑郁症。

水露看向他时，有些惘然，可还是顺着他的话，乖巧地答了："好。"

其实，水露只是骗骗纪慕而已。她说约了明珠出去散散心，可每次都是只有她一个人，在偌大的商场里闲逛而已。

半年时间，就这样过去了。纪慕也恢复了正常的工作时间，白天留在公司，可也会尽早赶回来，陪水露吃晚饭。

这样的日子，起码在明面上，是过得云淡风轻的。那些裂缝依旧在，谁也不道破而已。

等到了周末，纪慕本来计划好了，要带水露去太湖的老宅小住两天。可是水露却忽然开了口，说她已经约了明珠，不好更改时间。

纪慕一笑，也就随她去了。

既然编了谎言，就得把谎言圆下去。于是，水露也只能临时约了明珠。幸好，明珠对她，真是没话说，随叫随到的。

一见了面，明珠就笑眯眯的，那笑容可把水露瘆得慌。水露推了推明珠："好个没正经的，看什么呢，笑得那么诡异。"

两人在时光会所坐下，汪晨露亲自出来迎客，陪着她们在贵宾区，喝了一壶好花茶。

帷幔低垂，隔开来往人的视线。

那帷幔、挂毯充满异域风情，一丝一缕，一针一线皆是别出心裁，可又是缠缠绵绵的，四处香风阵阵，带了一点微醺，风过时，传来珠帘"丁丁零零"的声音，坐着的客人都觉得懒懒散散的，一身的疲惫都似被放空了一般。

"两位妹妹，气色真好。"汪晨露微笑，露出些腼腆。她命人拿来一支香薰蜡烛，她亲自点上，那十指尖尖，青葱一般，上了淡淡的一层玫瑰粉色甲油，衬着她的眉眼、她漆黑的发，真是我见犹怜。她一向是个安安静静的女子，所以明珠与水露都喜欢她。她与他们那个圈子的其他女伴都不同。

听了汪晨露的话，明珠也是笑，指着水露说："我就说嘛，方才见着你，就觉得你不同了，原来是更美了。我瞧着，还胖了一点呢！呀，这婴儿肥又给纪少给养回来了。"

汪晨露听了也是笑："女孩子，有些肉好。肉嘟嘟的，很可爱呢！"

水露不好意思了，连忙答："其实我是戒酒了，所以就发胖了呗！"是的，即使她不愿承认，可纪慕对她是很好的，也一直迁就着她，养着她。

水露收起了那些心事，陪着俩人聊了好一会儿。再喝过了一壶好茶，汪晨露便迎了俩人进美容区。

她们做完SPA出来，精神奕奕的，还要再逛商店，碰巧纪慕的电话就到了。原来，他已经下班了。

明珠说："呀，世界绝种好男人哦！"

水露红了脸，走到一边接电话："是的，还在逛呢！不用接了，离家也不远，我和明珠再逛逛，顺便吃了晚餐再回来。"似是怕他闷，她有些不好意思，"要不，你找容华他们聚聚？"

见他答应了，她才挂了电话。

随了明珠带着，水露进了一家店。其实，水露的衣服多是黑与白，都是很简洁的款式，看着满店的最新时装，真不知道该如何挑选。她从小就被司长宁教育成了一个淑女，从不挑鲜艳的颜色。出挑的款式，她也不会碰的。

偏偏明珠没什么顾忌，就图个新鲜，试了一件桃红的连衣裙，也真的是好看，白的肤，红的裙，真是艳若桃李啊！水露就一个劲地点头说好看，偏生明珠也要她挑一条去试试。她还是喜欢深色系的，便拿了一条宝蓝的换上。

等走了出来，明珠一看，猛吸一口气，赞道："太美了。"

"是设计师设计得好呀！"水露淡淡地笑着。

明珠瞧着她，只觉那颜色虽深浓，却十分明丽。后背是镂空的设计，一直到腰线处，十分抢眼，将她的背部曲线勾勒得很美，尤其是她的那对蝴蝶骨，精致而性感。再兼她个子高，腰就更显长了。而那暗色盈盈的蓝，如天幕上揉碎的星子，身体一动，那光芒便如水光潋滟；又似流动的海浪，深邃而艳丽，衬得她的眉眼也越发勾人夺魄。

正巧此时，一个性感惹火的女郎走了过来，看了水露一眼，对店主说："这条裙子还有吗？"

店主一时有些为难："这是最新的设计，每家旗舰店，只有一条。在香港那边还有一条，如果陈小姐喜欢，我帮你调货过来，不过是深紫色的，每种颜色，也是只有一条的。"

水露怔了怔，她所挑的，居然是限量版，只能怪司长宁将她养得太好、太刁钻了。其实，她也是无所谓的。她是第一次来，而那位女郎显然与店主很熟，她正想去换掉，那店主见熟客不作声了，便转向她道："这位小姐，试好了吗？"话里的意思已经很明显了。

[6]

水露笑了笑，正要去换掉，却听见纪慕的声音："这件好，就这件了，还有那件，所有的颜色都给我包起。"

"算了，我无所谓的。"水露拉了他，低低说着，一回头却觉得奇怪，那女郎看她的眼神怎么那么恨毒于她？

见水露看她，那女郎倒是款款走了上来："慕，这么巧？"

原来如此。是旧识，难怪看她的眼神那么怪。

"慢慢聊。"水露依旧挂着笑容，转进了试衣间里。她要把宝蓝色的裙子换下来，她心里自嘲：你不是早就知道了吗？他身边何时断过那些莺莺燕燕呢！

听那女郎叫他"慕"，明明就是极熟悉的语气。水露一时烦躁起来，只觉得后颈处的扣子怎么也解不脱。然后，纪慕就走了进来，见她在扯扣子，他叹了声气，手按住了她的手，可她却似被烫着一般，缩回了手。

纪慕一怔，身体僵了僵，也没说话，只是专注地替她解开那两粒扣子。

外面一时静极了，这里也静，静得可以听见彼此的呼吸声。他也是烦躁，只觉这两粒珍珠扣子无比碍眼，竟解不脱。却听得外面的一个服务员和店主说："啧啧，刚才那位居然是纪家的太太，那么年轻，我们都看走了眼。说来也是巧，那位陈小姐用的居然也是纪家的副卡。"

店主轻咳了一声，打断了服务员的话。

水露身体一僵，垂着头，不知在想什么。纪慕烦极了，一扯，那两粒珍珠扣子到底是被扯掉了。她笑了笑，背对着他道："好好的一件衣服，何必呢！"

他却一把将她转了回来，就吻她，裙子掉到了地上，她一羞，一手捂胸一手就要推开他，又怕声音太大了，只能任他胡来，吻得她喘不过气来。

"可说来也怪，那陈小姐远看了，无论是样子还是身段都和那纪太太挺像的，尤其是她皱眉头时，最像了。"那服务员显然是个新来的，话有些多。

店主直接道："别人的事，少管。"

而试衣间里，一切听得清清楚楚。水露却也无法可想，纪慕的心，她猜不透，也不愿去猜。她只知道，那女人还在用着纪慕的卡，就证明他们之间没有结束。

水露一恼，就咬了他，他才喘息着放开了她。

纪慕不可置信地看着她。而她转过身，把原来的白裙子穿上，就走了出去。

等他追了出来，她早已不在了。

那一夜，水露没有回家。纪慕知道，她其实是回了宿舍。原本，他还带着一点期望，回了家。可开了房门，一切都是安静的、空荡荡的。本来，她说好了晚上做烤鱼排给他吃的。所以，他老早就遣走了所有的用人。

在地中海的小海岛时，就是如此，她偶尔会做饭给他吃，他则负责洗碗，把所有的用人都遣走。那时，她还惊讶："你居然洗碗？！"

见她一脸震惊的可爱样子，他就忍不住笑："我可是留学法国的，出门在外，不自己煮，难道还请用人？"

如今，家里却空空荡荡的，她也不在。

走进厨房，里面有提前准备好的菜了。她不敢杀生，鱼是杀好了的，她已经放好调料，腌好了。

他心中失落，静静地离开了厨房。

他把车开到她的宿舍楼下，果然，她的灯亮着。也不知过了多久，灯灭了。估计，她睡了吧。

纪慕站在车旁吸烟，一支一支地吸，吸多了，竟咳嗽起来，整个五脏六腑都是痛的。

其实，碰见陈蓉蓉也是极意外的。

那时，他们刚蜜月回来，纪慕后来又请了三个月的假在家陪伴水露。他总是舍不得离开她，仿佛时刻黏在一起才好，就这样半年多时光就过去了。

半年多的时光于纪慕而言太短，可公司的事非常忙，他总归得回公司的，那时，碰巧有笔生意要谈，饭局上，对方黄总带来的，自然是个很能喝的女子。

她替她老板挡酒，喝多了，连眉心都蹙了起来。见纪慕看向她，那黄总会意，笑道："听说纪公子新近结婚了啊！真是恭喜恭喜！听我们的副总说起，蓉蓉与纪太太还有几分相似呢！"

因为那黄总与容华也是认识的，自然见过水露。当初人员招聘时，见到陈蓉蓉，黄总也有几分惊奇，觉得这人也会有相似的时候，虽然那相似只有三四分，可也足够了。很顺理成章地，黄总便把陈蓉蓉介绍给了纪慕。都是一个圈子的，自然知道纪公子喜欢什么，不喜欢什么。纪家家大业大，很多时候，黄总都是要仰仗着纪家的，所以他才会明里暗里地留意纪慕的喜好。

纪慕也没说什么，笑了笑，把美人揽在了怀里。

那陈蓉蓉是何等玲珑女子，自然懂得投其所好。其实，陈蓉蓉刚出来工作不久，眉目间还保存着几分学生模样的天真，说话做事，有些任性，确是与水露有几分相似的。就为着这几分相似，纪慕将她留在了身边。

蜜月回来后，纪慕也不是没有尝试过，每晚他都会很有耐心地哄水露，可只要他一碰她，她便会颤抖，止也止不住。即使是她可怜他的那一次，她也只是在极力忍耐。

白天，他们可以是最恩爱的一对，有说有笑，可一到了晚上，水露就似变了一个人。哄着哄着，他的耐心被消磨尽了，许多时候，便是倒头就睡。而她明明就在他身旁，却也只是一声叹。他心下烦躁，总是背对着她睡。

可每次醒来，纪慕才发现，原来，自己已将她抱在怀里。她的脸小小的，是好看的鹅蛋脸，其实还是有些肉嘟嘟的，是婴儿肥，十分可爱，比那些人工造出来的巴掌脸可爱多了。她睡得香甜，脸蛋红扑扑的，而唇，那么柔软，鲜艳的粉红，粉嫩欲滴，勾引着他尝一尝。他会偷偷地吻她，她则往他怀里钻了钻，倒是睡得很沉的。有时，他半夜醒来，睁开眼，却发现她正侧了脸看他，被他抓了现行，她脸一红，急忙闭上眼睛，而睫毛轻颤，是说不出的动人的。他会把身子靠近她，抱紧了她。而她安静地闭着眼睛，继续睡。可她的睫毛颤个不停，他知道，她是醒着的。他会附在她耳边，低低地说"快睡吧"。看着她熟睡的脸，许多时候，他都会不停地问自己："水露，怎么偏偏就是你呢？"

后来，他与她再没有过了，因为她太抗拒。

有时，晚上他也没有回家。他给陈蓉蓉置了一套房产，许多个夜晚，他是在她那儿的。他尝试与陈蓉蓉一起，以为与他缠绵温存的，会是水露，可到底不是，只是陈蓉蓉罢了。陈蓉蓉尝试拥抱他，可他清醒过来，马上起床离开了。他与陈蓉蓉也只是有过那一次。后来，他再不允许任何女人在他身边过夜。而他，也没有再碰陈蓉蓉。更多个夜晚，他只是害怕孤单，所以在陈蓉蓉那儿小坐一会儿而已。

许多时候，纪慕甚至只是看着陈蓉蓉发呆，卑微地、自欺欺人地透过陈蓉蓉，来看他心中所朝思暮想的那一个。

半夜时分，纪慕仍在街道上流连，有时竟不知该把车开去哪儿。他从不带女人，回他的住所里。带过回家的，只有水露，可她并不稀罕。

一支烟燃到了尽头，手上吃痛，他才回过神来。回到车子里，才觉得暖和了一点，他看着她的房间，一直到天从灰蓝渐渐地过渡到靛青，一点一点地亮了起来，一时，一两颗孤星还留在夜色之中，似一两粒萤火。

[7]

其实，水露也睡得并不好。她总是断断续续地梦见纪慕。等至醒来，习惯性地摸了摸床畔，可哪有半分温热呢，不过是一片冰冷罢了。这里，也不过是她的孤单清冷的小宿舍罢了。她笑了笑，难怪在纪宅的这些天，他总是深夜才回来，有时是在四五点的光景，可他明显是洗过澡了，每次回来，他都是洗过澡才回的。也怪自己迟钝，他早已有了别的女人。

上班时，她有些心不在焉，连容华也看出了不对。

中午时分，还是容华请她吃的饭。

"妹妹，还好吧？"他有些担忧地看向她。

"挺好的呀！"水露笑着回答。

容华将一把钥匙推到了她面前。

"这是？"她疑惑。

"纪慕的那点脾气，我是知道的。那间宿舍，就当是哥哥送给你的结婚礼物。你生他气时，可以放心地住着。"容华喝了一口咖啡。

"谢谢。"她十分感动，连眼眶也红了。想来，明珠也已经和容华说过了。那天，明珠见纪慕来了，就识趣地先走了，事后也有给她电话的。

"觉得闷了，就和明珠出去逛逛。最近她没有通告，都挺闲的。就当你陪她，自然地，去了哪儿玩，哥给你报销。"

说得水露笑了出来："刷爆你的卡也不怕？"

容华带着宠溺，摸了摸她的发："真是一个小孩子。"继而一叹，"如果容丽还活着，也是和你差不多的年纪了。"

水露在宿舍里，一直住了两个星期。后来，保安见了她要出门上班，便走上前来，对她说道："水小姐，你和你先生说一声，可以买个月卡、年卡什么的，不然你先生天天停在这里，还要按天收费，这多浪费啊！"

那保安是新来的，自然不晓得她与纪慕是谁。

她一怔，竟红了眼圈。

晚上，她早已睡下了，却听到了淅淅沥沥的雨声，竟然是下雨了。那雨一声一声地敲打着玻璃，窗外，树影摇曳，吹落了好些殷红的花。

水露其实更喜欢白色的花。她的花瓶里插了一枝白山茶，淡淡的颜色，在夜里幽幽地开着，使她想起了山坞里的花，一片雪白，那是一望无际的白茶花。她记得，她只是随意地说起"以前形容梅花是香雪海，其实白茶花也是一样的"，后来，纪慕就送了她整整一屋的白山茶，整个家，像浮在了云海里一样。

忽然，她的唇角扬了起来。可猛地，她就恼极了自己，怎么就想到他了！

　　窗户没有关紧，一点雨打了进来，落在白山茶上，一粒一粒的水珠晶莹剔透，她忽然伸出了手，抚了抚白茶花，"雪娇，雪娇"地唤着。白茶花里，她最喜欢的品种便是雪娇，多像一个女子的名字啊！夜里呼唤，原来，她是最寂寞的那一个人。

　　她站起，要关窗，竟看见了那点火芒。这里不过三楼，一切看得清清楚楚。一条树枝携了风势，探了进来，绿的叶，红的花，竟是艳丽到了极致的。水滴一滴滴地落下，在地毯上亦洇开了一朵一朵暗红的花。

　　她似被施了魔法般，不能动弹。她只晓得，看着楼下的车内，那点火光。他居然在夜里，也没有回去。不知怎的，她就跑了出去，不顾身上只穿了一件单薄的衣衫。她急忙跑下楼，楼道很黑，顶灯一点淡淡的光晕，连路面也照不亮。

　　可他早听到了楼道里的声响，下了车来，任夜雨吹打，他的发湿了，水珠一滴一滴地落下。

　　她推开铁门，与他隔了雨帘对望。下一秒，他已经奔了过去，一把搂住了她，他的衣服也湿了，额发贴在了脸庞，眼睛里流光溢彩，明明是最深的夜里，竟亮若星辰。他有些不可置信，忽然，就吻住了她，不管夜雨滂沱。

　　他将她抱上了楼，他只觉她的小小宿舍，竟是温暖如春的。床前案几上，摆着一瓶白茶花，那种安安静静的美，就如她。

　　他一直知道，她喜欢白色的花。

　　将她放在床上，她有些怔忪。他抱着她，只是不愿放手，并没有下一步的动作。他知道，她的心结，解不开。

　　抱了多久，他也不知，还是她先说的话："你都湿透了，先去洗澡吧。"

　　他点了点头，十分不舍地放开了她。等他再转出来，她已把他的西服洗好，并晾了起来。她也换过了衣衫，他与她的衣服都挂在了小小的阳台上，有那么一种缠绵牵挂的感觉。

她的发还是湿的，她在擦拭头发。他拿过了毛巾，仔细地替她擦拭。等干了，他替她梳好，她的发那么软、那么滑，好几次，他都把梳子掉到了地上。后来，他干脆张开十指来梳理，那些发似纠缠到了他的心里去。发间带了暗香，他深深地吸入肺腑，只觉得甜，那是她特有的气息。

"明天跟我回家了，好不好？"他声音低低的。

她"嗯"了一声，没有抬头。

她答应了他，他竟然欣喜若狂，心猛烈地跳动起来。

一室安静如水，她觉得，她好似听见了他的心跳。

[8]

俩人依旧维系着表面的平静。他有时回来得也晚，可不会超过凌晨两点。

可到底心里还是清楚的。那一晚，她赶工作进度，睡得也晚。他回来了，便往浴室去了。兴许是喝了酒，他把衣裤随意扔在了外面。

她见着了，便把衬衣从西服里取出，准备放进洗衣袋，可一下就怔住了。衬衣衣领上是一抹珊瑚红的口红，那种颜色很特别，她知道，也很难洗掉。正好他转了出来，已经洗好了，见她手里拿的衬衣，他只是轻轻一提，拿了过去，直接扔进了垃圾桶："与客户应酬，不小心碰到的。"

她笑了笑，难得他还愿意哄着她。

"其实，你回来前，不是已经洗过了嘛。"

他一进门，她就闻到了，他身上有沐浴露与洗发水的味道。

他怔了怔，可她已经回了卧室了。他抱着她，可她背对着他。他无法可想，只是沉默地抱着她，直到她的呼吸变得均匀，他才低低地道："我只是没有办法，我只是……缺乏安全感。"本已是睡意惺忪，却被他那一句话，弄得心烦意乱起来，可她只是装作睡着了，她也是没有办法。

其实，她不知道，她真的是误会他了。

商务应酬时，是有女人对他投怀送抱，可他并没有碰过那个女人。可她不闻不问，他有他的自尊，他不可能去辩解什么……而且，起初他确是存了要激一激她的意思，可她根本不在乎……

后来，她倒没有再回那间小宿舍，可对他总是淡淡的，再也没了从前的欢快，也再不肯对他撒娇。

两人的关系，便也冷了下去。

水露想，这样也好。他倚红偎翠惯了，自然会有别的去处。

似是没了顾忌般，纪慕开始玩起了失踪，经常是三天两头地见不到人了，更不要说会回家过夜了。原来这场假恩爱，也只是维系了一年。

慢慢地，水露倒也习惯了。在那个宽敞的家里，越住越空旷，有时是连说话都会有回音的。她告诉管家陈妈，会离开一段时间，让陈妈不必告诉纪慕。于是，她只简单地收拾了行李，准备回到自己的小宿舍里。

打开衣橱时，却看见了一个红色的锦盒。她打开，里面是一挂项链，链坠就是那颗硕大的珍珠。珍珠四周用碎钻镶嵌成了花瓣的形状，竟然是一朵白山茶。

他什么时候放在这儿的？水露竟出了神，握着那挂项链，珍珠温润，贴在掌心中，一点不冰凉，握久了，甚至有些滚烫。她垂下头，泪恰恰滴到珍珠上，只一瞬，就滑落了，依旧在她手心中，展露它绝世的风华。

把珠链重新放好，她离开了那个家。

她已和陈妈打过了招呼，如果纪慕回来了，就打电话给她。毕竟，面子上的事，做戏还是要做全套的，如果他回来，她亦会在家里。

想起一年前，刚逆上两人结婚后的第一个春节。水露早已是没了家人，去司家是不可能的，看着别人家阖家团圆，热热闹闹的样子，心底多少还是有些失意。从前春节，都是司长宁陪着她过的，可如今，亦有陈美娴陪着了，只怕过个一年半载的，他也该有孩子了，她又何必去凑别人一家三口的热闹呢！

也不是没想过打电话问候，可说什么呢？最后，她只是把电话拨给了李姆妈，她是李姆妈看着大的，总得给姆妈拜个年。可李姆妈一叹，问："小姐，您不回来吗？"

见她答了不回，李姆妈欲言又止："可先生……一个人多孤单啊！"

原来，陈美娴回美国陪父母去了，而司长宁独自留在上海。司长宁说过，他也是孤儿，他没有亲人，与她一样。

水露留在小宿舍里发呆，花了许多时间，才抛开了那些难过的念头。可年始终是要过的，她收拾好心情，继续大扫除，直到小宿舍被她打扫得干干净净、一尘不染了，才肯停止。她也是累了，扔了抹布，坐在电视前发呆，只想着这年夜饭也就一包方便面打发掉算了。然后就接到了纪家打来的电话，是管家陈妈的声音："太太啊，先生已经回来了。"说话的声音刻意压得很低，"我只说你出去逛街了。"

水露"嗯"了一声："不用为难，我马上回来。"然后电话就被纪慕接了过去。

她已许久没听到纪慕的声音了，蓦然听见，只觉好似隔了一辈子那么遥远，他那么遥远，又那么陌生。只听他道："我去接你吧，回来一起包饺子。"好似从未有过半分嫌隙。

她也就一笑，应了："好的，我在宿舍。"

"我马上过来。"纪慕答，声音平和，一如平常。

后来，他与她还有陈妈一起包饺子吃。陈妈还要回家陪小孙子，包好了，就先回去了，只剩了他们俩。

纪慕包的饺子个个似元宝，精致极了，让水露十分意外。

纪慕倒是笑了："妈妈去得早，很小的时候，外公就跟我说，一定要学会一门手艺的。我想饿不死就行了，所以学过简单的下厨。"

他闲闲道来，可水露听着，觉得有些凄凉，在他还是那么小的孩子时，就吃了那么多的苦。她看他的眼神不自觉变得温柔起来，声音也软软的："你包得好，你来吧。等下锅时，我来煮，要不再煮锅青菜汤吧，去去腻。"

他怔了一下，看向她时，如温煦的风拂过，他的眸那么明净，像个大男孩。他唇微微一扬，答："好。"

后来，两人就坐在一起看《春节联欢晚会》，明明那么闷的节目，他倒看得津津有味。她有些纳闷，今晚他不打算出去了吗？等十二点过了，他对她说："新年快乐。"

那一晚，纪慕一直陪着她。他困得早，便上了床歇息了。她也觉得甚是无聊，也上了床睡下了。他依旧从后环抱着她睡，不知为什么，她很快就走入了梦乡，一夜无梦，倒很踏实。

电话铃声响起，中止了水露的回忆。接起，原来是容华告知她要出差。容华的公司与香港客户有笔生意要谈，她是要跟着过去的。于是，她简单地打包了行李，就过去了。

与容华应酬，参加舞会，一切都安排得很妥当。就连容华都笑，她真是最称职的秘书。

碰巧，晚上又有一个商业舞会。

此次舞会与之前不同，必须穿上晚礼服，她一时愁住了，没带礼服过来，再去买，也来不及了。

正郁闷的时候，门铃响了，她打开门，侍者递了一个大盒子给她，让她签收。

关上门，她倒好奇是谁给她送礼物，一打开，却是一条剪裁得体的黑色丝绸长裙，露背的款式，腰线处纤长轻盈。

她穿上身，真的是很美的。

盒里还有配套的珍珠项链与高跟鞋。珠链绕了七八匝，刚好全数坠在了言颈，与露背的裙子搭配得十分美妙。

如此明白她的，也只有一个人了。

司长宁已经知道，她来了。盒底有一张卡，打开，是司长宁的笔迹。她笑了笑，要来的，始终是要来的。

[9]

取出大红的复古枪筒口红，水露仔细地涂抹着唇形。发，她已经绾好，只别了一枚珍珠发夹。当走进会场，一时来客都怔住。容华见了她，走到了她身边，而她挽住他。

容华笑："难得见你如此打扮，真是艳光四射。"

她寻常总是穿套装的多，标准的OL打扮，确是极少穿礼服的。她吐了吐舌头："这阵仗，真是大！"

来了许多的商界名流，是大家共谈生意的好时机。水露陪容华站了一会儿，见没自己什么事，就转到一边喝起果汁来。

会场紧靠大海，还能听见远远传来的浪涛之声。而对出的宽阔露台上，只能看到远处深蓝的海面，与深蓝的天连在了一起。那天幕与海，又似一碗蓝紫色的晶莹果冻倒扣在天边，斜斜地倾着，一不小心，天就掉到了海里。

海风吹乱了她的发，她看着深葡萄紫一般的天幕上，缀满繁星，真像撒在果冻上的银色糖果，低得粒粒触手可及，只要她一伸手，糖果就飞落夜空，化作了笼在鬃发之上的点点珠光。

真是美，纵使只有一人，她也不会再觉得寂寞。她朝着星星眨了眨眼睛。

露台下，是个小花园，她见着清静，就逛到了花园去。花园布有一张张的桌椅，桌子上烛光点点，被海风吹得摇曳，又似天上的星光投影了下来。离人群最远处，也有一张桌椅，靠在桌椅后的是碧绿芭蕉与一丛一丛的芍药，芍药旁是造型雅致的太湖石。那一个人就坐在花木扶疏的影子里。

水露慢慢地走了过去。那一方天地是昏暗的，他桌上只点了一根蜡烛，烛台的火光被海风吹得摇曳不止，一时明，一时暗，映得他的眼睛深晦如海，又暧昧不明。

是司长宁坐在了那里。

她上前一步，从他的躺椅靠背上取过了一张毯子，铺到了他的膝盖上。

"你不冷吗？"她的眉心轻蹙，手放到了他的膝盖上。

他的手握住了她的手，彼此的手都很冰凉。

"从你离开，我再也无法感知寒冷与炙热了。"他叹，语声竟有种哀凉。

她垂下眼睛。

当司长宁再看见她，他的眼底似是融进了海光星波，深邃璀璨得不可思议，那么亮。那双黑黝黝的眼睛，只注视着她，害怕她会融进了这夜幕里不见了，淡成了天边的一颗星，遥不可及。

藤制的桌面上，放着一瓶香槟，淡金色的液体，在夜里，在烛光中，流光溢彩。明明已戒掉了酒瘾，可这一刻，水露只觉得寒冷，需要一点热量。于是，她举起杯子，喝了好大一杯。是甜甜的水果味一般的可爱液体。

"露露，慢些，后劲很绵长。"司长宁笑了笑，取过她的杯子，握住她冰冷的手。

她听见他说："我已经没有更多的东西，可以失去了。"

他所说的，她都懂得。他的名誉、他的社会地位，来之不易，还有他的健康。

"你已经获得了那笔启动基金，你拥有的会一直在那里。"

他又笑了笑，黑黝黝的眸似要将她吞噬。

她移开了视线，只听他说："失去了你，一切都不过是一场繁华的泡影，如海上纷扬的花，其实是水沫，繁花开遍，也不过是梦一场罢了。"他喉头发紧，竟是再也说不出什么话来了。

而她亦不知该说什么。

"我和美娴，已经在协议离婚。"司长宁说。

每一个字每一句话，都如惊涛骇浪，向水露猛地扑了过来，仿佛要与她同归于尽。

她别转了头。只不过短短时间，他就要离婚了。

"你还是不愿离开他吗？"司长宁的话里满是寂寥，再出口却是冷漠的，"他如今身边有许多女伴，个个不同，这就是你想要的吗？"

她转身要走。他匆忙站了起来，可眼前一黑，他如一株高大的乔木，轰然倒在了地上。她回过头来，惊恐得忘记了呼吸。

她尖声大叫。人群汹涌，医护人员赶过来，人声鼎沸，救护车的声音，把一切都搞乱了，而她只晓得紧紧地握住了他的手。

司长宁被送回了在香港的司宅，司宅里住着他的私人医生。

见到医生时，水露一怔，他竟到了出入任何城市都要带着医生的地步。

见他未醒，水露求医告诉她，他究竟得了什么病。

可医生依旧不为所动，只说："先生交代下来的，任何人都不可以告诉。"

"连我也不可以？"她怔怔的。

"是的。"医生面无表情。

她留在香港照顾他。

当他醒来时，见她还在他床前，她没走。他还是说着那句话："我已经没有更多的东西，可以失去了。"

而她沉默不语，只是替他打理好府上的一切。

李姆妈也从上海飞了过来，照顾打点司长宁的一切。

水露曾问过她，也就知道了司长宁与陈美娴的关系十分糟糕，开始时，还会吵，一吵起来，非常可怕，陈美娴会把一切能扔的东西都扔烂砸碎，后来就开始冷战，谁都不说话。而他们结婚不过三天，就分房睡了。

听了李姆妈的话，水露的一颗心被狠狠地撞了一下。

后来，医生瞒着司长宁和水露谈过，只拣了简要的来说："小姐，既然回来了，不如多陪陪先生一段时间。他是抑郁在心，茶饭不思，如此下去，就算再好的药，也是药石不灵的。"

"刘医生，你就不能告诉我实话吗？"水露有些难过，司长宁竟要瞒得她如此深，一瞒十年。

刘医生只是微笑："没有那么严重，他只是心病罢了。心病难医，可先生见了你，是很开心的。"他终究还是说了假话，按司长宁的要求隐瞒下了病人的病情。

下午时分，司长宁醒转过来，见水露坐在他身边，他笑了笑："整日陪着我，不闷？"

"我带你出去转转吧？"水露问。

见他露出了孩童一般的笑容，她竟看得怔住了，想起他吃得少，连忙道："我煲了粥，你尝尝。"她去拿粥，而他的视线一刻不离她身旁。

她早上起得早，老早就开始熬粥了。

李姆妈扶他到轮椅上，推他到了客厅里来。见他精神好了许多，李姆妈一高兴，话也多了起来："小姐可心疼先生您了，大清早的就亲自去市场买的菜，然后就一直在熬粥呢，是甘松粥，对胃最好了。小姐也真是有心。"

司长宁觉得那颗心总算是恢复了跳动，其实，他是一刻也不愿意水露离开他身边的，便让李姆妈推了他去厨房。

正见水露在拿大勺子盛粥。其实她本来就是他心中的千金大小姐，从小到大，何用她做这些粗活呢，可她从小就爱侍弄他的饭点。想到此，司长宁微微笑了。见她的手那么纤小，却拿了那么大一个勺子，动作有些笨笨的，他一时忍不住，笑了起来。水露听得笑声仓促地回头，鼻子上竟然还粘有一颗小小的粥粒。

司长宁的笑意爽朗，她许久不曾见他如此快乐了，正要说上两句驳嘴的话，却见他站了起来，要拿她的汤勺。他那么高大，还是她记忆里的长腿叔叔，可他又如此瘦，单薄得不成样。就连站起来，似乎也用尽了他的力气。他身体动了动，她害怕他会摔下去，一把抱住了他，两人一退，靠在了墙上。

而她就伏在他身上，脸贴着他的颈项，而他双手抱住了她。她竟能听见他剧烈而又迅猛的心跳声。

　　她一羞，急道："李姆妈……"挣了挣。

　　他把她抱得更紧，在她耳旁道："没有别人，只有你和我。"他的声音贴着她的耳根，暖暖的、痒痒的，海风的气息拂过她的心尖，她贪恋地闭上了眼睛。

　　他吻去了她鼻尖上的粥粒，他的呼吸拂在她的脸上，她的睫毛颤抖得厉害。他深深地看着她，然后一点一点地吻了下去，与她唇齿纠缠，这个吻温柔而绵长。

　　最后他喘息着，放开了她。他害怕，他会想要得更多。

　　而她早红透了脸，道："粥都快凉了！"

　　两人一起用餐，喝的是可以止胃痛的甘松粥。

　　为了打破尴尬的气氛，他带了一点笑，看向她："这个粥的名字倒别致。"

　　水露微红的脸庞垂得低低的，竟也不敢看他的眼睛。

　　"取甘松五克，粳米五十克。先煎甘松取汁，去渣；再拿粳米另煮，快煮好时，加入甘松汁，稍微煮沸就好了。其实很简单的，我教李姆妈做也是一样的。"

　　他蓦然放下勺子，就那样看着她。原来，她终究是要走的，她早已打算离去。

　　水露一怔，知道自己说错了话。她带点讨好地来到他身边，软软地说："快喝了好不好？我也是弄了一上午才弄好的。我们待会儿还要出去玩呀！"

　　他忽然倾过身来，深深吻她。他唇间，有甘松的清冽芳香，那气息，如能醉人。

　　他想，即使她要离去，能拥有这一刻，也是好的。

　　她的唇很甜，全是甘甜、香糯的甜粥味道，使他深深沉迷。他将她抱了起来，置于膝上，而她亦乖巧地搂住了他，将双手软软地搭在了他的脖子上。

她就如一只甜腻腻的小猫，躲在了他的怀里，再不管外界的一切流言蜚语。他开始变得急切起来，手轻轻一扣，已将她背后的衣服扣子解开，他胡乱地褪去她的衣衫，而那个吻在逐渐加深，两人纠缠在了一起，只想着把自己交给对方。

　　他的吻一点一点地往下，先是唇，然后是颈、锁骨，再滑到她的胸前，他把脸埋于她胸口，而她猛地抱住了他的头，她的心跳那样急切，她止不住地呻吟一声，低低的，带了无尽的诱惑。可只是一瞬，他竟用尽了全身的力气推开了她。

　　她的脸白得如同白纸，眼里全是黯然。他终究是无法跨越身份地位，抛开所有与她一起。

　　"我不能害了你。"司长宁说，眼睛里闪过急切，是痛苦的压抑与彷徨。

　　水露怔了一下，没有说话，只是取过衬衣裹住上身，匆忙跑回了自己房间。两个人都没有注意到，隐在窗帘外头的相机，"咔嚓"一声，拍下了方才的那一幕纠缠。私家侦探一笑，悄悄地隐藏起来，趁机逃出了司宅。

[10]

　　下午自然是没出去了，整整一天，水露都没有离开过自己的房间。如果不是明珠打来了电话，她是不愿出去的。

　　明珠晚上约了她，去酒吧喝酒。

　　当水露出现时，明珠一眼就看出她哭过了，眼睛红肿成了那样。明珠叹气："你快成红眼睛兔子了。"

　　水露苦笑了笑，喝了一杯鸡尾酒。

　　"与司长宁相处得不好？"明珠试探着问。

　　她再笑了笑，又喝了一杯酒。

　　明珠挡下了她的杯子："别喝那么多。"

　　"醉了好。"她答。

想了许久，她忽然道："我想离开这儿了。"

原以为，她是说想走了，后来又觉得不是，果然明珠听见她说："我想回上海了。留在他身边，我会疯的。"

"你想纪慕？"明珠有些了然。

水露摇了摇头："我只想一个人躲起来，谁也不要见了。"

"真是傻话。"明珠叹息。

一整天，水露只喝了一碗粥，话还没说上几句，就喝了五六杯酒，后来喝得兴起，竟然自己跑去了酒保那里，要了伏特加，这一来吓坏了明珠，正要抢她的酒，她就一饮而尽。四处传来一片的叫好声，而明珠只有急得直跺脚的份儿。

水露摇摇晃晃，居然还登台去跳舞。明珠真是急坏了，正要打容华电话求救，却见水露被一个男人扶住了。

明珠看见竟是纪慕，这才放下心来。

纪慕抱了水露走了。

他将水露带回了他在香港下榻的酒店，是豪华的总统套房。见了她酡红的脸、粉嘟嘟的晶莹的唇，他心中所有的愤怒都忽然平复了下来。取来热毛巾，他仔细地替她擦拭，那么轻柔，一如她照顾他时的样子。

水露的眉眼在热气朦胧里，变得有些不真实。

纪慕伸出手，抚她的脸，却见她眼角渗出了一滴泪珠。他以指腹轻柔地替她拭去，轻叹："你始终是忘不了他。"

他替她盖好被子，正要离去。她却是迷迷糊糊地睁开了眼睛，拉住了他的手："慕，别离开我。"

他心头一动，回头看她，她醉了，眼睛更加黑润明亮，仿如揉碎了一池的星子。他回到她身边，在床上躺下，她就钻了过来，抱着他，沉沉地睡了过去，就如他们刚新婚时那样。

其实，他们刚结婚时，也有过无数的柔情蜜意。她会一点一点地学着依赖他，她习惯了抱着他入睡。只是从什么时候开始，一切就变了呢？因为陈蓉蓉的出现，还是她不愿他再碰她？

清晨时分，纪慕悄悄地离开了她的房间。他拨通了明珠的电话，开门见山道："你就对她说，昨晚是你带她过来的，也是你在照顾她。"

明珠一叹："何必呢？"

他似笑了："她不会想见到我。"然后就挂掉了电话。

再醒来时，是明珠在她身旁。

"真是麻烦你了。"水露捂着剧痛的头道谢，见桌面上还放了一杯水和头痛药，她笑着亲了亲明珠，"你真好，连这个也准备好了。"说着，吃下了头痛药。

见明珠欲言又止，她问："怎么了？"

明珠看着她的眼神有些奇怪："昨晚的事，你不记得了？"

水露"嗯"了一声，答："头痛得紧，什么也不清楚了。断片的感觉可不好了。幸好有你在，不然我一觉醒来，看见身旁是个男的，不得气死过去。"

见她居然还能调侃，那估计是再坏的心情也收拾得差不多了。明珠也就选择不再多说了。

明珠去退房了，而水露在房里收拾一下自己。她下床时，踢到了什么，她低下头，在床边寻找，却发现了一枚卡地亚袖扣。

忽然，她就怔住了。这是纪慕的袖扣，还是她送给他的。当他收到礼物的时候，他是那么高兴，还拉了她，专门跑去卡地亚的店里，刻上了他与她的英文名字母首写。而她还笑他，这么小的事情，让秘书去做就好了，何必自己巴巴地跑了去，可他只是一脸开心的样子。

原来，昨晚来的是他……

水露只觉自己的头很痛，她不能再想。

[11]

司长宁面对她时，又恢复了寻常的样子。

他会笑着打趣："露露不是说要戒酒了吗？怎么又喝得烂醉如泥了，像个真正的酒鬼。"

李姆妈也是附和："小姐，先上去洗个澡吧，马上就上早点了。"也是一脸的溺爱。

水露有些疲惫，走至楼梯时，她忽然回眸看向司长宁，他只含笑看着她，没有其他的情绪，仿如他就是她的长辈一般。她"噔噔噔"地就跑上了楼。

等洗好了出来，发现司长宁正站在她的书桌前。她看见了那枚袖扣，而他正看着袖扣出神。

袖扣上镶嵌的华丽钻石，闪烁着迷离璀璨的光芒，一颗颇大的蓝宝石镶嵌于正中间，珠光宝气，刺花了彼此的眼睛。见她出来了，他只是轻轻放下了那枚袖扣。

她没想到他会上来，所以只穿了一件薄纱似的黑色真丝睡裙，睡裙倒是十分性感的款式，吊带与高开衩的，露出胸前一片风情。还是明珠送给她的小玩意，她随手带了过来。见他已转过了身来，她连忙转进了衣帽间，而他也跟了上来，他的呼吸贴在她的后背上，她有些不知所措，手忙脚乱地找起衣服来。

而他从衣柜里取过了一件黑色锦袍，披在了她身上。

"仔细些，别着凉了。"

他牵了她的手，到饭厅里用餐。见他行走自如，她终是放下了担着的心。

早点很可口，全是她爱吃的。

他给她布菜，看着她吃，自己倒没动多少。

"还是没什么胃口吗？"她起了疑。

"中午吃多些就是了。"他随意地答，"一会儿我们去看'星光'？"带了一些欢欣与期待。

"星光来了？"水露一高兴，竟站了起来，震得餐碟都跟着颤抖。

"我知道你会喜欢的，所以把它空运了过来。"他放下了筷子，显然是吃饱了。

水露十分欢快，飞奔上了楼去换衣服。

星光是一匹阿伯露莎马的名字。

水露换好了骑马装，英姿飒爽地出现在司长宁面前。她将辫子编成了一条复古单辫垂在了胸前，只是太急切了，辫子松松散散的。他招了招手，让她过来："别急，我们开车过去，没多远的。"于是，拉了她坐下，替她重新编好了辫子。

她悄悄地抬了抬眼看他，他神情专注，修长的十指飞快地绑好了黑色的绳子，腮边是一点温柔的笑意，就如她小时候，他替她绑辫子时的神情。

她摸了摸乌黑油亮的辫子，带了一点撒娇的语气，声音糯糯的："还记得你以前替我扎辫子，刚开始时，总扎不好，后来，却学会了编那么多不同的辫子。"

那时，她只有十一二岁，而他也只是二十七八的年纪。那时的他，眼睛明亮，清澈见底，一见到她，就把她抱起来转圈圈，大笑着喊："露露！露露！"

"可我现在老了。"他叹。

"四十不到，能有多老。"她牵过他的手，放在自己脸上。

他眸光一闪，垂下了手，道："车到了，我们走吧！"

马场上，绿草如茵，青绿一直延伸，融进远处的海里。天边是蔚蓝的海，那海如一块深色的蓝宝石，倒映着天空，而那青草，浓绿的乔木，就如蔚蓝深海里的翠色涟漪，又深又浓。

那样美的景致，水露有一种想大声呼喊的心情，恨不得面前的不是一片深草，而是直接置身于茫茫草原之上。

面前是巨大的椭圆形沙盘，金色的细沙是从海边运过来的，堆在一起，如一只倾覆了的金色钵仔糕，软软的、绵绵的，在太阳下发出果冻般的晶莹光泽。

"像不像钵仔糕？"水露牵着星光，拍起了手。

他含了宠溺，只是笑："明明是一个沙盘，你却只能想到吃的。"手抚了抚她柔软的发，看向她时，他的眼睛清澈见底，那是最明朗的笑容，如月下芝兰，他是清静温柔的。

巨大平整的沙盘上，骑师调教着名驹，有高大神骏的汉诺威马，也有奥尔洛夫马。马儿们踢着优雅的步子，在沙盘上小跑，扬起了一地的金沙，踏碎了金色的阳光。而它们的毛皮像缎子一般，在阳光下闪闪发光。

可当她一拉着星光走出去，所有的人都看着她的阿伯露莎。

星光深蓝色的皮毛在阳光下泛出紫光，神骏无比，如最深邃的大海，最漆黑的夜。它的眼睛，比星光还要璀璨，看向水露时，又是那样温柔。它是司长宁送给她的十八岁生日礼物。

其实，星光还是一匹十分烈性的小马，刚步入成年，脾气是相当臭的，可偏偏投了水露的眼缘。当初，司长宁想送一匹温顺的马给她，可她却在马厩里，挑中了它。她驾驭它，被它连连摔下。后来，她火了，便取来铁鞭鞭打它，竟然使得星光惧怕她。后来，她再也没有被摔下来过。

当年，那名卖家看得目瞪口呆，从未见过如此野性的小姑娘，还心疼起星光，险些不愿卖给她。可她却扬起了小脸说"若马不能骑，要来干什么"，竟是把卖家噎得说不出话来。

可也只有司长宁知道，她是多么善良。每天天未亮，她就起来喂星光吃饭，还替它刷鬃毛。自从得了它，那段时间，她都不愿搭理他，连晚上睡觉，也睡在了马棚里。

有一次骑马，遇到了危险，星光受了伤，是她不眠不休地照顾它、医治它，连医生都快放弃了，她却没有半分动摇，最后硬是把星光救了回来。而她则累得倒在了星光身旁，呼呼大睡，连他抱她起来，她都不知道。正因此，星光与她的感情分外好。也只有他知道，星光对她来说，有多么重要。

她一向是个实心眼的小姑娘。他微微笑，上前一步，将手中的糖喂给星光。星光俯首到他掌心，舌头一卷，糖块就不见了。

水露看向他，只见他露出了温柔的神色，他轻轻地拍了拍星光的头，道："露露就交给你了。"

他将一把糖放到了她的手心中，而星光大大的、粗糙的红红舌头舔了过来，掌心处传来奇异的触觉，她觉得，自己就是那块糖，只要落在他的掌心之中，最后只能粉身碎骨。她连忙移开了目光。

见他退后了一步，她飞身上马，呼啦一下，就跑得无影无踪。她欢快地大笑，笑声飘出很远很远。而他就那样看着她，逐渐地消失于天海之间。他摊开了自己的手，掌心还是湿湿的，并不脏，只是腻腻的、黏黏的，竟还觉得还有些甜，又似多了些什么，他的心绵软一片，只盼望着自己也能骑上马，与她一起并肩驰骋。

他的野姑娘，是天性自由的，到底是自己束缚了她。

水露在无边的草地上，跑了许久。这里的会所十分奢华，马场是连通到海边去的，地域十分宽广，没有半分的限制。

水露在马背上高歌，许久没有这样畅快了，看见海边已不远，她加快了速度，呼呼的风声从耳旁掠过，无拘无束，只有天高云淡，身边只得四野旷阔，一时高兴，竟唱起了牧羊歌。大草原的歌都被她唱了一遍，唱得跑调又大声，居然嗓子都快哑了，便是笑。反正笑不用什么力的呀！她"哈哈哈哈"地笑。

"纪太太真是不容小觑啊！"不远处的文洛伊受了她的笑声感染，竟然也哈哈大笑了起来。

一旁的汪晨露骑的是一匹个头矮一些的温驯母马，她也是笑的："六哥，可以放心了吧！水露不是一般的女子。"

纪慕一怔，看着水露远去的背影出神，他从不知道，她会骑马，竟还骑术了得。

难怪，司长宁那么放心让她独自骑马出游。也只有司长宁，才能调教出如此让人又爱又恨的女子。

"听说那小姑娘当初驯马时，可是有一套的，这样名贵的马，居然还以铁鞭抽打，生生地把阿伯露莎打折服了。这等气魄，我们没有啊！"文洛伊说完，又是大笑。

容华也是笑："纪六，想必有得你受的吧！"

明珠一听，早已忍不住笑了。一行人都笑了起来，唯有纪慕笑意苦涩，她的许多事情，他竟然都不知道。

还是陈华是个鬼灵精，一边策行，一边调侃："文四，你怎么知道得那么清楚？"

"那匹阿伯露莎，原是我看中的，我专程跑去英国看马，结果被那匹马摔了我两次，然后是那小女孩挤对走了我，我看她有什么能耐。她竟被摔了十多次也不放弃，我没见过比她更倔的小姑娘了。她后来取过了铁鞭，就是一阵狂打，连司长宁也管不住。"文洛伊顿了顿，说，"我记得，当时她说'马不能骑，要来干什么'。我与她，也只是一面之缘，所以她不记得我了。"

陈华恍然大悟，原来文洛伊与水露还有过这一段因由。陈华再看向汪晨露，心中便又明白了几分，在未得到汪晨露之前，只怕水露也是他的目标吧！他会收集一切像汪晨露的女子，想来只有这水露是例外。

陈华看了眼纪六脸色，知道其中微妙，连忙岔开了话题。

可反倒是纪慕问了一句："你就是这样得罪了司长宁，与他有了过节？"他早已明白过来，陈华转换话题的意图，文洛伊曾打过水露的主意。

文洛伊也不隐瞒，笑了笑道："是的。"

所以，以纪慕和容华为明面上主持，实则是文洛伊在暗地里操控的那一次争地，会被司长宁以迅猛的速度打击，并由司家夺得了那块地。

[12]

文洛伊一向喜欢追求速度，他已策马飞奔而去。纪慕一扬鞭，马也跟着追赶向前，只留了他们一行人慢慢跟着。

不一会儿，纪慕就追上了文洛伊，而水露的火红身影亦在不远处。水露极少穿这么鲜艳的红色，远远看着真像一团火。

"真像一团火，是不是？"文洛伊看出了他所想。

见他不作声，文洛伊又说起了别的事："你知道为什么那匹马叫星光吗？"

潜意识里，纪慕并不想知道答案，但文洛伊冷酷的声音已经从前方传来："我当时就在场。司长宁问她，打算起什么名字。她说：'叫星光。'司长宁问她为什么。她说：'你就是我的那一片星光。'"

纪慕一走神，竟是突然地就从马背上摔了下来。文洛伊抢救及时，用力钳制住那两匹马，并把纪慕的马拉开，不让马踩到了纪慕。

听得动静，水露已然转过身来，看见纪慕坠马，她吓得尖声大叫，更是把星光也惊吓到了。

星光前蹄立起，一时之间，她亦十分危险。倒在地上的纪慕看见了，冲她大叫："露露，小心！"

见她终于是牵制住了星光，纪慕才放下心来。

倒是下马上前的文洛伊一声冷笑："她的马技无人能比，还是担心一下你自己吧！"

纪慕笑了笑，道："不就是断条腿嘛，也不是没断过。"

见她正策马前来，文洛伊也是笑："这样不正好，你受伤了，就可以把她从司长宁身边夺回来。"

纪慕知道他有话要说，便直白地开了口："你到底有何打算？"文洛伊不会说多余的话、做多余的事的，水露的过往，他分明是有意道来。

文洛伊道："有没有兴趣与我一起狙击司长宁？"他的眼神充满挑衅。

"你有法子？"纪慕一怔。

"那是自然，问题就出在司长宁上次投的那块地上，我已经谋划了许久了，不过是等着他上钩。"文洛伊答。

"你对他的集团有兴趣？"纪慕知道文洛伊的野心。

文洛伊的祖业在香港，想大展拳脚的话，自然就得将对手一一铲除。

"是的。我有意收购他的地产公司，因为即使在上海，他也在和我抢地皮。远东的地产生意十分有前景，而他的存在，威胁到了我。之前我替晨露投的那块地，就是从他手上抢过来的。"文洛伊也不隐瞒。

"好，一言为定。"纪慕看着水露，他亦要抢回属于自己的东西。

天边，飘来一丝乌云，霎时之间，天空的颜色越淀越深，葡萄深紫变成了深蓝，深蓝又化作了蓝黑，暗涌一片，竟是风雨要来了。

明明是下午的时光，斜阳碎金，可转瞬亦融进了夜幕，跑马场太开阔了，没有太多的路灯，四处竟是混成了一片，再分不清哪是天，哪又是海。只能瞧见，远远的海面，波涛暗涌，起伏不定，那浪头似要拍向天边，而天边透出一颗极大极亮的星，亮得那么残酷，竟似只萤火，被生生钉在了夜空中，奋力挣扎。纪慕的心情晦暗一片，见不到半点光亮。他躺在草地上，刚好没多久的腿又断了，痛，不断撕扯他的心。直到水露下了马，跑到他身旁。她颤抖的声音响起，问他："你还好吗？"

纪慕明明不好，可见了她，就如见到了这世上，他最渴望的光亮。他笑着摇了摇头："没事。"

她忽然跪了下来，检查他的伤处，泪水不自觉地溢出，滴落在他的脚上。

"你怎么哭了？"纪慕摇了摇她的肩膀。

"你是为了我，才来这里的吗？"水露颤抖着追问。

纪慕别开了脸。他不能回答她，她明明知道答案。他也有他的尊严。还是文洛伊发了话："看天色，快要下雨了，我们还是回吧！"

在文洛伊的帮助下，水露将纪慕扶到了星光上。那匹良驹，即使负重，依旧健步如飞。水露策马，还不忘回头看他："你扶稳了我的腰。"

他双手搂着她，她的腰身那么细，身上传来淡淡的香味，是海风的味道。她一直钟爱那种味道，可她的身体，明明那么甜。他的手，又紧了紧，整个人贴着她，他能听见她那不安的心跳。

文洛伊跑在前面，跑得有些远了。

他低低问她："尔，想我吗？"

她一怔，没有答话，可耳根后的那片红，已经出卖了她。他亲了亲她耳后那片可爱的红晕，她的身子猛地一震，却听见他笑："坐稳了。"

她想起了他照顾喝醉的自己，不知为何，心里竟柔软了起来。她嗔他："别再毛手毛脚。"

司长宁的脸色很不好看。水露下了马，小跑到了他身边，再开口，便有些困难："纪慕他……他摔断了腿，行动也不方便……"她的声音越来越低。

司长宁也不看她，只是看着远处昏暗的天边出神，低低地道："原来你已经爱上了他……"

天边猛地传来一声雷鸣，震得水露耳朵嗡鸣，止不住地痛。

"什么？"她没听清，再问了一遍。

司长宁抚了抚她的头，温柔笑道："没什么，你去吧！"

"可是你……"水露内心十分矛盾，竟觉得痛了。

司长宁不愿她为难，再开口时，声音淡淡："我没什么大碍的，你去吧！"

明珠已跑了过来，牵住了她的手，在她耳边说："快去吧！纪慕好像有些发烧了。"

水露一步三回头，可最终还是退出了司长宁的视线。

第五章
有些误会，当时没有解释
I love the most

[1]

　　纪慕受伤后，脾气很大，也极为折磨人。本就行动不便了，就为了一点小事大吵大闹起来。

　　连陈妈也拿他没办法，被他折腾得不行。

　　幸而，容华给水露批了早退的假条。尚未到下午四点，她就回来了。

　　雪白的抽纱窗帘随了风轻扬，阳光透过窗纱一点一点地透进来，铺在地砖上，是细细碎碎的图案，圆圆圈圈，圈圈圆圆的，十分别致。那窗帘还是她亲自挑的，就为着那阳光透过来，落在地上的碎花图案一定好看。

　　那时，当她说出喜欢这一面窗帘的理由来时，纪慕还笑她幼稚来着。

　　而现在，他就坐在轮椅上，倚在落地窗前，等着她回来。

　　下午四点多的光景，倒是喝下午茶的好时光。见他一脸烦躁，水露带了一点笑，走近他，如哄小孩子一般："到花园里喝下午茶可好啊？"

　　花园一角，遍植翠竹、芭蕉，竹篁深深，凉风习习，真是品下午茶的好去处。她指了指底下的花园，继续哄："你看，那翠竹绿莹莹的，看着就神清气爽。"

他的唇，抿得很紧，显然是生气的。许久，他才道："怎么现在才回？"

"我也要工作的呀！"水露笑，推了他的轮椅，往花园里去。芭蕉树下，是青花瓷台与鼓凳，光可鉴人的瓷台上，还置有一个棋盘。平常，纪慕会自己与自己下棋，他的嗜好一向古怪。

"要我陪你下一局吗？"她试探着问，心想：如果他还是喜欢自己和自己对弈，那她陪着看就好了。

她那可爱的小心思没瞒过他眼睛，努力止住笑意，他淡淡地说道："下棋伤神，泡壶好茶更能祛暑。"

她进去拿茶叶，却见陈妈与几个伶俐的小用人还在翻箱倒柜不知忙什么，她上前一步问道："陈妈，今天怎么了，这都快要折腾了个底朝天了。"

陈妈一脸无奈："还不是先生，不见了一枚袖扣，所以大发雷霆。如果太太您还不回来，我们都快要被先生折磨死了。刚才啊，谁都不敢去惹他啊！"

水露怔了怔："什么袖扣？"

"卡地亚那枚啊！其实也不算什么贵重物品，这些个珠宝首饰的，平常我也没少见，先生更是不在乎的，就不知这次怎么这么邪了。"陈妈诉起苦来。

"是不是镶嵌有蓝宝石那枚卡地亚袖扣？"水露的表情依旧是怔怔的。

"是呀，是呀，就是那枚！"陈妈接道。

水露置若罔闻一般，只"哦"了一声，就去拿茶叶了。

她从香港赶回来，十分匆忙，连一件衣服也没回司宅拿，所有的行李连那枚袖扣都留在司长宁那里了。她有些走神，忽然"呀"一声，痛得甩了杯子，原来是泡茶的热水烫到手了。

"怎么这么不小心？"

纪慕也慌了，连忙唤陈妈拿烫伤药来。

纪慕一把接过陈妈递来的药，替她涂了起来。俩人坐得近，他的呼吸都黏到了她脸上，她红了脸，说："自己来就好。"

他则坚持："还是我来，你一只手也不方便。"

见俩人你侬我侬的，陈妈等人十分知趣地退了开去。

陈妈进了门还不忘回头，只见水露的脸低低的，只看得见不停颤抖的睫毛，又安静又乖巧，坐在花影下，倒像个精致的洋娃娃。而纪慕看着她时那样专注，给她上药又那么的轻，根本就是把她当宝一般哄着的，俩人真是好看的一对人儿。陈妈一笑，转进门里去了。

晚上，纪慕自然是留在家里的，哪儿也不去了。

纪慕陪水露在影厅室看老电影。

是《罗马假日》。片子是水露选的，她说看轻快一些的好。

其实，她一向的打扮倒与里面的公主很像，白衬衣，蓬蓬的长伞裙，而她的刘海终于长了一点点，绒绒的，还打着不规则的小圈圈，就如赫本的刘海一般，有一种小男孩般的调皮味道。

因是在家里，她倒穿得挺随意，只是一袭白色亚麻裙，长及脚踝。她一向是穿最简洁的衣饰的。司长宁果然很有品位，懂得教她如何做一个淑女。纪慕从未见过，她是穿着睡衣出客厅的，在出客厅前，她总会打扮停当，十分讲究礼仪。不知为什么，纪慕就有了醋意，突然就不说话了，生起了闷气。

水露刚看到男主角把手伸进了审判之口，男主吓唬女主，手被咬住了，她也吓得捂住了嘴"呀"的一声，那神情十分可爱，她竟如此入戏。

"都是骗人的。"他说。

见纪慕神色不对，她连忙蹲了下来，问："腿痛吗？"

"嗯。"他只是随意地哼了声。

水露很有耐心，替他轻轻揉起了伤腿的膝盖："忍一忍吧，等快好了，也会很痒。不过总会好的。医生说你恢复得很好，不久就可以下地了，你别急。"她揉得仔细。

其实他也不怎么痛，只是吃醋罢了。见她轻颤的睫毛，雪白的脸蛋，大眼睛看向他时，一闪一闪的，十分生动，他忍不住就伸出了手，替她拨了拨耳鬓的碎发。

她一抬眸，美丽的大眼弯弯的，笑着问他："好点了吗？"

他心里忽然十分烦躁，一把提起了她，将她抱在了怀里，撞到伤腿，疼得他闷哼了一声，然后吻住了她。她有些推拒，可到底是顾及他，声音低低："你的伤口……"他堵住了她的话，她半推半就，倒也被他得偿所愿，占尽了春光。

他知道，她到底是不愿意的。她的泪水一直流，只是没有发出声音，就那样一直流、一直流，一开始，她拿手来挡他、推他、捶他，见他痛得直发抖，她就不敢再动了。

他一遍一遍地哄她，缓慢而耐心地吻她，手摸索着去解她的内衣扣子。她的身体抖了抖，本能地反抗，他就加重了力度去吻她，手在她光洁的背上慢慢摩挲，而吻一点一点地变成细细咬噬，让她止不住地战栗。

她那点可怜的浅薄经验全都被勾起来了，欲罢不能，可心底清楚终究是不可以，泪水便如雨打芭蕉，再也止不住。

他吻咬她的耳根，她战栗得厉害，而裙子早被他完全褪去，她仍在做垂死挣扎："放开我，你放开我。"

推搡间，他挂于衣服底下的贝壳戒指跳了出来，她被那道白光定住了一般，居然忘了挣扎。

原来，他没有把婚戒扔掉。原来，他一直戴在了身上……她那一点犹豫使得他有机可乘，双手一用力将她牢牢禁锢，他生生地将她的身体禁锢住，再不让她逃脱。

她哭泣着，听他在她耳边呢喃，他一直轻唤她的名字，他一直说着话，他说爱她，他说他会给她幸福，不再让她孤单。他一直在她耳边呢喃，他吻她的唇，一遍一遍地吻，不放过她的每一分美好，每一分甜……

她像只小鹿，眼珠又黑又圆，带着惊恐不定，连眨也不会了，那双眼睛湿淋淋的，湿湿的睫毛沾在上面，贴着他的脸是冰冷的。可她依旧在他怀里，他抱着她，他得到她，她如初美好，仿佛他抱着的是种虚幻的美好。他一直渴望她，她的美好，她的一切，她就是他所渴望的虚幻的幸福。

　　她的身体那么单薄，那么瘦小，仿佛一触，便会碎掉了。他搂着她，一直搂着她，绝不放手。怕她冷了，从沙发上取过毯子，盖在她的身上。她洁白的亚麻裙子就铺在地毯上，如一朵美好的白山茶。

　　他吻了吻她的发，在她耳边呢喃："我不会负了你，我一辈子都会陪着你。"

　　他在影厅室里，抱着她，坐了一夜。最后，她累极睡着了，他一直抱着她，让她靠在他的怀里，他一直看着她熟睡的脸，只觉无比幸福。

　　后来，在清晨时，他也睡了过去。等他再次醒来，她已不在身边了。

　　影厅室是隔音的，装修十分温馨，铺了柔软的地毯，墙是米黄色的，还挂了《乱世佳人》《卡萨布兰卡》的海报。而身后是黄色的皮质沙发，也是软软的。

　　水露一向喜欢在这里消磨时光，还买了一对小熊抱枕放在沙发里。可如今她不在，一切安静得可怕。

　　门忽然开了，他回头，神情既慌张又迷茫，见是她，不知为什么，心中的担忧恐惧便去了一半。她没有走。

　　"你醒了。"水露的声音不见起伏。

　　然后，她叫来陈妈推了他出客厅吃早点。

　　水露也在餐桌上坐着，可她没什么胃口，早餐几乎没动过，只喝了小半杯牛奶。

　　一整天，他都坐在花园里，看着那个棋盘，不知在想什么。

　　水露太累，没有去上班，她在卧室里躺了许久。等她站在窗户边上，拉开窗帘，日暮已西沉。而他仍旧坐在花园里，发呆。

她叹了声气，换好衣服，下楼去推了他进屋。她的声音很低，几不可闻："外面风大，坐太久，会生病的。"

他的身体动了动，手搭上了她扶在车把上的手，她没有抽回，只是将他推进了屋里。

"我见你早上没胃口，要不要叫陈妈煮些粥？"他声音平静，仿佛昨晚的一切，只是一场梦。

她的睫毛颤了颤，又覆了下去，只答了一句："好的。"

俩人的相处淡淡的，水露白天上班，晚上会回来陪他吃饭。他一直是笑的，看得出心里十分开心。因是八月了，最热的时候，他特意让陈妈做了消暑的冰镇梅子汤。

那酸汤颜色清清淡淡的，梅子黄灿灿的，看起来十分清爽可口。水露见了，果然十分喜欢。

虽然有车接送她出入，可回到家，竟也是热出了细细的一层汗，薄薄地敷在脸面上，更显得她脸庞可爱的小绒毛细细的、绒绒的，在阳光下泛着透明的光。纪慕一直看着她，见她尝了一口，不自觉地就笑了，他的心底也是一片欢喜。

她笑意很浅，可他知道她喜欢，便说："喜欢就多喝些。"

她正含了梅子，吐字有些不清，"哎"的一声便是答了。十分可爱。他自然而然地伸出手来，替她拭去额间晶莹的汗珠。而她只是怔了怔，倒也没有避开。

到了晚上睡下的时候，脚到底是会痛的，有时痛得厉害了，他也是一动不动，生怕吵了她睡觉。可她到底是察觉到了，开了灯，替他拿来了止痛药。

灯下，她的眼睛水意蒙蒙的，似会说话一般，而窗外的星光漏了进来，映在她眼底，朦胧而美好。因是睡过了，睫毛有些糊在一起，可还是一根一根的，投影在她的眸心，就如一片一片的云杉，倒映在了湖心。那样静谧，美好。他笑了笑，却是不吃。

"吃了就不痛了，乖。"水露语声温柔，似在哄小孩子。

"你吻我，才吃。"纪慕忽然耍起了赖，变成了一个缠着大人要糖吃的小男孩。

忽然，水露脸上就染上了玫瑰红，淡粉的一片直至锁骨，说不出的妩媚俏丽。她真的在他脸上吻了吻，那吻很轻，像一只小猫的爪子拂过。她垂下脸时，长发也垂了下来，铺在他的身上，纠纠缠缠的。他只是看着她，就觉得有种缱绻的味道。

他乖乖地把药吃了。

他与她，在夜里相对，彼此无言，仿如方才那一切，都只是偷来的一场虚假幻梦。可他欣喜，愿意自欺；而她有他做伴，也多了丝缠绵的牵挂情意与心安。

其实，也不是没有撞上过别的女人打来电话。

两人相对，一到了晚上，总是尴尬。她不再愿意到影厅室看电影了，许多个夜晚，她都是在客厅里看巨幅投影，最无聊的国产肥皂剧，也不知道她看进去了没有。但纪慕会陪着她，哪儿也不去。

偏偏还是接到了那些莺莺燕燕的电话，他接起时，隔开一点距离，也能听到对方娇媚无比的声音。可他看了她一眼，便道"我不过来了"就挂了。也不过是容华他们那边的聚会，并不是她想的那样。但她既然不问，他也就不想解释了。

她终于是错开了视线，看向他，道："其实，你不必在家陪我的。"

他也是恼了，外面多少女的求着巴着，也只是想有他陪着。哪个不是温柔多情、柔情似水的，那样多的解语花，知情识趣的，明明也会伺候得他很好。可他只想着她，但她只是一句话闲闲道来，还要把他往外推！

突然，他就把遥控器扔了出去。

她一怔，也没有说话，只是一动不动地坐在那儿，电视里依旧还是那部肥皂剧。

"好看吗？"他怒极反问。

可她也只是"嗯"了一声。

他猛地站了起来，叫陈妈出来："备车。"

他终于还是出去了。

[2]

文洛伊专程到了纪慕的办公室来。

他把一沓文件放到了纪慕面前："内容我没看。但我找来的私家侦探说了，是陈美娴偷拍的，关于司长宁的照片，里面有她。而且，我一直有找人查探司长宁在集团运作方面的动向。陈美娴看来是要对他出手了，但牵扯到水露，我担心事情闹大了，也不好处理，所以把这个截了下来。至于陈美娴那方面，你得自己出面了。"

纪慕将文件封印揭开，取出里面的那沓照片，原来是水露与司长宁的亲密照。司长宁抱着她，亲吻她，甚至还有几张，司长宁已除去了她的上衣，就在司家的饭厅里，两人毫无顾忌地亲吻纠缠。

他的手抖了抖，娃怪她不愿自己碰她。

他不动声色地将照片放回了文件袋里。

"你有几成把握？"纪慕的目光冷了下来，本来清秀的一张脸，如冷冻了的万年风霜，眉眼变得凌厉，如刀刻斧凿。

文洛伊吸了一口烟，才道："我跟司长宁那条线也有段时间了。知道了他与香港土地规划局那边的关系，里面有他的中学同学，不然，他的地也不会拿得那么轻易。而且我已经联系上了司家的大太太与她的三个女儿。他们在准备打官司，会起诉他不是司家的血脉，他这个私生子想必会很麻烦。股票一跌，我们有的是机会。而且商业调查科的，也在做准备了。其实，放陈美娴去闹他，也挺好的，避开水露就行。反正陈美娴只是要钱，你大可给她。"

"如此甚好，能令司长宁坐牢，那就是最好的事。"纪慕将文件袋放进了手提包里。

纪慕已经有半个多月没回来了。水露有些担心他的腿，于是问了问陈妈。

陈妈道："太太放心，先生一直在老宅住着，那里有私家看护，没事的。"

陈妈转头就去了书房，给纪慕打了电话："先生啊，太太想你了。"

纪慕还在会所包厢里，有些吵，于是，他推了门出去廊道上说话："她想我？"

"是呀！太太刚才一下班回来，就问我，你在哪里，担心你没人照顾呢！"陈妈说得眉飞色舞的。

"知道了。"纪慕挂了电话。他怔在那儿，怔了许久。

看了看时间，才是中午时分，水露极少在中午回家的。他进了包厢，有些烦躁，那连公子就笑着，端了酒过来灌他。

容华在上班，没有过来，就他们几个不用工作的二世祖，依旧玩得很嗨。纪慕也没多想，就喝了一杯，谁料那连公子又替他斟满了："来来来，人生得意须尽欢嘛！"

那连公子向陈公子打了好几个眼色，陈公子明白，将一杯加了"料"的酒递了过来，连忙附和："就是就是，这人生得意就得尽欢啊！"

一连喝了好几杯，纪慕觉得腿隐隐发痛了起来，他烦躁地甩开了陈公子的手："不喝了，烦！"可坐在那儿，不知为什么，越来越不对劲，只觉浑身发热，似有一股无名邪火无处发泄。

连公子何等精明，见火候差不多了，马上打了个电话。

纪慕歪着头看他："怎么了？"

连公子嘿嘿笑："不就是为了给你解闷嘛！"

一下子，纪慕就明白了过来。果然，不出半个钟，包厢门再次被推开，进来了一个学生样的女子，很年轻，大大的眼睛，雪白的脸，一踏进包厢，有些拘束不安，像一头在森林里迷路了的小鹿。

只是一瞬，纪慕就眯起了狭长的眼睛。她有一头长发，乌黑发亮，只简单扎了一个马尾，那神情与水露竟有了三分相似。纪慕对她勾了勾手，她垂下眼睛就过来了。

一众人都是过来入，嘻嘻哈哈地只管自己玩。

连公子把一张房卡给了他，并俯在他耳边说："在顶层，蜜月套房，好好享用啊！"

那女孩很乖巧地挽了他出去，上电梯，一直到达顶层。

进了套房，门一关上，他便直直地问她："第一次？"

见她摇了摇头，他忽然就扯了她过来，她"呀"的一声，已经跌坐在他身上。他没有问她名字，动作也很粗暴，只三五下就扯去了她的衣服。他腿一摆，她已明白了过来，顺了他意思，跨坐在他身上。

他很用力，根本没有给她任何时间去缓冲，她痛不可抑，而他一把固定住了她的腰，更用力地撞击，直到筋疲力尽。可笑的是，到了最后，他才知道，她终究不是他想要的。

她永远不会是水露。即使再像，也不是。可这又有什么关系呢？连公子他们，依旧会替他找来无数个水露，纵使他麻木，可他的生活依旧继续。

事后，他说："以后，你就跟着我吧。"

她背过身去，穿衣服，动作很轻，似被惊吓到的小动物。可她还是说了："你还不知道我名字。我叫思雨，范思雨。"

"不错的名字。"然后他就离开了。

下面的包厢里，门没有关紧，连公子他们依旧玩着牌花。

只听陈公子道："这纪六怎么转口味了，以前他带出来的都是金连桥一般美艳的，如今，倒喜欢起学生妹来了。"

连公子笑嘻嘻的："范思雨还真是学生，是复大外语系的，就是家里穷。纪六多会玩，多会享受！你们多学着点吧！学生妹才清纯啊！你瞧他家里的那位，就是娇滴滴、我见犹怜的，一张雪白面孔，真叫人想入非非。"

黄公子也是嘿嘿笑："那思雨倒是青春可人，你也舍得。"

连公子有些不耐："纪六喜欢就好。"

纪慕没作声，终究是离开了这里。

范思雨和陈蓉蓉到底又有些不同。

范思雨的心思更细腻敏感，话也不多，倒是十分安静。纪慕送她珠宝、名包，她也不甚在意，每次去看她时，她也一副神游天外的样子，让他反倒是生出了几分留恋的意味。

那日，他去她那儿。他替她在弄堂里租了一套小洋房，小巧而精致的别墅，就她一人住着。那小洋房开出了许多紫藤，远远看着，犹如云霞，倒也美丽。

他走进时，她正在看书，是一本法文字典。他方才想起，她是外语系的。他用法文问她："好看吗？"

范思雨一回头，才发现纪慕来了。只见纪慕一手拄着拐杖，一手扶住沙发，站着时，显然有些累了。她迅速地站起，有些拘谨，一条白色的亚麻裙子，长及脚踝。而发只是随意披散，乌黑的发，雪白的面孔，是清丽无比的。她虽是连公子带进圈子的，可难得的是，还保留了可爱的清纯气质。她面对他，总是不敢说话。纪慕又问："你是法文专业的？"

她点了点头，连忙扶他坐下。

字典旁边还有几本法国文学书，都是原版的。她的脚边，还置有许多学术性的书。这类书全都是十分贵的。他有给过她卡，原来，钱都用在了买书上。他捡起了其中的一本，是《茶花女》，便道："主修的什么？"

她声音低低的，一双大眼睛也不敢看他，只看着他手上的书："法国文学与写作。"

　　纪慕听了，笑了笑，道："我原来在法国留学时，教授也有和班上的同学讨论文学。正好就是《茶花女》，与中国的理念不同，其实，茶花女是甘愿为妓，而不是像我们所被教育的，被封建制度所逼迫的。"

　　见范思雨脸色变了变，有些苍白，纪慕把书还给她。

　　"如果你喜欢，我可以送你出国留学。"他随意道。

　　范思雨一听，忽地抬头看着他，她脸上的笑容是明媚璀璨的，竟与水露一样。纪慕心下潦倒，只觉一切都是水露，可一切又都不是水露……

　　见他眉心蹙起，范思雨小心翼翼地在他身边坐下，也不知该说什么，一双手握住了他的手。他的手就放在膝盖上，有些冰冷。她把肩上披的长围巾取下来，叠好，盖在了他的膝盖上。

　　现在是暑假，所以她都会留在小洋房里，等他过来。她知道，他不开心，但也不知该怎么办。而且，这么长的时间了，除了见面的那一次，他也没再碰过她。这使范思雨很不安。

　　见她小心翼翼的样子，纪慕笑了笑，抚了抚她的发："你真不适合做这个。"连怎么服侍与留住一个男人，她都不会，可他反而更疼她一些。

　　与陈蓉蓉的热情如火不同，她是安静乖巧的。陈蓉蓉是任性的，他喜欢她的任性，因为水露也是任性的，从第一次见到水露，他就知道。而范思雨的安静、温柔、体贴，也是水露性格里的一部分。所以，他才会留了她们在他身边。

　　忽然，电话就响了，他拿起一看，是陈蓉蓉。陈蓉蓉最近任性得有些过分了。他在家时，她也打来电话，有些不识趣了。他想，或许是时候结束与她的关系了。他没有接，挂掉了。

　　范思雨有些小心翼翼："是家里？"他结婚了的事，她是知道的，所以一直清楚自己的身份，从未有过任何不切实际的幻想，她只是希望，自己能陪他久些。

"她是不会给我电话的。"纪慕一叹,连眼睛里的光,都黯了下去。那种苦楚、渴望、哀伤是范思雨没有见过的。那一刻,她终于明白了什么。

"我有些像她,对吗?"

纪慕怔了怔,再看向范思雨时,更多的是温柔。

"你很聪明。"他伸出手来,抚摸她的发,又长又滑,如一匹锦缎,可终究不是她。

纪慕站起,离开了。

范思雨很想留,可却不敢开口。她的手紧紧地攥着自己的一颗心,却发现,那颗心不知什么时候不见了,空了……

纪慕是自己开车离去的,他只是伤了一只脚,所以还可以开车。可回去的路上,却撞到了铁栏杆上。

范思雨一直站在别墅门口看着他走的,他倒车,没多久,就撞了。吓得她尖叫了一声,连忙跑去救他。她用尽所有的力气,才打开车门,安全气囊挡住了他半边脸,可血流了出来,糊在他的脸上、眼睛上,她吓得连忙去摸他的脸:"纪慕,纪慕?!"

那是她第一次直呼他的名字。他努力睁开眼,神志不清了,见了她,笑了笑:"露露?"

她一怔,连忙道:"你别睡,你别睡!"他的手机就在旁边,她连忙拿过来,翻到了"露露"那个名字,她拨了出去。

"喂?"

范思雨急得要哭了:"纪慕……他出事了,他撞车了,他在找你!"

水露一听,手机掉到了地上,碎成两半。

等赶到医院时,那个女孩不在。

水露并不蠢,自然明白,那是他的女伴。

纪慕的情况虽然吓人,倒是不严重,轻微的脑震荡而已。那只伤脚也没碰到,一切平安。当知道结果时,水露才放下提着的一颗心。只等他清醒了,就可以回家养伤了。

医生交代了，还要在医院里住一个晚上，方便观察。

水露守在医院，守了一个白天，已经有些困了，伏在纪慕的病床边睡了过去也不知道。后来，他就醒了，只看见小小的一个身影伏在他旁边，发自然垂下，铺到了他的手心里。她的脸埋着，他看不见，可他却清楚地知道，是她！她就在这里！

"露露。"他轻声呼唤。可她太累了，没有听见，他轻抚她的头，她的发香幽幽的，一点一点地传了过来，有海的气息，却又是甜的。又甜又糯，他尝过，再也无法忘怀。他握住了她的手，疲倦再次袭来，也微笑着闭上了眼睛。

水露歇了会儿，就醒了。手一动，却是被他紧紧攥着的。她怔了怔，他需要自己吗？她从不觉得！他身边有那么多的女子，姹紫嫣红开遍，她只不过是最不起眼的那一朵罢了。可终究是担心，他醒来后会饿，便站了起来，打算到外面的小饭店里买些粥。他如此嘴挑，定然是吃不惯医院饭菜的。

站在电梯口，当电梯开时，她也没在意。可范思雨第一眼就认出了她。范思雨想，这一定就是露露。

水露没发现范思雨在悄悄地打量她，就进了电梯。

范思雨提了一个款式普通的保温桶，进了他的房间。他已经醒了，坐在那儿，看着窗外，也不开灯，不知在想什么。

范思雨十分拘谨，放下保温桶就说："我给你熬了汤，你饿了，可以用一些。"

纪慕才转过头来，笑了笑，道："谢谢。"

保温桶是白底的，有一圈淡淡的粉红，正中一朵黄色的毛茸茸的蒲公英。看得出保温桶用得久了，都有些褪色了。

见他一直看着保温桶，范思雨有些慌张，生怕他嫌弃了。

"是我一直在用的，很干净的。你……你放心。"她有些手忙脚乱，"如果你怕不卫生，我给你去饭堂打两个菜吧？"

纪慕心下一动，怕伤到了她的自尊，伸过手来，握住了她的手，道："这个就好，看着温馨。"

俩人正说着话，水露便进来了。

其实，水露也不知道，他有客人来。一进来，想再退出去，却是迟了。看着他握着女孩的手，笑意温柔。

水露一怔，抓住门框的手猛然发白，攥得太紧，连手指都痛了。她忽然笑了笑，道："既然你有朋友在，就不打扰你了。"她飞快地转身离开。

纪慕想说什么，可水露已经不在了。范思雨连忙跑了出去，只见走道上的垃圾桶里，放着两个饭盒。她走回来，十分难过："她是给你买饭去了，我还是先回去了。"

见他点了点头，范思雨垂下了头，退了出去。她的眼睛红红的，可是他没有在意，没有瞧见。

[3]

出院时，水露来接他回去，来的还有文洛伊。

为了打破尴尬，水露还笑他俩："你和他倒是投缘，去到哪儿，都像连体婴似的，黏在一起。"

"他可是我的好巴打（兄弟）！"文洛伊开起了玩笑，说的是粤语。

水露一笑，道："我把他的东西先搬上车。这个大Baby，就有劳你搬动了。"

看着她离去，文洛伊闲闲地说："你最近到底在搞什么，不是连续撞车，就是坠马摔断腿。你看你的腿，"他敲了敲纪慕小腿上的石膏，"才跌断刚做完手术有多久，又玩撞车？！"

纪慕听了，不言不语。撞车的那一刻，他确实因为她分了神。他脑子里能想到的全是她，他所能想到的是"露露又怎么可能会记挂他，会给他打电话呢"，然后，就那样撞了上去。

"为了水露？"见他神情，文洛伊已经明白了过来，一声叹，"走吧！"然后，文洛伊扶了他到轮椅上坐着，推了他到车上去。

　　回到家里，水露先扶他回卧房休息。她看了看他的脚，还有头上包扎得惨兮兮的纱布，她想了想还是说了："这段时间，你在家里休息吧！别出去了，不然腿伤更难好了。"

　　纪慕答："好。"

　　见她要走，他忽然又说："你没有什么要问的吗？"

　　水露已转过了身去，听得他问，她身体颤了颤，道："没有。"她又有什么资格去过问他的事呢？他与她的婚姻，本来就是一场交易罢了。她嫁给他，不过是存了心要气司长宁。她一向任性，自己都知道。只是，他又为了什么要与她结婚，就因为她在他的众多女伴里，最酷似汪晨露？

　　她不能再想，快步逃出了卧室。

　　纪慕倒是乖乖地留在了家里。集团里的事宜，他会在书房里开视频会议。其实，他也很忙，集团高层经常出入纪宅，他们会在书房开会议，有时一开就是五六个小时，连她回来了，他也不知道。

　　水露见过几次，那些人员进进出出。他们见了她，礼貌地打过招呼就离开了。她也是略一点头，算是打过了招呼。

　　兴许是天气热的原因，她没有胃口，整个人恹恹的，还有些想睡觉。见纪慕还在书房忙着，料他也不会那么早用晚餐，也就回到了卧房去小睡一会儿。等醒来时，才发现，天已经黑透了，她一翻身，就瞧见了他，正坐在一旁的贵妃榻上看着她。

　　"怎么开完会了，也不叫我？"水露伸了伸懒腰，倒似一只慵懒的猫一般，从床上跳了起来，光着脚丫跳到了地上。她要去扶他，他借了她的势，拄着拐杖站了起来。

　　"你吃过了吗？"她问。

　　"还没有，等你一起。"他与她一起下了楼。

　　已经是晚上八九点的光景了，陈妈把饭菜热了，端了上来，笑眯眯的："太太啊，你不起来，先生都不肯吃呢！"

只听纪慕轻咳了一声，陈妈会意，料他脸皮薄，便转进了厨房去端菜。

水露的声音有些小："下次，你不用等我了。"

"一样的。"他给她夹了一块鱼。她一向爱吃鱼的，真的似只小猫那样，吃鱼时，一点声音也没有，很轻巧。吃得又快，好像很嘴馋的样子，可是吃相很好。吃得香，却不贪婪，从吃相就看得出家教很好的，这也是当初容华喜欢带她出去应酬的原因。而他最喜欢看她吃鱼。

可今天，她只吃了一小口，却是忽然蹙起了眉头，然后跑进了卫生间里，呕吐了起来。

纪慕有些担心，连忙跟了过去："怎么了？"

水露苍白了一张脸，摇了摇头："可能是最近累的，在写字楼里，空调又开得冷，一出去就热，有些感冒了吧！"

她让他先出去。

等水露回到座位上，只见菜色已换过了一两碟清淡的，她忙说："陈妈真是麻烦你了。"

"不麻烦，你先吃，还有汤呢！"见她还是恹恹的，只在小碟子里挑了挑，也不见吃几口。

陈妈忽然灵机一动，笑着问："太太想吃酸的吗？还有几个梅子，可以搞个梅子排骨。"

谁料水露一听，倒觉得有些馋，便"哎"了一声。

陈妈一喜马上去做。纪慕已经有些明白过来，看着她，欲言又止，可终究是心底烦躁，只晓得看着她。她连最爱吃的鱼都不吃了，这段时间还嗜睡！他若有所思地打量她，从香港回来，已经有两个月了，她的月事，也好像没来。

"怎么了？这样瞧着我？"水露被他看得怪怪的。

端了菜出来的陈妈说："先生一定是高兴坏了。太太，你许是有啦！"

把汤端上来后，陈妈与所有的用人都回到了用人屋里。

客厅里一片安静，只留了一盏蓝色的孔雀灯。

她有些不安，忽然又全都明白了过来。

可他却是一笑："我说过，我会做好措施的。"

水露脸上红一阵、白一阵，急得要哭了："我没有……"

"谁知道呢，你在他家住了那么久，嗯？"纪慕挑了挑眉，瞧着她。见她手足无措地站在那儿，像个受了惊吓的孩子，他的火气一下就上来了，把饭菜全数甩到了地上。

纪慕将自己关在了书房里，一个晚上都没有出来。

后来，陈妈听见客厅那么大的动静，到底是不放心，进来看了。一地狼藉，而水露坐在沙发上默默垂泪，那单薄的双肩一抽一抽的，真是看见了都叫人可怜。

陈妈不放心，怕她哭了，会伤了肚子，叫来了私人医生替她看了。

原来只是感冒与劳累过度了，才会乱了经期，并没有孩子。

人来人往的声音已经惊动了纪慕，他没有出去，只靠在书房的门边上，抽烟。门是虚掩的，只听见陈妈安慰水露："太太，别难过了。都怪我不好，自以为是。你们还年轻，很快就会有孩子的。你也别太累着自己了，把经期都搞乱了，明天我去买些中药和炖品，给你好好调理调理。"

"不是这样的，不是这样的。"水露有些难过，攥住了陈妈的衣袖，"他不相信我。"

陈妈没有听懂，只是安慰："先生只是空欢喜一场，才会发的脾气。一会儿就好了啊！怎会不信你，你也没骗他，是我没问清楚，就说你有了。好了，别哭了啊！"然后就出去到医生那里拿药去了。

纪慕靠在墙上，一支一支地抽烟，他知道，是他搞僵了彼此的关系，如果他肯信她，那么他就不会亲手将她从自己的身边推开了……

坐在空空荡荡的客厅里，水露有些迷惘。其实，她知道自己不对，在香港的那一天，如果不是司长宁推开了她，她想，她是不会拒绝司长宁的。她从未对纪慕贞洁，他又哪里说错了她呢？他不信她也是应该的。

可她为什么会止不住地难过？一种恐慌攫住了她，她将脸深深地埋进了双掌之中。她到底是陷了进去，那么不应该，可她却已经没有法子了……

这段时间，纪慕有出去过一次，但是没有让水露知道。

他约了陈美娴见面。

在私密性极好的会所里，纪慕开门见山："陈小姐，你与司长宁的恩怨我没有兴趣知道，只是如果你的计划里，牵扯到我的妻子，我想大家面子上也不好过。"

纪氏家族十分庞大，陈美娴自然不敢惹他，可又咽不下这口气，再说话时就变得刻薄起来："那是因为你还没见过那些照片吧？"她神经质地笑了笑，"司长宁与她的照片。"

纪慕挑了挑眉，再看了眼这个因嫉妒而扭曲了面目的女人，其实陈美娴也很年轻，二十三四的样子，只比水露大了那么一两岁。司长宁倒是喜欢年轻的女孩子。

"她的事，你就不用管了。如果你的任何行动涉及她、伤害了她，到时就别怪我不客气。其他的事，你请随便。"

陈美娴一怔，用不可思议的眼神看着他，终于疯狂地笑了。

"原来你爱她！为什么，为什么每个男人都爱她？！"她厉声叫道。

幸而这里是包厢，她再癫狂，也是不紧要的。

靠边的一块粉白的墙面上，植有一排翠竹，竹叶簌簌，碧色的射灯映着，更显得青翠浓绿。包厢内采光很好，外延出去还有一个小阳台，玻璃做的天穹，即可观雨又能赏星，环境清幽而美妙。外面是一个私密的大花园，夏虫啾啾，芭蕉摇动，纪慕竟一时看出了神。

等他回过神来，才闲闲地道："其实，你要对付的不过是司长宁罢了。对付他，还有许多种方法。"

他把一份文件递给陈美娴。

陈美娴疑惑地接过，打开来看。只听他又说："司长宁的身世不明，这份报告就指出他妈妈在跟了司老先生时，还同时与她的青梅竹马在一起。这件事，一直瞒得好，可也被挖掘了出来。只要打起遗产官司，他的资金就会被冻结。到时，他将会四面受敌。所以，只要你帮我好好演这场戏，与司老太她们一起推波助澜，我保证，你得到的好处，会多得多。"

一张支票放到了陈美娴面前。

她看了看支票面额，露出了满意的微笑。她在心里赌誓，她有多恨，就要让司长宁有多痛。

回到家里，水露还没有下班。

纪慕正要进书房工作，却听见陈妈说收到了包裹。

他十分好奇，便出了客厅，问："谁的包裹？"

"太太的咧。"陈妈笑着道。

纪慕看了眼包裹，发现是司长宁的笔迹。他将包裹拆了，里面有水露的一些衣服，其中一件打包得十分精美，拆开看了，是一袭黑色的露背晚礼服，一串搭配用的珍珠项链，还有一枚镶嵌了蓝宝石的卡地亚袖扣。

他把袖扣转到反面，上面刻着自己与水露的名字首字母。他一怔，原来，是她捡到了。她回到香港，陪伴了司长宁许久。想起俩人缠绵，他的手用力往桌面一捶，那袖扣"嗒"的一声，碎裂开来，蓝宝石掉了出来，滚到地面上去。

水露刚进客厅，那蓝宝石就滚到了她脚面。她弯腰捡起，一看，也认出了是她送他的那一枚，自然明白了，这些都是司长宁寄过来的。

纪慕听得声音，转回头，见她手执蓝宝石出神。他一笑，手一挑，是一件有些透明的黑纱丝绸睡裙，深V的款式，高开衩，一直开到大腿根处。其实，是明珠到香港时送给她的，还让她回到上海了，穿给纪慕看。

"你在他家，就穿这样的东西？"他冷讥，将纱裙一把扔到她头上去。

她将裙子拿开，才淡淡地说："是明珠贪好玩，送我的。不管你信不信，我与他不是你想的那么龌龊。"

"我龌龊？"他恼了，将那些照片全甩到了她面前。

水露不可置信地看着那些照片，眼里全是震惊，连身体也止不住地发抖："你派人跟踪我？"

纪慕听了，一怔，别开了脸。他能说什么，说要对付司长宁？那下一秒，她一定会飞奔到司长宁身边去！

"我与他，什么也没有。"水露的声音很低，低得连自己都听不见。

可他却是一声哼："有没有，你自己心里清楚明白。"

两人又开始了冷战。

晚上，躺下时，他背对着她，躺到了床沿。她担心他会摔下去，受伤了，可终究没说什么。她安静地躺了下来，只是不知为何，眼泪一直流，止也止不住。她没有发出声音，也是背对着他的，只偶尔肩膀抽搐两下，最后，终于是睡了过去。

在梦里，似是谁的手温柔地拨开了她的发，替她拭去泪痕。她觉得温暖，本能地往那个怀抱里靠。那个怀抱颤了颤，便将她抱得更紧了。

纪慕看着她眼角旁晶莹的泪光，心就软了，一丝疼痛飘过，却又消融不见。他吻去了她的泪，呢喃一般："只要是你说的，我都信。"

床前放着一盘白山茶乔木，有一米多高，结出了许多的花苞，此时已经开了，一朵一朵，洁白如玉，像动人的白玉碗。花瓣娇嫩，又晶莹剔透，竟是美丽极了的。那枝叶浓翠，一翠一白，明明淡雅到了极致的，却瞧着是艳极了的，那花影映在雪白的墙面上，有些起伏，似一片一片的云，云影疏落，一切都是那么安静、那么美，就像熟睡的她。

水露动了动，到底是醒了。见纪慕正看着她，而自己还在他怀里，她身子挣了挣，他却抱得更紧，低低地说："你看，那些花都开了。"她微侧了脸，便看见了那一盆清丽脱俗的白山茶。是他特意挑选的，知道她喜欢，摆在了床前，让她能一睁眼，就看得见。

她心头一动，一点酥麻传遍了全身，她转过了身去，只瞧着那花。他从后抱着她，也与她静静地赏花。

本来，月色很好，那融融的一圈光晕笼着整个卧房，白山茶在月光下，更加的静谧艳丽。可忽然就起了风，很快，雨就到了。窗户是关紧的，"沙沙"的雨声，似情人的手，在轻轻地抚摸着一切。他说："能一起静听夜雨，赏赏花也是好的。"喃喃地，他说了许多，"今天我还在想，若能和你一起听雨赏花，晴天时，数数星星，那应该是很美的事。"

[4]

明珠约水露出来吃饭。因为新开了一家徽菜馆，口碑还相当不错，所以她们吃的是徽州菜，整间餐厅就是一座微型的徽州建筑。粉墙黛瓦，遍植绿竹，随处可见檀香盏盏，处处清幽古朴，竟是个避世的好去处。

那栋徽州建筑，是从徽州当地一砖一瓦拆运过来的，之后再重新一一复原，成为现在的样子，木雕石雕都精细无比，巧夺天工，被琉璃似的灯盏一打，夺目生辉，每个图案都似真的一样。

景致已经如此好，没想到连菜色都鲜美无比，非常好吃，只恨不得将自己的舌头也吞掉。水露叹道："你真会享受。这样有情调的地方，应该带你那位来才对。"

正说着，清秀的侍者将隔帘放下，远处便传来了切切的琵琶之声。

为了营造出雨声，有一处太湖假山石，有人工瀑布，溅起的水珠被珠帘隔着，滴滴答答、淅淅沥沥，远听倒真像极了雨声。

明珠听了，把筷子一放，似有些心事。

水露不是多事之人，自然不会问。

明珠倒是笑了笑，给自己倒了杯酒，喝下后，才慢慢道出："其实，他又不止我一个女伴。"所以，没有那样多的空闲，整日陪着她。

明珠一声叹，又说："我很羡慕你。"

"我？"水露不可置信地指了指自己。

"纪慕很爱你。"她直直地看着水露，"你一直知道，你不过是一直在自己骗自己罢了。"

"他爱的是汪晨露。"水露怔怔的。

"你一直清楚，纪慕想要的是你。"明珠觉得有些事点到即止，"你该把握住自己的幸福，水露，司长宁抛不开俗世名利，舍不得他的身家地位，他什么也不能给你。可纪慕都愿意给你。名分这样东西，对女人来说，才是最重要的。"

明珠心里的苦，水露都懂得，明珠也和她提起过。其实是容华的父母一直反对，他们要的，是一个富家小姐，强强联姻。他们看不起明珠。

"大哥是有分寸的人，我想他会处理好的。"水露只能如此安慰。

"你不懂，他的母亲很可怕！"明珠双眸闪了闪，再也没了胃口，她永远也没有办法忘记，容华的母亲。

容华是爱她的，她感受得到。与她一起后，他与许多女伴都断了。只是家族安排的那一位，他终究是要应酬的。

她第一次去他家里，他去烧水泡茶。他妈妈就说："来一趟这里不容易，既然来了，就多坐坐，啊？这里都是守卫守着，寻常人是进不来的。其实啊，阿华他何必跑去烧水呢，自有勤务员把泡好的茶水端上来的。"

可等容华一出来，她就变了脸，与明珠说起了家长里短。容华就坐在一旁听着，微微笑着，很满意她们之间的和谐。

可他的母亲怎么可能善待于她呢？！他的母亲，甚至还提到了她的父母，暗示她的父母还有几年才退下来吧。

"在大学里，当教授是好的，清清静静的，也不跟社会里的什么人争，能一直做到退休，也算是安享晚年了。"

水露见她一动不动，有些担心，和她说着话："明珠，她威胁你父母的事，你有没有……"

"何必说呢，说了，他又怎会信呢？那个毕竟是他最亲的家人，是他妈妈。"明珠的眼神有些暗淡。正说着，却见一个高大英俊的身影从珠帘后闪过，竟是极熟悉的。明珠背对着，没发现，可水露却瞧清楚了，竟是容华！他的身边还带着一位女伴，那女伴衣着华丽，可容貌气质却是极为普通的，有一种暴发户的气息。与英俊沉稳的容华比，真是不般配的。

"是不是就是她？"水露指了指珠帘阻挡的一角。

明珠猝然回头，果真见到了容华。而容华的眼睛也正好看向了她俩的位置。

明珠眼一红，连忙说："我们还是走吧！"

水露也是过来人，知道这有多尴尬，便站了起来，可一转身，容华已走到了她后头。

他打招呼："妹妹，难得过来吃饭。"

她一笑，道："是的，好巧。"

容华已经走到了明珠身旁，一手揽在了她的腰侧，不知在说什么。明珠的眼睫毛一颤一颤的，湿淋淋的，只怕已经哭过了。水露十分尴尬，站在那儿，正不知说什么好，却听得容华说："我已经埋过单了。你们先去逛逛街，我一会儿来接你们。"

走到宽阔的街道上，明珠忽然说："我想，我该放弃了。"

见水露不语，她自嘲地说："她又有哪一样比得上我呢？不过是家世罢了。我是真的爱容华，可他已经变了心。"

　　"大哥没有变心，只是面子上应酬一下那位小姐罢了。明珠，你别伤心。"水露一直劝她。

　　明珠一向是爱笑的，那么美丽坚强的女孩子，比自己大不了多少，一直都是她安慰自己，照顾自己，可如今却哭得像一个孩子。她紧紧地抱着水露，那么多的泪，流也流不完，只为了一个男人。

　　爱，果然是这世上最痛苦的东西。水露知道，自己不该再深陷进对纪慕的感情里，趁还来得及……

　　经过了那件事，水露开始有意地与纪慕保持着距离。

　　她每晚都自动留在公司加班，一直到了十一二点，才会回去。可每次回去，她才发现，桌面上摆了满满的一桌菜，而纪慕坐在沙发上，没有开灯，他就坐在黑暗里，等她回来。而她，只是淡淡地说"我吃过了"，就回房洗澡。

　　可他每天都等她。后来，她就发火了。无名的一股邪火，她用恶毒的语言咒骂他，让他回到那些莺莺燕燕的身边去。而他只是挑了挑眉，微微地仰起头来，看着她，问："你在怕什么？"

　　是呀，她在怕什么？不就是怕，自己真的爱上了他吗？只一瞬，她就将所有的菜全甩到了地上，"噔噔噔"地跑上了卧室。她所有的别扭，都调动了起来，她不再让他抱着她睡，她不愿让他碰到她的身体，哪怕只有一寸。

　　见她每夜都睡在床边，纪慕的心不是不痛的。后来，他说："我以后睡书房。"

　　每每夜里，那样的苦闷，他躺在书房里，一支一支地抽烟。

　　这样的日子也不知过了多久，久到连他的脚也快好了。他接到了连公子他们的电话。那头十分热闹，连公子一开口就是："怎么消失了这么久啊！听说天天在家养着，也该养好了吧！"

　　于是，纪慕掐掉了烟，去了连公子的包厢。

一进去，纪慕就嚷嚷着要玩牌，可连输了好几把，他的心情烦躁到了极点，一把扯下了一粒衬衣扣子。

众人面面相觑，明明是放了水的，纪慕居然还会输！

还是连公子会看验色，悄悄吩咐，让服务员给上一道补品。

"要不要余兴节目？"连公子笑嘻嘻地凑到纪慕耳边暗示道。自然指的是美丽的女子。

"滚滚滚，以后，别给我整这些个有的没的么蛾子。"纪慕警告似的看了连公子一眼。可是，连公子如何肯放弃，又连连催促服务员快把那补品送上来。

纪慕扔了牌，云喝酒，一心只想求醉。他们马上开了好几瓶，什么牌子的都有，一个一个地轮流敬他。

纪慕与他们不同，能按资排辈的，也就容二、文三、文四、陈五与纪六，他们几个。所以他们之间会按排行相称，而底下的人也不过是这个公子那个公子罢了，都是求着他们几个办事的，因此马屁拍得非常溜。见纪六不高兴，那就绝对要哄开心了的。

这个端杯子，那个拿酒瓶，几瓶洋酒，一下就见了底。原本，他们还以为得大费周章，谁知道，纪慕根本是来者不拒，谁敬都肯喝。可喝醉了，那补品就没意思了。连公子赶快让服务员端了纪慕最爱的澳洲特供的煎雪花牛排上来。其实，纪慕吃得不甚滋味，只想多喝几瓶酒，赶快醉了了事。

等到他们给他上了一盅补品，一揭开，味道是好的，炖得很香。可纪慕也以为是酒了，醉得不轻，端着汤碗当酒碗就一口气喝了个见底。又上来一碗，纪慕只觉得耳朵都是嗡嗡的，只模糊听见连公子说："快喝快喝。你这断腿折腾了小半年，就当补补。是最补男人的鹿鞭盅啊，还加了许多好料的！"

底下人也是笑，知道那是好东西。

纪慕也没有听清是什么，又喝了下去。

他酒喝多了，便倒在沙发一角，歇歇眼，可只觉浑身燥热难安，正要除去衣服，却见一个小女孩连忙伸手来替他除去外衣。

纪慕的手滚烫，一碰到女孩的手，那女孩竟吓得缩了回去。这时，纪慕才眯眼看清了她。因为羞怯，她的头垂得很低，乌黑的长发，三千青丝如瀑布般，直泻下来，遮住了大半边脸，可仍看得出长相是甜美的。一双眼睛很大，侧影比水露还要美丽三分，偏偏那么美的眼睛，还沾着那么长的睫毛，一根一根，假的一样，像两把小扇子，微微垂着，却颤抖得厉害。

　　"睫毛长得跟假的一样。"纪慕忽然就笑了，伸出手来，去拔她的睫毛，可竟然是真的。

　　女孩一动不动地只看着他，眼神惊慌，更显得样子甜美可人。一张白净到极致的素脸，真的是没有化妆的。那么年轻，看起来不过十九二十，真是美的。

　　被纪慕如此看，她的脸腾地红了，可还是温柔地搀扶他站起，上了电梯，往他长期订住的套房走去。她的手上有门卡，一切的事，一目了然，你情我愿罢了。也是连公子他们安排的节目了。纪慕也是麻木了，只管跟着她走，再不愿去想，明早醒来，是谁睡在他身边。

　　这里灯太暗了，走廊又曲折，那灯光，就像从珠贝里偷偷晕出光亮的珍珠，远远就有一斛珠，在头顶晕着，地毯那么厚，踩下去软绵绵的，就像人漂在海上一般。他再看了看那橘黄的光亮，莫名地，只觉身体燥热难耐，那灯光朦胧又迷离，他瞧着觉得头晕，她便温柔地挽紧了他的手，带他到了套房。

　　兴许是她太美，又或许是那夜的灯光太美，他待她倒是温存的。她与范思雨一样，都是小女孩罢了，他不该吓坏了她们。她与范思雨于他，都只是一个符号，她们都是长的发、雪白的面孔、大的眼睛，她们都很美，却全不是她。

　　事后，他才知道，那是她的第一次。

　　他觉得自己犯了糊涂，不该招惹她。

　　他甚至连她名字也不知道。幸而，她与范思雨皆是一样的，十分懂事，也不来纠缠，只那一次，就再没出现过。

后来，他问连公子，怎么会找上她的。连公子却说，那女孩家人等着做手术，没有钱，所以她才会经同学介绍，过来的。

"怎么样，是不是超正点！人家真的还是小妹妹啊！"

纪慕想了想，开了一张三百万的支票给她，让连公子转达。

连公子原以为纪慕是想找到她，却听他说："别亏待了人家，先送她出国读书，她家人的事，我包了，钱不够，我再给。只一点，不要留下麻烦。"

那一晚，回到家已经是凌晨三四点了，纪慕才发现，衣服上还有那女孩的幽幽体香，不是香水的味道，可能是沐浴露的味道。他想换下衣服，可醉醺醺的，只倒在了客厅的沙发上。

水露睡得浅，听见声音，就下楼来了。见他睡着了，便从书房找来被子替他盖上。可他手一扯，她"呀"的一声，摔进了他怀里。那种女子的香味，就那样猝不及防地刺进了她的呼吸里。其实，很好闻，清淡的，不浓烈，不咄咄逼人。应该是一个很美、很好的女孩子。水露怔了怔，觉得心痛了，她笑了笑，怎么可能呢，一定是她感冒还未好。

水露有些厌恶地要掰开他的手，却被他抓得很紧，她根本没有办法掰开他的手。

等至清晨醒来，纪慕才发现，他抓着她的手，抓得那么紧，她的手腕上都是他的指痕。他一动，她也醒了。她的腿都麻了，好不容易才从地毯上站起来，他要扶她，却被她一把打开了手。

她转身上了楼。她眼底的厌恶，竟是连掩饰也掩饰不住。

身上还有别的女人的香味，她自然是闻出来了。纪慕笑了笑，忽然很想抽一支烟。

很自然，水露搬了出去住。她又回到了她的小宿舍里，就连明珠也来坐过。

两个女孩子，喝茶聊天。

忽然，水露说："明珠，我想离婚了。"

"你考虑清楚了？"明珠很诧异。

水露笑了笑："你觉得我很任性对不对？对，我是后悔了，当初，他说和他结婚，就可以气到司长宁，我真的这么做了。若非我的任性，今天的局面或许不会那么糟！"

当初司长宁要结婚，她麻木不仁，过的根本就是行尸走肉的生活，甚至还觉得，死了也好，总好过活受罪。可终究还是要过下去的，如一只流浪猫，从一个地方流浪到另一个地方，也没有人收留。

她不是十五岁了，不能走到陈美娴面前，如当初一般说她与司长宁的那些事，故意扭曲彼此的关系。当初，她任性，是因为她还是个孩子，可也得到了教训，被司长宁送去了国外，一去三年。可现在，她大了，也知道，司长宁今天得到的一切是多么不容易。他是私生子，从小被人歧视，在美国唐人街里过的是猪狗不如的生活，活得那么艰难，一点一点地往上爬，终于大了，父亲才来接回他，才肯认他，可父亲又马上死了。在这个世界上，司长宁是个孤儿，与她一样。所以，他才会那么看重他的名声、地位。可如今，他为了她，离婚了。

所以，她，水露，应该回到司长宁的身边。她爱司长宁，从小就爱。从十岁起，她就立志要嫁给司长宁。当年，没有司长宁收留，就没有她水露的今天。

"我爱他，我爱长宁。"水露眸光闪烁，唇抿得紧紧的。

明珠听了，也不好再劝什么，想了想，便道："那也好。纪慕始终是个花花公子。他最近带去的女伴，我见过，十分美丽。而且纪慕对她很好，好像是复大外语系的，叫什么来着，哦，范思雨。"

思雨，思雨，多美的名字。一定就是到他病房给他送饭的那个美丽女孩了！

水露一怔，然后就笑了："他得偿所愿，自然不会再管我的事了。"

第六章
当时的那些话，却说给了他听
I love the most

[1]

　　这家红茶馆的气氛很好，是在一栋小洋房里，小洋房还带了
一个花房，花房里花团锦簇，玻璃做的天顶，晚上来此品茶，还
可以赏月赏星。

　　花房里是五彩缤纷的娇艳花朵，每朵花都似锦缎一般，一束
一束的，春光流丽。绣球花、风信子、郁金香，绽放着它们娇媚
的容颜，而人坐在花房里，更变得懒洋洋起来。桌面上有一个玫
瑰玻璃碗，碗里盛着清水，一朵粉红的大马士革玫瑰漂在水里，
而桌旁蜡烛摇曳，映得那玫瑰玻璃碗折射出瑰丽多姿的光芒。

　　水露笑了笑，托起了碗，玫瑰色的七彩玻璃，那么透明，盈
盈的水影晃动，她的面容似被一圈朦胧的光晕着，连眉眼也染上
了玫瑰色的淡淡哀伤。她吹了吹碗里的玫瑰，玫瑰动了动，娇艳
无比。

　　其实，司长宁早就到了，他站于侧门，远远看着她。桌上
的那点火光衬得她的眼睛那么朦胧，似不真实的一般。她主动找
他，而他不敢相信了。她已离开了他那么久，他怕眼前的只是一
个梦。

似是发现了有人注视，水露微微侧过头来，就见司长宁站在了门边。那点火光跳跃，隔得那么远，他的眉眼清晰地在她眼前，她的眼里全是他。原来，即使隔了那么多的日子，她依然记得他那双深情的眸。

　　而那火光，似是从他的眸底跃起的，就那么一小簇，却幽幽地燃了起来，他的眼睛那么幽深，深得她又似无法看得清了。他一步一步走了过来。

　　水露替司长宁斟了一杯锡兰红茶，还加了许多的奶，她的声音很轻："你的胃不好，多加些奶。"他握住了她的手，再不愿放开。

　　她的脸红了红，可还是鼓起了勇气，问道："司长宁，你离婚的事，为什么不告诉我？"

　　"我不想陈小姐去找你麻烦，让你蹚这浑水。"司长宁说。

　　"可我愿意与你一起去面对一切。"水露十分激动，"你说，你是不是为了我，才离婚的，你说！"

　　司长宁看着她，他想了许多许多，想了许久许久，最后他才问道："露露，你确定，你还爱我吗？"

　　一怔，水露急得眼睛都红了，道："当然，我从十岁开始，就一直爱你。"

　　似是下了某种决心，司长宁紧了紧握住她的手道："我是为了你。"

　　这一句话，将两人长久的关系彻底推翻。从这一刻开始，他再不是她的监护人，再不是她的义父、她的长腿叔叔，他只是一个普普通通的男人。这一刻，他选择了她。

　　"给我一些时间好吗？"司长宁深深地看着她，"等离婚手续办好，我们就结婚。"

　　"你不再顾忌世俗的目光？"水露害怕，他说的都是骗她的，只给她一个虚假的希望。

　　"我只害怕失去你。"司长宁将她的手翻转，反反复复地写着一个字。那是一个"家"字，他想给她一个家。是的，她最渴望的只是一个家，不再流浪，不用再担心，她的长腿叔叔又有了新的女朋友或者未婚妻，她将被遗忘，将被扫地出门。她不需要，再与那些女子争宠，也不再担心她的司长宁会被人说闲话，因为她长大了，再不是那个十五岁的未成年少女了！

他本说着许多话，他说他爱她，他要和她在一起，可忽然，他就没了声音。她顺着他的视线看去，原来是手上的掐痕。是纪慕……她的喉头有些发涩，最后却是听得他说："不如你搬出来住吧！"

她想收回手，却依旧被他紧紧攥着。她只能说："我已经搬回小宿舍了。"

他久久不再说话。

连公子搞活动，在别墅举行派对，纪慕与容华也去了。

一行人在户外放烟火，一朵一朵的礼花在头顶炸开，那么美，那大团大团的花那样璀璨。那闪烁着的烟火，即使闭上了眼睛，还似烙在视网膜上，如幽幽淡淡的一朵花，无声无息地开，无声无息地消逝了。就如水露，她那双欲语还休的眼睛，就是那最璀璨的烟火，即使消逝于夜空，可还留在了他的视网膜里、他的脑海里，深入骨髓，溶于血液。

纪慕想念她的每一分美好。

见纪慕闭着眼睛，似是心情不大好的样子，连公子笑笑地走了过来，敬了他一杯："今天不见带思雨过来？"

见纪慕还是不说话，连公子了然："腻味了？放心，今晚还有余兴节目。"

果然，没多久，来的是一个妙龄女郎。大家正在烧烤，热火朝天的，那女郎漫步走来，袅娜多姿，雪白的脸上是一双明亮的大眼睛，发倒是短的，刚刚齐肩的样子，可刘海是一圈绒绒的碎发，可爱极了，竟像只毛茸茸的鸭子，是一张标致的鹅蛋脸。身上只穿了一件白色的短袖针织毛衣，领口绒绒的一圈细毛，衬得她的眼睛也是朦朦胧胧的，看不真切。

容华看了，不禁一怔，自言自语："还以为是妹妹来了。"见纪慕看向他，他自知失言，笑了笑掩饰了过去，"露露也有一件差不多的衣服，衣服看着像罢了。"

对于这样的余兴节目，纪慕是早麻木了的。而且他腿伤未好，喝了酒，又吹了江风，忽然觉得头剧痛无比。

纪慕脸色变了，豆大的冷汗开始一点一点地滑落，他连坐下也觉得吃力。

还是容华心细，忙问纪慕怎么了。而那女郎得了连公子眼神，便向纪慕伸出手来，谁想却被纪慕一手拂开。

"二哥，我觉得头很痛，你先送我回去吧！"

纪慕是直接倒在后座椅上的，背弓起，痛得不成样子。容华一边开车，一边回头看他，觉得他太不对劲了。容华停了车，伸过手来摸纪慕的额头，竟是冰冷的一片。

"是上次撞车，脑袋里瘀血未清的缘故？"容华忙问道。

原来，上次他撞车，病情是瞒了水露的。他不是轻微脑震荡那么简单。脑内有瘀血，且压到了神经线网很发达的一条神经，暂时不能做开颅手术，只能先控制，等过段时间看看瘀血有没有变小再做决定。所以，他经常会头痛，头一旦痛起来，是十分痛苦的。

纪慕点了点头，连话也说不下去了。容华二话不说，就把他送到了水露的小宿舍里。

水露刚沐浴，准备睡下了，却听到了敲门声，然后就是容华把纪慕打横抱进了她的家里，放到了床上。

"妹妹，你照顾他。"

"他到底怎么了？"水露有些担心。

容华一叹，也就把纪慕瞒着她病情的事告诉她了："其实，当时他是因为想念你，才出的车祸。"然后把纪慕口袋里的药一并给了她，"这药不能多吃的，可实在不行，就喂他两颗。"顿了顿，又说，"他需要你。"

等室里只剩了她与他，水露只觉得慌张。她能做什么呢？残忍地将他拒之门外？

[2]

水露又想起了上个星期，她工作得很晚才回到家。看看时间，已经十一点多了，可她终究还是要和纪慕说的，于是给他打了电话。

纪慕一向玩得很晚的，可那一次迟迟未接，她想挂时，他却接起了，语气十分不耐烦。她在电话里说，要见他，与他当面谈。她说"我们离婚吧"，然后他在电话那头沉默了，再之后是一个娇媚的女声，问了他一句："谁呀？"

原来，是她打扰了他的兴致。他什么也没说，就挂掉了。然后彼此就冷到了极点，连电话也没有通过了。

可现在，纪慕就在她眼前，脸上苍白，脸因痛苦而扭曲，嘴抿得那么紧，可怜得像一个无助的小孩子。她又能怎么办？

水露想起厨房里还有一些野山参，是她特意托人找的，因为司长宁身体太弱，需要这些。她忙进了厨房，去给他熬参粥。这些药材很难找，但对伤口非常有好处，他腿伤未愈，脑中又有瘀血，正需要补一补。

好不容易把粥熬好了，却十分难闻。正宗的参粥都十分难闻，有股很怪的气味，比参汤的味道冲多了。连水露自己闻着都想吐，那味道跟苦药似的，她又做了一点莲子羹，甜甜的，倒是可以送药。

她仔细地扶了纪慕起来，替他拭去那些汗。她的呼吸扑在他脸上，他慢慢睁开了眼睛，她的气息，很甜，独属于她的甜。

"我还以为自己做梦了。"纪慕伸出了手，抚摸她的脸、她的眼。她的身体僵了僵，听他絮絮地说着话。

他说，其实他也不想，那些女子每个都很像她，却又不是她。他麻木了，起初，他是不知道连公子送来的那些是补品，或者是在他的酒里加了"料"，后来他也无所谓了，连公子给他，他就喝掉，他过得犹如行尸走肉。

"乖，先把参汤喝了。好吗？"水露没办法，唯有哄了他喝药。她不要再听他说了。

"你答应，不会走。"纪慕似一个茫然无措的小孩。

"不走，我喂你吃药。"水露把参汤端给他，"如果苦了，可以喝两口莲子羹。"她温柔耐心地劝他，他终于是喝了一小碗参汤。她再替他拭去汗水，才发现，他的脸色红润了些。

可他还是痛，忽然，他就痛得痉挛起来，一点一点地缩到墙角，抱着头，竟然痛得拿头去撞墙，吓得水露一把抱住了他。

他要推开她，他说："你走开，你不爱我。不要给我假的希望。你走开！"

他有些抽搐，唇与舌都咬出了血来。水露怕极了他会咬到舌头，连忙哄他，两人都出了一身大汗。而他疼得像只虾米佝偻着，只能一点一点地喘气，连吸气也不会了，居然还要逞强。

她重新拧了热毛巾替他擦汗，他却一把抓住了她的手，要她将他圈住。她已许久没有见他，抱着他时，竟是瘦得连肩胛骨都突了出来，无言的感伤与惆怅攫住了她。她也不知该怎么办了。

"你真的是因为我，才撞了车吗？你明明不爱我！"她的声音低低的，亦像一只受了伤的小兽，在那儿自问自答，独自舔舐着伤口。

她真的是觉得心酸，却慢慢地抱紧了他。他的头无力地埋在她胸口，人似乎还是痛的，一点一点地痉挛着，她只能抱着他，哄孩子一样，慢慢拍他的背心，很轻很轻，几乎是怕再次弄伤了他。终于，他慢慢安静了下来，不再抽搐，渐渐昏睡过去。

水露根本不敢放开他，怕他再次发作，咬到了舌头。他睡着了，嘴抿得深深的，居然露出了那一只小小的酒窝，原来，他睫毛很长，根本就像两把小扇子，一颤动时，又似蝶翼，一把一把地刷在她的脸上，有些冰冰凉凉的湿意。他竟是痛得哭了。她再搂紧了些。他的呼吸喷在她颈上，暖暖的，她怎么忍心将他推开呢？此刻他就如一个孩子般脆弱，那眉眼，那紧抿的唇，单薄，清秀得像个女孩子。他只有在清醒时，才会露出那放浪不羁、似笑非笑的样子，仿佛对一切都不在乎。她抱着他，想等他睡得沉些再放手，可自己也累得睡了过去。

第二天醒来时，她不由得猛然一惊。她已答应了司长宁，她明明也已和纪慕提出了离婚！那此刻，她又是在做什么？

她正要放手，纪慕却醒了，一双幽深的眼睛看着她，黑黝黝的，她看不见一点光亮，仿佛黑暗，他要将她推进黑暗里，沉沦，永不翻身。

她要起来，可下一秒他已压了上来。

水露从不知道，纪慕会有那样大的力气。她拼命地挣扎，可他却再不肯放过她。

"不要让我这辈子都恨你！"水露用尽了全身的力气去推他，可他苍白的脸让她害怕，怕他会出事。只一瞬的软弱，他已重新压了下来，一把持住她纤细的腰，不让她再逃。

"你想离婚，然后嫁给他？我不会如了你的愿的，我不会离婚，一辈子不会，你要恨，就恨一辈子吧！"

如果她不能爱上他，恨他一辈子也是好的。他吻着她，她咬他，鲜血淋漓，可他仍不放过她。他贪婪地吻着她的美好，她的每一分甜，只有她才能救赎他！

他说："你要离婚？我就拖着你，一年，两年，十年，我会一直拖，你永远也别想再离开我！"

她哭了，泪水打湿了他的脸，他的心一痛，一滴泪滴在了她脸上。她猛地睁大了眼睛看着他，看到了他眼底泫然的泪光。他别过了视线，一点一点地吻她，耐心而温柔，她不再反抗，只是哭，无声地哭，他就在她耳旁呢喃："从我第一次见到你，我就爱上了你。我没有见过，比你更任性、倔强的女孩。你明明难受得受不了了，还要替上司挡酒，你只想独立，站在平等的地方去爱他，对不对？可他不懂怜惜你。你不是汪晨露，永远不是，我爱你，真的爱你。"

他还说了许多许多，一点一点说给她听。他的呢喃夹杂在细碎的亲吻里，他的动作也异常温柔，他一点一点打开她的身体，而她如最美的那一朵花，在那一瞬间，为他绽放……

她将自己关在房间里，整整一天也没有出来。她周旋于两个男人之间，只觉自己的道德、羞耻都被扯得粉碎。她恨自己的无耻。她明明答应了长宁，她明明可以反抗的，可她又犯了错！她能反抗却没有反抗。

纪慕说他爱她，没有别人，只爱她。明明这一句话，是不能触碰的禁忌，可他还是说了！她的身体依旧给了他，她还有什么脸面去见长宁？她羞愧难当，只觉得自己干脆死去了，才好！

纪慕在客厅里吸烟，一吸就是一整天。意大利的地砖，地砖上铺着驼色的土耳其地毯，可烟灰全蓄在了那块美丽的地毯上，一朵朵灰色的火，像烟火的泪，燃放到了极致，便化作了灰。

他终于站了起来，推门进去。她马上闭上眼睛，假装睡着了。可她的泪还挂在腮边，他坐了下来，伸过手去，轻轻地替她拭去那滴泪……

他叹息一声："你愿意，恨我一辈子也好。我只怕，你连恨也不愿恨我了。"

他就呆呆地坐在她床边，坐了多久，也不知道。

她不动，他也一动不动。窗外，那高大的乔木把绿枝探了进来，明明是新翠，可瞧着的人，只觉被阳光一打，那翠便发了白，灰白如飞灰。

容华集团的员工宿舍是沿用以前的旧公寓，每座楼房都不高，有红红的尖屋顶，十分洋气精致。而楼前还会带一个花园，环境是很好的，只是每户的户型都不大。

水露主的就是一室一厅的。

纪慕从不觉得这里窄，他甚至是喜欢这里的，她只放了一张单人床。所以他拥着她入睡时，两人会贴得很紧很紧，他会紧紧地抱着她。而她睡醒了，会如一只小猫一样，伸一个大大的懒腰，她的腰那么长那么细，伸懒腰时很好看的。而且，她不造作，不会像那些讲究得过了分，失去了活力的名媛；也不会像那些只懂讨好他的娇小姐、电影明星，她就是她。他喜欢她像一只优雅慵懒的小猫。

他把这些话，一点一点说给她听，只见她的睫毛颤了颤，像一只小手，在他心尖挠啊挠的。他忽然笑了："我喜欢你，你总是有无穷的生命力。那次在香港见到你，你攀爬上岩壁顶的时候，是最美的，那样充满活力。我还记得，你在阳光下回头，对着底下的人招手，那笑意是如此明媚，那时我就想，我一定要得到你，哪怕付出任何代价。因为，我再也忘不了你，这一辈子也忘不了。我知道，你并不爱我，可我有什么法子呢？我只能骗你，让你以为我爱汪晨露，你不爱我，我也不爱你，这样你才会答应嫁给我。我太了解你，如果你一早就发现了我的秘密，你一定不会和我结婚的。可如今，司长宁得到了家族基金，他得到了一切，又想要回你。这世界上哪有那么好的事呢？！这辈子，我都不会放手。你要恨，你就恨一辈子吧！"

纪慕把那番话说完，太阳居然下山了，室内昏暗，可她还是一动不动。她的眼睛涩了，努力地睁了睁，她看见窗外的碧树投下了大片大片的影子，朦朦胧胧的，倒也是好看的，好似开出了一天一地的灰色的花。

枝头上还有绒绒的花与小小的叶芽，都是那么小小的一点，像挂满了一树绒绒的小鸭子。她在想，小鸭子都爬到树上去了，那些小鸭子那么细小，仿佛风一吹，都会跌下去似的，其实明明就是垂垂累累的花瓣，白色的花，一朵一朵地铺开，有些是鹅黄色的，所以特别像小鸭子。

她终于转过了头来，可他一触到她茫然无助的眼神，他就移开了目光，也是看着那树。他怕，他会在她小鹿般的眼睛里沦陷，他怕他终究会心软，而放开了她，还她自由。

那树那花，一点一点地倒映在他的眼底，她看着他，却只是看到了他眼底那一片一片灰色的影。

[3]

后来，水露发起了高烧，神志不清，烧一直不退，在梦里，她一直喊冷。无论纪慕给她盖多少被子，她还是冷，不知道是因为害怕，还是心冷。

纪慕找来了家庭医生，就在她的小公寓里给她输液，输了两天，高烧还是不退。

他害怕她会不行了，那种恐惧从未有过。

也会有稍微清醒一些的时候，她就会对着他说话。其实，她也没有怎么看他，因为眼睛无法对焦的缘故，说是清醒只是不昏睡了而已，神志还是不清的。她不过是有太多的事，闷在心里太痛苦了，要全部倾诉出来。她以为，他只不过是一个陌生人。她说起了小时候的事，她与司长宁的点滴过往。

而他只能握着她的手，让她靠在他身上，听她慢慢地说着。有时说着说着，她就睡着了，醒来时，她的眼神依旧是茫然的，他替她探温，还是40度，输液还在挂着，他除了替她物理降温没有别的办法。

他拧了冰水毛巾，替她敷额头，还找来了冰袋，一出汗，就拿热毛巾替她擦拭掉，生怕她把汗再闷回去，会让病情加重。她觉得头冰凉了许多，兴许是舒服了些，竟贪婪地往他怀里靠了靠。他一动不敢动，生怕打碎了这个美梦，他看见，她唇边露出的一丝笑容，那么甜、那么纯真，像一个七八岁的小女孩，终于得到了糖吃，露出了满足而甜蜜的笑容。

她忽然就搂住了他，她的眼睛闭着，她说："长宁，我知道是你。我又病了，对吗？所以你得不眠不休地照顾我。"她的记忆又回到了孩童时代，而他只能听下去，哪怕那会令自己痛苦。他已经没有办法，只要她不离开他，他愿意当那个替身……

十岁时，家中无人，她躲在巨大的衣橱里，那里挂满了司长宁的衣服，衣服里有好闻的舒适的海风味。她抱着双膝，就坐在衣橱里，透过橱面一缕一缕的空隙，看着太阳一点一点地下山。后来，她听见了长宁回来的声音，他在客厅里喊："露露，快出来，看我给你带回来了什么礼物。"

她不作声，等着他来找她。她害怕出去，只有黑暗的衣橱是安全的。她在里面看着外面的世界，等着他回来。累了，她就在衣橱里睡觉。衣橱很宽大，可以容下她，像一个巨大的安全的容器，像妈妈的子宫。她躲在里面，很安全。

然后，衣橱门就开了。他笑着说："我找到你了，小女孩。"他的笑容那么温柔，叫她永世难忘。他的发自然地微微地卷着，是深棕色的。他的眼睛那么美丽，微微地凹进去，看人时，是万分专注，目光深邃如星光下的水面，只有看着她时，才泛起淡淡的光芒。他的眼睫毛那么长，比她的还长，眨动时，那么好看。他的唇含了笑意，半歪着头看她，好像在说"你这个小精怪"。

"我不是小女孩！"她嘟起嘴。他在她圆圆的脸蛋上一亲，快乐地道："好好好，你是个妩媚的小女人！"他把她抱了出来，她搂着他的脖子，蜷在他的怀中，像一只小小的猫。

其实，那衣橱真的不大，与后来司宅的衣橱相比，根本就是小小的一格。可她太小，只觉衣橱太大，等于是她的整个世界。而他就是她整个世界的主宰。那时，他与她住在小小的公寓房，还是租的。他一无所有，只有她，而她也只有他。

在她十一岁时，他结识了一位当空姐的女朋友。那位空姐异常美丽，司长宁为她着了迷。那时，司长宁的父亲刚认回他，社交场合里，他也只是一个私生子而已，且司老先生与正妻育有三女，他并非合法的财产继承人。而且司老太太家族富贵，控有司氏集团百分之二十的股份，司老先生很怕她。所以，司长宁是难以拥有任何实际权力的，那位空姐最终离开了他。

　　他病发了，他痛得不能自已，甚至连路也走不了了，只能整日整日地躺在床上，而她像只黏人的小猫，怎么也不肯离开他半步。她不去上学，不出房门，哪儿都不去，只陪着他。他开始失眠，他会默默流泪，她会替他拭去所有的泪水，她会抱着他，对他说："那位美丽的姐姐走了也不要紧，我会一直陪着你，长大了就嫁给你，你绝对不会孤单的。"

　　他骗她，他说私人医生那里有药，能让他睡得好一些，让她去替他拿。但是她总会用似懂非懂的眼神看着他。她每次为他拿来一粒，他恼了，让她把一整瓶偷来。她固执地、默默地摇头。

　　他看着她，她的眼睛那么透明，似水晶，不沾一点世俗，他又怎舍得真的舍下她呢？她已经，只剩下他了。他一惊，把藏起来的那十几粒安眠药全扔到了窗外。后来，她依旧每天陪着他，见他痛得难受时，即使她什么也不懂，也会拿小小的软软的手，替他按摩，替他捶背。他终于一天一天地好了起来。有一天，他忽然就收到了律师的通知，原来，他的父亲在临死前，在清醒的状态下，把家产全数留给了他。

　　可他那时，只是紧紧地抱着她，只觉得，那一切于他都是没有意义的。

　　他说："露露，长腿叔叔把这一切都给你，好不好？"

　　她说："我要那些有什么用，我只需要我的长腿叔叔。"

　　其实，她真的是从来也没有小过，她比同龄人早熟、聪慧，她会问："为什么司老先生最后就不怕大太太了，把一切都留给了你？"

　　"因为他要死了，所以什么都不怕了。"他答。

十二岁时，司长宁送给她人生中第一支口红，不是粉色的，也不是裸色的，是最鲜艳的大红。他还替她挑选了一整套的护肤品。那护肤品软软的、香香的，那么甜，那种味道那么好闻，她永远也忘不了。

他抱着她，嗅一嗅，说："我的露露真是香！甜美又充满活力，你让长腿叔叔着迷。多么粉雕玉琢的一个人儿啊！"他赞叹。他看着她时，睫毛一颤一颤的，她忍不住就伸出了手去抚摸他的眼睛，她第一次叫他的名字，从此以后，她不再叫他"长腿叔叔"了。

"长宁，为什么你有那么长的眼睫毛，比我还要美丽。"

他想了想，一脸笑意："等露露大了，一定比我好看多了，比我的睫毛还要长，一定像两把小刷子，无论哪个男子看到了，一定会迷上你。"

"那我迷住你了吗？"她小心翼翼地问。

他脸上的笑容淡了些，他怔了一下，再看向她时，道："真是小姑娘的话。"然后神色又变得温柔起来，"如果你大了，还是没有我的长，我就把眼睫毛全摘下来，都给你。"说着做出要拔的动作。而她被逗得"咯咯咯"地笑了起来，声音清脆像黄鹂。那是小女孩特有的神情，他十分眷恋。

十五岁时，她已经懂得了勾引的艺术。她已完全地明白了男与女之间的差别。她的身体变得高挑而饱满，是发育过了的。她打扮成熟，她涂口红，她的举止与一般的十五岁少女完全不同，那些十五岁的少女大多只涂粉色的唇蜜，穿少女爱穿的裙子或鲜艳的颜色，可她总是按着司长宁的品位，永远的白衬衣、黑裙子、马尾辫，仿如经典。

同龄的男孩子都关注她，自然地，她就没了别的女性朋友。她偶尔会做出轻佻的举动，撩拨司长宁敏感的心，可是他不动声色地看着她表演，对她的暗示无动于衷。可当有男孩子流连于他的家门前时，他又会说："你瞧，来的都是蠢男孩。"

[4]

　　十五岁，司长宁为水露举行了盛大的舞会，以宣示她真正进入社交界。他与她跳第一支舞，他们衣袂飘飘，她雪白的舞衣那么华丽，那么耀眼，摇曳着拖地的长长的裙摆，她与他一直舞下去，直到地老天荒。

　　那夜，灯光璀璨，在天顶全数铺开，竟比星辰皓月还要明亮。司长宁的眼底深藏了笑意，看着她，只注视着她。他将她搂得那么紧，说着只有俩人听得见的耳语："你今晚真美。"他吻了吻她的脸颊，全然不顾宾客的满脸愕然。

　　水露轻笑："他们该想入非非了。"她总是那么任性、张狂，说出的话调皮又狂妄。

　　司长宁也是笑："那就让他们猜去。或许他们会猜你是我的私生女，又或许是我的妹妹。"

　　"又或者是你的情人。"她替他说了下去。而他只是笑了笑没有回答。他的手沿着她纤细圆润的肩滑到了腰上，她的腰很细，他轻轻握住，身体感受到他手中的热度，那么滚烫。原来，他很渴。

　　加入跳舞的人越来越多，当她与他一个旋转转出了舞池，舞到了没人看见的角落，她忽然就踮起脚吻了他。她没有经验，只是吻住了他的唇，连眼睛都还是睁着的。他一怔，连忙放开了她。他说："以后别这样了。"

　　后来有一次，她生病发烧，高烧一直不退，说着吓人的胡话。是司长宁衣不解带地照顾她，毫无顾忌，甚至睡在了她的卧室里。他每半个小时就替她用凉水擦拭身体，用冰袋替她敷头，他喂她吃药，她烧得迷迷糊糊的，药与水根本吞不下去，他就含在自己口中一点一点地喂她。

　　她还以为是在梦里，于是大胆地搂着他，吻了起来。那是俩人的第一个深吻，也抱得她那么紧，几乎是要把她生生地嵌进自己的身体里，她觉得窒息，却又觉得无比快乐。他辗转吸吮，总觉不够，他不愿放过她的每一分甜美。可当她清醒过来，他又恢复了寻常的神色，仿佛那一个深吻，根本就只是一场梦……

十八岁时，她终于成年，她以为可以再也不管世俗的眼光与流言。她知道，司长宁是正人君子，他从未做过伤害她的事，也一直将她保护得很好，不让她听见一丝外界的流言蜚语。可她到底不傻，还是从旁人暧昧的眼光中，明白了一切。但她不在乎！

司长宁却放不下他得之不易的社会地位，他为此付出了二十多年的青春。他浪荡蹉跎了二十多年，也看人脸色看了二十多年，那些日子，再不是他想要的。他开始疏远她，结交了不同的女朋友。

可他依旧记得她每个生日。她十八岁生日那年，他将星光送给了她。那是她最爱的一匹马，也是除了他以外，最最喜欢的！可她骑马时，不小心率断了脚，还是他耐心地照顾她。

她行动不便，只能待在家里，而司长宁也在家里陪着她。她无聊，用手提电脑看电影，他在一旁看文件。有时，她回头，只见他正含笑看着自己，她的脸蓦然红了，只懂得垂下了头。而他握起了她的手，放着他的掌心中，轻轻地抚摸，如抚摸这世上最珍贵的东西。

那时，是冬天。后来，她看着电影居然就睡着了，她的一边脸压在电脑下，他只能看到她的半张脸。她的发柔柔地垂了下来，遮挡住了雪白的脸庞。他恼，她的几缕发丝阻隔了他的视线，他伸出手去，将她的发拨开。她睡得很香甜，那唇如浸饱了水的粉色樱桃，那么润泽、那么晶莹，让他忍不住，偷偷地吻了上去。

其实，她在他拨开她的发时，就醒了，她才明白，原来一切，并不是自己骗自己，他也爱她！尽管不知从什么时候开始，但是，他真的是爱上了她。她觉得心中甜蜜无比，忍住不动，干脆就一直装睡了。

而他去卧室找来了一床毯子，轻轻地替她搭上。

他的动作那么轻柔，生怕吵醒了她。她依旧睡得香甜，唇畔似有笑意，绒绒的额发有些乱了，瞧着还似个十五六岁的小孩子。他就那样看着她，恍惚想到了许多事，又似什么也没想，他终于挪开了视线，去看自己的文件，可心里满满的全是她，即使她已在他身边，他想到的依然全是她。她的气息那么甜美，使他眷恋，他的心里有一种异样的感受，想了许久，才隐约地明白过来，这就是幸福。有她在身边，听着她浅淡的呼吸，便有了岁月静好的感觉。

司长宁也曾有过许多的女朋友，可从来没有一个人能给他这种感觉，既激烈，却又平淡，平淡得，只需她在身边就好。连他自己也不明白，究竟是从什么时候开始已经爱上了她。

他叹："你这小小的人儿，真不知道从什么时候开始，你已经占据了我全部的心……"只有在他以为她睡着时，他才敢对她说出那样的话。

她洗澡时，摔到了地上，家里没有别人，只有他。她羞红了脸，可又不敢声张，只能拖着腿，努力地爬起来，可又摔了下去，一次一次地爬起，再摔下，动作大了，终是被他发现。

他根本来不及多想，就冲进了浴室。他看见她，也是一怔，忙错开了视线，一把扯过了浴袍，将她包住，直到全身不露出一点肌肤为止，然后他把她抱到了床上。

"还痛吗？"他低低地问，连声音都有些颤抖。

她还依偎在他怀里，红着脸摇了摇头。此时才发现，他的耳根也是红透了的。他要走，她一只手扯住了他的衫袖，带了一点期待与娇羞。她知道，她的司长宁都明白。可他只是转过了身，道："快穿上衣服，别着凉了。"后来，她洗澡时，他便让李姆妈全程跟在浴室门外，一直到她腿脚痊愈。

"长宁，你真是傻！你明明爱我，你明明在等我长大。可当我长大了，又为什么非要把我推开呢？你把我介绍给曾云航，你把你认为的最好的青年才俊都介绍给我。可我想要的也只是你呀！你为什么就不明白呢？"水露说着说着，哭了，泪水打湿了纪慕的脸，他将她抱得更紧，却什么话也不能说。

她把她与司长宁的点点滴滴，从小到大的那些事，全说给了他听。她以为，他就是她的司长宁。她的心里，从来就没有他纪慕。纪慕的泪水无声地滑落，滴在她的手背上。她茫然地看着他："长宁，你怎么哭了？"见他不答，她便吻他。

她的身体那么滚烫，是还没有退烧的缘故。

她就如一把火，将纪慕点燃。他终究是骗了她，骗了自己，他亲吻她，回应她，只趁着她意识不清，将她占有，不管明天，不管还有没有明天……

终于，她还是清醒了过来。烧已经基本上退下去，她一睁眼，就看到纪慕抱着她，依旧睡在她的那张小小的单人床上。昨晚发生的事，她一点一点回忆起来。她将他当成了司长宁，与他说起了小时候的事，还和他……

她的牙咬得紧紧的，几乎要咬出血来。

[5]

水露觉得自己无处可去了，她下了楼，坐在宿舍对出的小花园里。

那里有几棵花树，满树繁花绿叶，如织锦堆绣，那花是难得的紫色，远远铺开，似挂着的一片青藤，花香浓郁，引得无数蜜蜂嗡嗡绕飞。紫藤花树下，是一排洁白的茉莉，一朵朵地盛开，如一只只莹白的玉蝶，展翅欲飞，又似一只一只小巧的白玉杯，盛满了花露，清馨怡人。水露坐在那儿，不知看了多久，过了好一会儿转过脸来，才发现纪慕也下了楼来，坐在她旁边的阶梯上。他坐在那儿一动不动，也似在看那花树，她一转过脸来，他也就转开了目光。

她又垂下头来，看那茉莉出神。

他站了起来，摘下了两朵茉莉花。他走到面前，握住了她的手，她想挣回，他却一点一点地将她的手掌摊开，将那两朵玉蝶一般的茉莉放在她手心中。

"我记得，你喜欢素雅的花。"他的声音很低。

她不知该说些什么，正巧明珠的电话到了。她接了电话，转身回了宿舍，手一松，那两朵花就如两只洁白的蝴蝶，在风中翩翩起舞，渐渐远了。

他看着她的背影，感到十分无力。他说了，他亲口说了，爱她。他已经将底牌亮出，他再也没有给自己留下半分退路。可她也只是轻轻巧巧地转身，连一句话，也没有对他说。

明珠见到水露时，吓了一跳，几日不见，她竟憔悴成了这般样子。

水露笑了笑，抚了抚脸道："只是生了一场病，不至于丑成这样吧？"

明珠"嗤"的一声笑："我可能要去法国一段时间。"

"哦，又有新工作了？"水露十分了解，明珠是个敬业并对自己有要求的演员，不会随便接戏，一年最多只接一部。没想到，一转眼，又过去一年了。水露觉得有些恍惚，她与纪慕从认识到现在，也有近三年的时间了。蓦地，她就红了脸，怎的又想到了他了？！

容华有给她电话，明晚有个酒会要出席，她也决定选购一件衣服，于是与明珠边逛边聊。

明珠看着琳琅满目的商店，却有些意兴阑珊："这次接的戏，是《画魂潘玉良》。她在法国学画画，也在那里成名，所以我会有一段时间回不来了。"

这一下轮到水露怔住了。潘玉良的自画像非常有名，她的许多幅自画像，是全裸的。

似是看出了她的疑惑，明珠笑了笑："法国是个文艺片大国，裸体是艺术，他们热衷拍那样的文艺片。"

　　"可是……"水露觉得自己还是保守的，连她也很难接受，更何况是容华呢！

　　"用的是裸替，我不会全裸出镜的。"明珠对她眨了眨眼。

　　"可你也知道的，容华的家庭那样保守，你……和他商量过了吗？"水露还是十分担忧。

　　明珠没有她料想的那样纠结于这个问题，有的只是惆怅。

　　明珠忽然停下脚步，看着橱窗里一排一排华丽美好的衣服，那些料子如此诱惑，进入那些店里，其实何尝不是进入了另一个圈子呢？那个叫上流社会的圈子！

　　"我不愿做葛薇龙，她贪恋那整个衣橱里的好料子，将自己卖了。我一直爱的只是他，不管你信不信，也不管外人怎么看，其实，我从没用过他的钱，一切都是靠我自己挣的，我的片酬也不低。只是，我觉得，我与他再也没有办法走下去了。我曾挣扎过无数次，也想过离开他无数次，可最后还是不舍得。只是现在，已经没有路了……我跟了他五年……已经没有路了。我原本学的是油画，我的家境不差，父母送了我去欧洲留学，我也是在那儿认识他的，那时我才十七岁。我从小学画，可巴黎美院的老师却对我说，我在绘画上很难有突破了，我没有天赋，永远上不了那个高度。所以最终我放弃了艺术，而去参加了葛薇龙的海选。我知道人生要面临许多的选择，而如今，是我做出选择的时候了，一如当年，我选择了表演。也如明知我与他门不当户不对，不会有结果，却还是选择了他。"明珠一口气说了许多许多，可眼睛依旧是看着那些华丽的衣裙，那个流金的世界。

　　而水露看着橱窗玻璃里明珠的身影，明明那么美丽，却已经露出了哀凉。爱情，果真是这世上最最痛苦不堪的事。

　　"你要离开他，他知道了吗？"水露问。

　　明珠点了点头："他不允许。可我已经订了去巴黎的票。我不会再与他拉扯下去了。我累了。"俩人走进了一家店铺。

那里挂了一条红色的裙子，似一把火将人燃烧的红。明珠一声轻笑，道："露露，你有没有想过，偶尔换一下装扮呢？趁着年轻，何不多尝试尝试？"

似是受了诱惑，水露的目光再离不开那条流火的裙子。剪裁那样美丽，那鲜艳的颜色，根本没有几个女人抵挡得了。

她玉葱般的手指只轻轻点一点，服务员马上笑着把裙子从模特身上换了下来。

当水露从试衣间出来，明珠惊得捂住了嘴巴。

"有那么夸张吗？"水露被她的目光看得不自信起来。

明珠一把拉过了她："你自己看。"

镜中的她，美艳而高挑，与平常的她根本就是两个人。胸部的剪裁很好，将胸型包裹得性感而美丽，腰是腰，臀是臀，美得不可思议。服务员麻利地替水露将一头的长发绾好，刘海全部梳到了脑后，气场顿时变得不同起来，整个人皆是流光溢彩的。

"看着你，使我想起了美剧《复仇》里，女主艾米丽穿红裙时的样子，既风情万种，又美艳无比，可那眼神又是坚强的，还带着一股浅淡的英气，就像你。"明珠不得不叹，"如果你肯花些心思去打扮，明星也不过如此。"

"你就吹吧！"水露笑了笑，刚取出卡要付账，却被服务员告知，纪先生已经付过了。

水露一怔，四处看了看，却不见他人。他竟一直跟着她！

"他很爱你。"明珠若有所思地看着她。

水露无话，只想将裙子快些换下来，刚好店里走进一个美貌的女子，服务员马上跑了过去，甜甜地喊道："老板娘，你回来了啊！"

俩人闻声看去，原来是金连桥。

见到水露，金连桥没有太过于惊讶，她一向是个情商很高的人。金连桥满脸微笑地走了过来，与她们打招呼："露露、明珠，你们来啦！露露穿这条裙子真美！"

水露有些尴尬，要去换裙子，倒是金连桥热情，扯着她不许那么快走。

"来来，明珠，你也试试，新回来了一批货，都是限量版的，全亚洲仅此一条，看中哪条了，我送你们。别客气啊！"

水露与明珠也不是小家子气的人，也就应了，多看了几套衣服。明珠是识趣的，知道金连桥有话要说，取了衣服，便进试衣间了。

水露等在那儿，却有些尴尬。

"妹妹，不多试两件？"金连桥笑着拿了一件黑色的裙子给她，倒是与司长宁一般的好眼光。

"你肤白，穿黑色，最好看，神秘、妩媚、高贵，能将黑穿出气质，不容易。你很美丽。"金连桥道，"你的风情与美丽，在于你既是一个真正的淑女，又是一个野气十足的姑娘。"

金连桥指的，并非是容颜的美。这样的评价很中肯，水露一向有自知之明，知道自己长得其实并不算美。

"姐姐过奖了，你才是真正的美人。"水露笑了，随手接过裙子，便挂到了一边。黑真丝的料子，闪耀着如水的光芒，那袭华丽的裙子，果然是倾倒众生的。

"美人？"金连桥有些茫然，见水露看她，自嘲地笑了笑，说出的还是同样的话，"纪慕很爱你。"

轮到水露不说话了。

"我了解他，正因为太了解，我才离开他。他心意一定，便告知了我。他爱上了别人，他要结婚，他找到了想要共度一生的那一个人了。所以，我只能离开。你真的以为，你只是像汪晨露？汪晨露于他，不过是让他明白到，原来爱情是不同的。即使有再多的女伴，可真正的爱情只有一个，所以当你出现，他就明白了过来。他看你的眼神，是我从未在他眼里见到过的。他爱你，也只有你一个。"金连桥说，眼睛直直地看着她。

为什么所有的人都要和她说，纪慕爱她呢？为什么连让她自己骗骗自己都不可以呢？水露十分茫然，看向金连桥时，却是没有一点办法。

"说这些又有什么用呢？"她是要离婚的。

金连桥带着一丝怜悯看向水露："妹妹，你真的知道，你想要的是什么吗？"连她都看出，水露已爱上了纪慕，可水露自己却没有发现，不是不可怜的。

一个任性得有些可怜的傻姑娘。

[6]

水露要离开金连桥的店时，却意外地见到了范思雨。

范思雨是来买冬大衣的。她一向节俭，进的并非是金连桥的服饰店。可遇到了水露，她先是一怔，然后邀了水露去喝咖啡。

水露本能地想拒绝，白明珠也一副挡在她身前要保护她的样子。可范思雨却是卑微地求她，想和她谈一谈。

原来，又是一个人要对她说，纪慕爱她。

范思雨的开场白就是："你误会了，我与纪先生，不是你想的那种关系。"然后，就沉默了，陷进了自己的回忆里。

刚见到纪慕时，范思雨就注意到了他，可他从来没有留意过她。而第一次与他在一起时，她是害怕的。

他浑身暴戾，根本没有看她，她甚至怀疑，他连自己是什么样子也没有看清，便……

她家境很不好，可她从未对纪慕说起。她妈妈去得早，她是爸爸身兼母职养大的，可等她好不容易考上了大学，爸爸就累得病倒了。爸爸的病，需要换肾，那需要一大笔钱。在做不起手术的时候，爸爸只能做透析，可那依旧需要许多许多的钱。

她做过许多兼职，可那些钱远远不够。她还想过退学，毕竟外语系是花费巨大的一门专业，一本专业的外文学习书，就要好几百块，样样都是钱 她想放弃了。可此时，同学却介绍她出去接"私活"，其实就是做有钱公子的金丝雀。她曾鄙视过自己，挣扎过，犹豫过，但最后，还是选择了那一行。

纪慕与她的第一次，就问了，她是不是初次。她摇了摇头，其实，她骗了他，她怕说真话，他会拒绝她。

她跟在连公子身边的时间不长，连公子虽然油嘴滑舌，可人倒也规矩，每次带她出去玩，就真的是出去玩而已，没有碰过她。只是当纪慕出现时，她便发现，其实自己是被纪慕吸引的。纪慕样子长得好，尤其是一笑时，十分迷人。可他们的聚会，很少见到他由衷的笑容。他从来没有注意过她，她知道。

连公子瞧出了她对纪慕有意思，才会将她介绍给他。

只是第一次，她没想到他会如此粗暴。他根本是在发泄而已，她感到悲哀。后来，他替她找了地方住，给她付了学费，许多专业所需要的贵重书籍，他亦替她罗列清楚，全买了来。甚至，不用她说，他就知道了她爸爸的事，悄悄安排好了一切。等到她爸爸做了换肾手术，她才知道。

她以为，他对她那么好，是多少有些喜欢她的。可自那一次后，他就再没碰过她。更多的时候，他只是来她的那个"小家"坐坐，聊聊天，有时候会长时间看着她，看着她出神，有时还会微笑。她就知道，她一直只是某个女子的替身。而这个女子，是他明媒正娶的妻子。

他的妻子，不爱他！猜到的那一刻，她的心里是痛的。他对着她笑时，她是那么开心，明知一切是假，她还是开心的。他笑时多好看啊！那么好看的一个人，却不是属于她的。

后来，他因为想念妻子，竟然出了车祸，她终于见到了他的妻子。

他的妻子，美丽、清冷，却又楚楚可怜。那么雪白的美丽面孔，竟是叫人挪不开眼的。那种美不是惊艳的美，也不是真正的美人，只是让你瞧见了，再也难以忘却。那是一个知道自己的灵魂在哪里的美丽女子。

那一刻，她就知道，自己永远没有机会了。哪怕他的妻子不爱他，他也不会爱上她。果然，没多久，他就提出了分开。他尊重她，没有通过助理来办这样的事。他亲自对她说了，更替她在巴黎找到了学校与房子，入学手续都办好了。

像她这样的穷人，出国留学根本就是幻想。可他一手替她将路铺好了。其实，他是不想留下任何麻烦吧！连公子每次给他灌的酒，都是加了料的，那样的麻木生活，他怕是也过够了吧……

她永远记得，在分别的那一天，他对她说的话："好好学习。你有学习的天赋，别浪费了。"

她点了点头，终于转身离开，她忍住了泪，她没有回头，因为她知道，在她身后的那个地方，没有他，为她等候……

可她没有后悔，做出那样的选择。她爱他，所以把自己交付于他。他给了她最美的时光，他陪伴在她身边的日子，才是她一生中最快乐的时候。其实，巴黎，又有什么重要呢？！纵然给她全世界，也不是她想要的。可她从来没有告诉过纪慕，其实，她爱他……

"范小姐？"见范思雨眼中露出绝望的神色，水露便明白了，范思雨爱纪慕。

水露想离开了。

"对不起，我走神了。"范思雨看过来，带了一丝小心翼翼，把话说了下去，"纪先生很爱你。他撞车那一次，是因为太想念你。他还说，你是不会想念他的，也不会主动给他电话的。他爱得很卑微。"

听到这里，水露的心蓦地被攥紧，很痛很痛，痛得无法呼吸。她起身要走，却听到范思雨喊了出来："纪太太，我要去巴黎了，再不会回来。他的心，只有你。也请你珍惜。"

可水露什么也不要听，猛地冲出了咖啡店。

回到宿舍，纪慕已经等在门口了。他坐在门口的楼梯上坐了多久，他都不知道。他没有钥匙，他只能坐在这儿等。

"你的病还没有好，进去吧！"水露压下了所有的情绪，清清淡淡地说，眼睛也并不看他。

他安静地随她进了宿舍。

晚上，他睡在沙发上。而她将卧室的门关上，锁得紧紧的。

每天皆是如此，她下班回来后，总会看见他已经坐在宿舍门口了，也不说话，只等着她开门，安静得像一道很淡的影子。他的手里还提着菜，他每晚都会做好饭菜，她会将饭菜吃完，然后他就笑了。

如果，哪天她没胃口了，吃得不多，他就会露出一丝难过。她不愿看他的眼睛，她总是低着头只顾吃饭，吃完，就回到卧室，再不管他了。

那扇门被关上，她只是偶尔一抬眸，瞧见了他眼底的不舍与哀伤。她慌得急忙将门"嘭"地关上，将他的视线隔绝，再不敢看他，不愿看他。他的眼神……说不出为什么，她觉得自己的心很痛很痛……

容华携了她出席酒会，那个晚上，有一个航班将要起飞，飞往巴黎，是明珠的那一趟航班。

明珠说了，这一趟，也许是一张单程票，以后，她会留在巴黎发展了。她还说，她把号码换了，等她心情平复了，自会与水露联系。那就是说，或许，以后，她再也找不见明珠了！

一个晚上，水露都心事重重，容华还不知道，她应不应该告诉他？看着他，来者不拒，谁敬的酒他都喝，她就知道，他的心情很不好。

水露穿着一袭火红的裙子，茫然地站在这个纸醉金迷世界的中心，只觉一切都那么恍惚。

一个高脚杯递到了她面前，不认识的人说："美丽的小姐，我是环球影业公司的徐总，不知道你有没有兴趣演戏呢？你如此漂亮年轻，真的有当明星的气场。"说着还不忘递上一张名片。

环球影业，是亚太区最有名的电影集团，容华就是该集团的幕后大老板。经他们捧红的国际亚裔明星不计其数，是真真正正的造星工场。可她又不是明珠，她不爱演戏，那她要这些虚名来干什么呢？水露茫然地摇了摇头，没有接那张名片。

来人也不恼，见她神情茫然，眼神恍惚，就如一个迷了路的小孩，那种气质，就如一幅油画，美丽得不真实。他喜欢她的那一种迷路小孩般的眼神，同时又有坚定不移的那种气场。他一笑，将名片放到了她手上，然后转身离开。

是容华将水露拉到了身边，他很焦切，他拼命地摇着她："妹妹，你知道明珠在哪儿吗？我一个晚上都联系不上她！"

水露的视线不对焦，被他问了许多，才回过神来，她该不该说呢？

"大哥，你确定要找她吗？如果你不能给她一个家，何不放她自由呢？她那么爱你，无条件地爱你，可你的家人做的那一切你又知不知道？你的母亲，她曾威胁过明珠。你真的爱她，又岂会不知道呢？明珠是傻，她说，即使说出来，你也是不会信的。你还和指定的未婚妻约会，那你当明珠又是什么呢？"

容华怔住了，没想到明珠是铁了心要分开了。他踉跄着倒退了两步。

只怕他会倒下去，水露不忍，忙扶住了他。他的脸苍白，再没了以往的意气风发，英俊的脸也似一下子老去了十岁。他本已灌下了许多酒，可再多的酒，也解不了他的愁了。

忽然，容华就拼命地抓住她，那么用力，那些指甲仿佛都抠进了她的骨肉里，痛得她无法言语。容华说："我爱她！我爱她！失去了她，这一生还有什么意思呢？是我明白得太迟，可我愿意弥补。不管她要演什么，我再也不要管家族的目光与世俗的束缚，我只要她在我身边。你告诉我，她到底在哪里？啊！"

容华终于明白了过来，知道自己要什么。

水露喜极而泣，声音也高了："她要飞巴黎，十一点的飞机。她说她不会再回来了，号码也换掉了，她要让我们再也找不到她了！"她把航班号说了出来。

容华跑出酒店，他不能错过了她，否则，便是一生了……

水露哭了，如果当年司长宁有这样的勇气……如果，他有这样的勇气……

一双手扶稳了她，她泪眼模糊，她看不清来的人，她喝了许多的酒，她也已经没有力气了，可她知道，来的是谁。她靠在了他怀里，失去了所有的力气。

纪慕抱着她，她一直流泪。他都懂得，司长宁没有容华的勇气，所以，她才会如此悲伤。可他不是司长宁，他说过的，再不会放开她了。

她是喝多了，所以才不会拒绝他。他也以为，那只是一场梦，梦中的她那么美丽。她要取暖，他就给她。她要一个排解痛苦的怀抱，他也给她。哪怕是沉沦，明知道没有明天。

那一晚，她主动吻他，她渴望温暖，她不愿再一个人，孤孤单单地、冷冷清清地在这世界活着、熬着。他柔情蜜意，恣意爱怜，他给予了她痛苦，亦给予了她快乐。俩人都忘了，明明知道，彼此没有未来。

当水露在纪慕怀中醒来，月色正好，打在他裸露的背上，他睡得很沉。

明明知道不可以，可她却一再地犯错。她抚着他的脸，已经不明白自己的感情与自己的那一颗心。

他忽然醒了，见他看她，她一怔，便吻了下去，阻隔了他看她的视线。她闭上眼睛，与他唇齿相缠，在清醒的情况下，她向他索取，不问缘由。他开始回应她，耐心地吻她，让她将自己全然地交付于他。那一刻，他以为，自己终于是等到了，他终于等到了她……

[7]

醒来，她已不在了身边。

只是一瞬，纪慕就明白了过来。昨夜的抵死缠绵，她的温柔
与刻意逢迎，她是要走了。她要走的……

他跑出了客厅，果然，那里留了一张字条，只有一句话：我
走了。

好，很好！那他便要她回来，求他！

他拨通文洛伊的电话。

"我考虑过了，随时可以展开狙击。"

电话那头的文洛伊，终于是笑了笑："想通了？这样也好，
那她才会回到你身边。你从一开始就不应该为了顾及她的感受而
犹豫。"

纪慕平静地放下了电话，将她摆在桌面上的离婚协议书撕得
粉碎。

水露只是躲了起来，她已向容华投了辞职信。可她没有去找
司长宁，因为她答应过司长宁，等他找她。司长宁忙于处理离婚
的事，跑了美国与香港，眼下也不在上海。她无处可去，便在其
他地方租了一间小小的房子。她要等，她的司长宁。她给长宁留
言，告知了他新搬家的地址。她等着他！

只是，日子一天一天地过去了，司长宁再也没有给过她电
话，她打电话给他，却永远无人接听。她开始感到了恐惧。一种
强烈的不安，攫住了她的心。

等到终于有人敲门了，她高兴得蹦了起来，光着脚丫就去开
门，她以为是长宁来了。可打开门的一瞬，她怔住了。

"很失望？"是陈美娴。

陈美娴一步跨进了那个小小的房间，带一点恶毒的笑看着
她："没想到，你为了得到司长宁竟可以装得如此可怜。何必装
可怜，你不过是一个婊子，一个害怕流浪，抓住了男人就死死不

放的婊子！纪慕被你要得掉了魂，你还要勾掉司长宁的魂，真是不简单呀！小小年纪，就懂得用手段对付男人了。"

"不是你想的那样。"

对于这位不速之客，水露说不出地厌烦。

"哦，那是怎样的，你爬上司长宁的床，也是用的这副楚楚可怜的样子？"陈美娴一步一步地逼近。

"我和他没有！"她不容许任何人诋毁司长宁的名声。

"那你们在香港时，光天化日的，在客厅里又是做什么？"陈美娴的笑容越发恶毒，"那些照片我多的是，想拷贝多少就有多少！"

水露十分恐惧，那样会毁了司长宁的："你到底想怎样？"

"是司长宁想怎样！"陈美娴变得歇斯底里，"他早早定下了遗嘱，他竟然把所有的资产都留给你！甚至整个司氏集团都留给你。凭什么？凭什么？他明明不爱我，也从不碰我，却要和我结婚，为的不过是那一笔基金，他目的达到了，就要离婚，他羞辱我，就别怪我不客气。别以为我不知道，你十几岁时，就懂得如何爬上他的床！还说什么监护人呢，关起门来，做的又不知是什么恶心的勾当！"

"不准你这样诋毁长宁！"水露太过于激动，胸脯剧烈地起伏，她大口大口地喘着气，一张雪白的脸红得能滴出水来。

"长宁？叫得多动听呀！多么美丽的一张皮囊，多么懂勾引男人的小妖精！难怪他愿意把全部财产都给你！"陈美娴一步一步逼近，她笑着，一字一句地说出来，"我倒要看看，你们能风流快活到几时！我已和司老太太达成了协议，司家的争产案已经启动了，而且……嘿嘿，他做生意这些年，一向顺利惯了，离不开他在土地局的老同学吧！我会与司老太太一起告发他，拖死他，到时，商业调查科的也会来查他！多好的事呀！哈哈哈哈哈哈哈哈……"

见水露苍白了一张脸，身体一直在抖，陈美娴笑得开心。

"别难过呀，小甜心！你与他的那些艳照，我不会曝光出来的，那样就没意思了。虽然不甘心，可我答应了纪慕，他要护着你，我不把你人尽可夫的事公开就是了。但是作为交换条件，我已经答应了纪慕，我帮他做一些事。什么事，很好奇，对吗？哦，不过是司长宁为了快些与我离婚，而答应我一系列的条件罢了。我要了好几处房产、一些商铺、一些司家祖传下来的贵重珠宝，还有一张三千万的支票。没办法，要转让的资产多了些，所以有好多份文件要签呢！"

"你真是贪得无厌！"水露厌恶地看向她。她已经得到了那么多，却依然不愿放过长宁。而长宁的身体那么差……水露很担心，难怪找不见他了，他现在究竟在哪里？

见水露神色慌乱，眼神焦切而茫然，陈美娴开心地笑了："你还没抓到重点呢！我说过了，我答应了纪慕做一件事，就是一份金额颇大的贿赂，那份贿赂过亿的，不过嘛，要从文洛伊与纪慕手中抢过香港的那块地，司长宁以后可是稳赚好几十个亿的。一亿又算什么呢？其实司家那么多财产，他才分了那么点给我，你觉得很多？其实，你的胃口比我大多了。说完了，还是回到那一亿上来吧！那一亿就是一个圈套，我把那份转让一亿资产给土地局官员的贿赂文件，夹在我要他签的文件里，他急着离婚，只看了前面几份财产转让，后面的看也没看，就全签了。这份贿赂文件，我已经给了纪慕。你说，涉及的数额如此巨大，他会不会很麻烦呢？到时，丑闻、官司缠身的他，司氏的股票大跌，你与他的资产就会变得一文不值。"

"哈哈哈哈……"

陈美娴狂笑了起来，看也不看她，狂笑离去。

一切发生得那么迅猛，不过是一夜之间，各大报纸的财经版面或者名人版面，都是关于司长宁的负面新闻。

由于司老太太与三个嫡系女儿掌握了最新的证据，并出示给了法庭，司长宁的母亲在与司老先生在一起时，同时还和另一个男人保持着亲密关系。而司长宁更是未足月就出世的，不是司老先生亲生儿的传谣甚嚣尘上，且其前妻陈美娴提出诉讼，告其骗婚，为的是得到司家最重要的一笔家族基金，好将资产偷偷转移出去，更因他的遗产继承人水露不具备继承条件，且两人存在不正当关系，所以陈美娴要求法庭宣布其家族基金的无效性与他的骗婚罪。基于以上种种原因，司长宁的财产已经被冻结，集团公司运作停顿。

而司长宁早前从纪慕与文洛伊手中抢下的，在香港拍下的那块地皮，本已划进了新港CBD开发区，政府有意将其重新规划，打造成一个联通内地的大商圈，因而司长宁得到那块地本可水涨船高。但要开发那块地，需要大量的资金，由于司长宁的资产已被冻结，集团下的业务皆已停止，所以那块地的前期投资已经打了水漂，可后面的资金链又造成了断裂，那块地反而成了司氏最大的那一张催命符。

正是雪上加霜之际，司氏集团还传出对土地局官员有行贿行为的嫌疑，虽然还没有实质性的证据，可经济法庭亦已对司长宁传出了聆讯。

如此一来，庞大的司氏就成了一个空壳，司氏股票狂泻，已有幕后卖家在那儿蠢蠢欲动，大量收购散股，意图恶意收购；另一方面，司长宁的一切个人物业都遭到了冻结与查封，连水露从小与他一同生活过的司家老宅也被查封了。他的全部车子，其他的几处房产，物业全数查封，还将面临牢狱之灾。

知道那些消息时，水露急得喷出了一口血。她无法想象，司长宁经营了半辈子的事业，一朝之间，崩塌殆尽。她只是怕，他一向身体不好，如果他坚持不下去了……

水露疯了一般找司长宁，却找不到他。是的，他太骄傲。他失败了，他不会想见到她。可她不在乎这一切，也不在乎他会变得一无所有。她所想要的，也只有他！

她打电话给李姆妈，原来，李姆妈已经离开了司宅。

李姆妈也是一把泪水地哭诉，先生的情况十分不好，所有人都离他而去了。

"长宁现在究竟在哪里？"水露犹不放弃。

"先生他……他不让我告诉你。"李姆妈有些欲言又止，"可小姐你放心，先生一直有我照顾着，我不会在这个时候离开先生的。"

水露急了，已带了哭腔："姆妈，你告诉我，快告诉我，不然我会疯掉的。他究竟在哪里？为什么不让我见他？"

那边许久没有声音，最后李姆妈还是报了一个地址。

堂堂一个集团董事主席，没想到会是这样的下场，他只能住在医院里，没有人探访，没有花团锦簇的慰问，什么也没有。

水露抱了一把白色玫瑰走进了他的病房。他安静地睡着了。他脸色苍白，微卷的发贴着额头，他眼睛闭着，面容倒是沉静安详的，如同一个大男孩。他的睫毛那么长，可爱地翘着，如两把扇子。她伸出了手，去摸摸他的眉眼，还有那可爱的长睫毛。她有多久没见到他了啊！

泪水滴在了司长宁的脸上，慢慢地滑落了下去。

忽然，水露就再也没了力气。她跌坐在冰冷的地板上，只晓得哭。她以手掩面，没有发出一点声音。走廊里是小护士在走动，说出的话，却是极为刻薄的："不是说快要破产了嘛，破产了还能住单人私家套房，一应费用都是那么昂贵的。"

"这你就不懂了吧，人家这种豪门，瘦死的骆驼比马还大，不是我们这种穷人可比的。"另一个护士说。

温暖的手抚摸着她的头，她一抬眸，对上的是司长宁沉敛的眼睛，原来他醒了。

"别哭了，露露。"司长宁微笑着看向她。

水露一把抱住了他，就如小时候受了委屈，一把投进他的怀抱，把脸深深地埋进他的臂弯里，让他抱着她，宠着她，永远呵护她。

他的声音带了一丝笑意："你小的时候，就如现在一般可爱。还记得，我第一次带客人到家里做客时，你因为害怕抱着我的脚，就躲在我身后，任客人怎么唤你，也不肯上前。那时，你还那么小，个子只有那么点高，就像一条黏人的小尾巴。一刻也不许我离开你的视线，我刚想去书房，你就以为我要出去了，从沙发上滑下来，抱住我的脚，一动也不肯动，十足一只小狗狗的样子。"

想起从前，她七笑了。脸蛋红扑扑的，大眼睛忽闪忽闪，只看着他："谁让你是长腿叔叔呢，你的那双腿那么长，我只有抱着才感到安心。长宁，你一直知道的，我没有安全感。别再躲起来了，好吗？"

他亦看着她，眸里有一种浓得化不开的痛苦，他的声音沙哑："可是我快要死了，露露。"

"不可能，你好好的，以后也会好好的。"水露被吓得怔住了，如被梦魇缠住，竟是一动不敢动。

司长宁移开了视线，看着虚空："还记得你十一岁时，我第一次病发吗？如果不是你陪在我身边，我想，我一早就离开这个世界了。我得了胃癌。十年前，是我第一次做化疗，当时就说了不知道还能活多久。可现在，又发作了，已是第四期，没有余地了，最多也就这一年的时间了。露露，到时，别陪在我身边了。我希望你幸福！"

"这就是你一直推开我的原因吗？直到刚才，你还是躲着我，不让我找到你……"她喃喃，不敢相信那一切是真的。

他什么也没说，闭上了眼睛，可泪水早已滑落，将他出卖。

"你为什么哭呢？"露露躺在那张小小的床上，伸出双手，圈住他瘦削的身体，不断地问着他，"你为什么哭呢？"难怪他总是吃得那么少，得了那种病，又要化疗，根本就是什么也吃不下的。难怪他的身体那么瘦，瘦得只剩下了一把骨头。

他连回抱她也不敢。他怕他做了，便会使她万劫不复。

"你走吧！"他叹。

她不可置信地看着他，他居然还要赶她走！她伏在他身上，吻他的眼睛、他的鼻子、他的唇。可他一动不动，他拒绝与她接吻。她将手探进了他的衣服里，细细抚摸他的身体，他发出了几不可闻的一声呻吟，她趁机将舌头探了进去，如一尾小小的蛇，勾引着他，与她唇齿纠缠。

他用力地抱紧了她，那么用力，仿佛要将她融进身体里。她一直在渴望，她渴望司长宁，渴望他的身体，渴望得到他的爱。她能感觉到他身体的变化，可他只是轻轻推开了她，她甚至能看清他眼底涌动的汹涌而又炽烈的情潮，可他依旧拉开了她与他的距离。他说："露露，别做傻事。我只希望你能得到幸福。"

她一怔，明白了司长宁长久以来对她深藏的爱意。那种爱那样深，早已超越了俗世的身体欲望。他并非没有欲望，只是他一直在保护她。她点了点头："我懂。"

他再次将她拥进了怀里。

"长宁，这一次别再推开我，好吗？让我一直陪着你。无论还有多少天，无论有没有将来，这一切都不再重要，只要你能让我陪在你身边，就像我小时候那样。"她喃喃。

"好！"他含泪答应。这一次，他没有再推开她。

[8]

那是一段十分宁静的时光，司长宁出院了，住在水露租的小屋子里。水露让李姆妈不必过来了，他们只想过一些独处的时光，她要亲自照顾长宁。

水露把一束新买的白玫瑰插在朴素的青瓷瓶里，一回头，就看见司长宁也正看着她。她微笑，他亦微笑。她垂下眼，打理那束花，仔细插好，素净而美丽。她知道，长宁一向喜欢素雅的花。再回眸时，他的视线亦向她投来，俩人凝视彼此，岁月静好，他与她是一样欢喜。

司长宁向她招了招手，她轻盈地一跃，便已到了他的跟前，微笑着看向他。他牵了她的手，让她坐在他身旁，即使他病了，可他还是高出她那么多，她还是他从前的那个小女孩。他从桌上取过梳子，替她将松散的发慢慢地梳拢。

"你看你，多顽皮，头发都乱了。"

她不说话，只静静地坐着，那么乖巧。他慢慢地梳，指尖划过她的发，她的发那么柔那么滑，那三千青丝缠绕于他指尖，他竟不舍得放下那如瀑布般的发了。可他还是替她，将发绾起，只简单地扎了一个低马尾，垂在颈项后。

她一回头，那发就扫过了他的脸和手背，痒痒的，却又是令人留恋的。

"好看吗？"她柔柔地问。

"露露，永远是最美的。"司长宁含了一点笑，看向她，替她将鬓间碎发拨到了耳后。他那样看着她，她的脸微微地红了，垂下了那美丽的双眸。他俯下身来，在她的双眸上吻了吻。她靠在他怀里，看着桌子上那一束花，花瓣娇嫩柔美，一朵一朵白色的玫瑰垂垂累累，如云如雾，有一枝懒懒地斜着，似沉睡的美人，真的是极美的。而他的视线，胶着在了她的身上，她的脸微红，唇微微分开，眼睛那样美，注视着那一束柔柔的花。

她喃喃："长宁，你看那花多美。"一抬眸，对上了他深如大海的眸，那里安静柔和，无波无澜，他忽然俯了下来，吻住了她微张的唇。

那样的时光是美的。她不再去上班，每天只在那小小的家里陪着他。她会窝在沙发里看书，而他则躺在他的摇椅上假寐。

盛夏慢慢过去了，连蝉鸣也低了下去。可午睡时的闷热，还是让人觉得心里烦躁。窗外绿树摇曳，一丛一丛白色的花，悄悄地探了进来，是白玉兰，花香馥郁，明明是绿叶相衬，那绿浪一般的叶，那么浓翠阴凉，可当花香拂向人时，还是带了一丝燥热。司长宁睁开眼睛，看了看沙发上的水露。她竟拿着书，睡了过去。

她的唇，微微张着，如沾满了雨露的粉色樱花，明明连唇蜜也没有涂，却那么美丽，让人只想尝一尝。她的眼睛闭着，可睫毛还是一颤一颤的，似是在做什么美梦。她身子慵慵懒懒地蜷着，窝在沙发最里处，真像一只柔软的小花猫。

她的头枕着一只粉色的小猪抱枕，乌黑的发垂下，露出雪白的半边胳膊，真如海棠一般，我见犹怜。司长宁微笑着站起，在她身边躺下。那沙发宽大无比，俩人躺着，倒也不拘束。她的气息似兰非兰，一丝一丝地钻进他的身体发肤里，却使他浮躁的心，一点一点地安静了下来。他倚着她，安心地睡着了。

当司长宁再次醒来，只见身上盖着一张毯子。而水露已蜷缩进了他的怀里，在梦中，犹自微笑。看着她甜美的睡姿，他也微笑了起来，不自觉地将她拥紧。她，是他这一生最美丽的一个梦，也是他剩余的人生里，仅有的一丝慰藉。他给不了她将来，他们早没了将来，可他只想任性一次，只这一次紧紧地拥抱她，留住她，直到生命的终结。

司长宁没有胃口，他根本吃不下饭了。做化疗让他呕吐了无数遍，他的衣服永远无法干净。他开始躲着她，如果他呕吐了，就将自己关在浴室里，怎么也不肯开门。无论她怎么拍打，他都不开门。他的衣服脏了，他就自己洗，可他虚弱的身体根本支撑不住，摔倒在了浴室里。

后来，她终于把门打开，她看着他，泪流满面。之后，他便不再做这样的傻事了。

她艰难地扶他起来，扶他到沙发上躺着，她替他换衣服裤子，见他脸红透了，她倒用轻松的语气开起了玩笑："别害羞，我什么也没看见！"被她一说，他红到了耳根子去。而她只是麻利地替他除去了衣裤。

自然有呕吐物的衣服只能是手洗的，她会洗干净了再放进洗衣机一起洗。他的身体慢慢弱了下去，他连洗澡都无法自理。依旧是她红着脸，扶他进浴室，浴室不大，幸而有一个小小的浴缸，他躺在里面，而她站在浴室门外等候，一步也不敢离开，就怕他出事。

　　司长宁有提过请护工，可被水露拒绝了。他明白，她只是想一直守着他。他们彼此，都在与死神拼抢那一点可怜的时间。

　　晚上，她是与他同床共枕的。如一对相恋了多年的夫妻，谁也离不开谁。他们只是彼此拥抱，守着礼数，因为在他们心中，彼此都是最珍贵的。她依旧会每晚窝在他的怀里睡，头枕着他的手臂，就像她十岁时一样。

　　后来，慢慢地，在夜里，司长宁也痛得无法安生，他痛得身体蜷缩起来，如一只小小的虾米。

　　她去了医院，拿来了止痛针，他实在痛得受不了时，她会替他打一针。然后，他就安静地睡去了。

　　可当司长宁安静下来后，水露却害怕了。夜里那么静，连树叶的摇曳声也听不见了。静得连床头柜前，摆着的那一束雪娇落花的声音都听得见，那么轻，似雪融。她害怕地看着他，整晚整晚地看着他，就怕他会无声无息地走了。

　　有一次，他半夜醒来，却发现她根本是睁着眼睛的，她没有睡，就那样看着他，茫然无措、慌张、害怕、惊惧、惶恐与深深眷恋，他从没见过这样的她，刹那间，他就明白了，她是在害怕，害怕他走了，只剩下了她一人。

　　后来，司长宁拒绝打止痛针，无论再痛，他都忍着，也不发出一点声音。因为只有那样才能证明他还活着。反而是她，哭着求他打一针。她一直哭，一直求，见他痛得弓起了身体，她猛地抱住了他。可他太痛了，一张嘴，却是咬住了她的肩膀，那样用力，居然是用尽了全身所有的力气。

　　她的肩膀流血了，可她一动不动，只让他抱着，直到他沉沉地睡了过去。

水露多怕他会咬到了自己的舌头，所有的痛，都比不上失去司长宁的痛。有时，在司长宁清醒时，他会怔怔地看着她，她问他怎么了，他连忙移开了视线。许久，才听得他说："你后悔吗？"见她不答，他继续说，"后悔陪着我这个将死的人吗？你还那么年轻，你不应该在这里陪着我等死！"

而她放下手中的那一束粉色的绣球花，走到他身边，温柔地圈住他的腰身，低低地道："我永远不会后悔，只要能在你身边。长宁，你一直知道的，能永远地留在你身边，是我这一生唯一的梦想。"他垂下头来，吻了吻她的发。可他却是什么也给不了她，到了最后，却要留她一人，孤孤零零地活在这个世界上，像一只流浪猫。他说："露露，答应我。如果我离开了，你要好好地活下去，你要过得幸福……"

她吻住了他的唇，不给他说下去的机会。

外界的一切风雨，于俩人而言，再也无关紧要。可总会有碰见时的狰狞与触目惊心。她送司长宁去医院做化疗，总会听见小护士们的窃窃私语。

"哎，那不是城中名媛吗？听说她和她叔叔，是玩'养成系'呢！"一个小护士说。

"是呀是呀！什么名媛，她的甜心爹地不是破产了嘛，还当自己是什么娇贵的小姐啊？连我们都比不上，再怎么说，我们都是靠自己劳动吃饭的。她不就是被包养的嘛！跟高级交际花也没什么区别嘛！"另一个说。

"真的是这样吗？看那位先生挺帅、挺绅士的呀！"另一个插嘴。

"那就是人家的厉害了，多有手段，把那些个商界名流玩得团团转，听说她结了婚的。"一个护士说起了内幕消息，"而且听说那男的也有老婆了，前段时间不是离婚了嘛，就为了她啊！还'叔叔、叔叔'地叫，我看啊，关起门来，还指不定怎么样呢！他前妻虽然没有多说什么，可言下之意，你们都懂得的……"一群小护士在那里叽叽喳喳，等见到水露与他走近了，又马上闭了嘴。

后来，回到家后，司长宁心情一直很差，不仅吃不下一点饭，还把早上吃的那一点点，都吐了出来。他没有东西吐了，吐出的全是黄色的汁水，他的眼睛湿淋淋的，里面深不见底，可又透出浓浓的哀伤。

水露蹲了下来，仰望着他，带了一点小心翼翼："你怎么了？还为今天的事不开心吗？"

司长宁的眸一分一分地暗了下去："是我连累了你。如果我不是贪恋，如果我不是那么爱你，我就该一辈子躲着你，让你远离陈美娴，让你远离那些是非流言。"

这是他第一次说爱她。她笑了笑，握起他的手，放到自己脸上，感受着他淡淡的体温。她说："你知道，我从不在乎那些。我只想和你在一起。"

"可我始终是会离开的。"他泪水肆虐，再也无法忍住。

他不怕死，从来也不怕，如果这世上没有她，根本就是生无可恋的，可她在这里，孤零零地活在这个世上，他怎么忍心抛下她呢？！

"长宁，以后的事，谁也说不准。我们只留住现在也是好的。答应我，别自暴自弃好吗？"她抱着他，让他靠在她的怀里，她的泪水打湿了他的脸，再也分不清，究竟是谁的泪了。

怕她伤心，他再不提及死的事了。只是，他沉默的时间越来越多。

一天，司长宁趁着精神还算好，将一份文件摆在了水露面前。水露不明白他的意思，翻开来看。是早年前，以她名字命名的基金，里面有一笔十分庞大的资产。由于基金维护人是曾云航，所以，这笔基金是合法的，没有被冻结。这里面的钱，十个水露花十辈子也花不完。

外界说得没错，司长宁果真是隐形富豪，他拥有数不尽的财富。其实，他可以动用这笔基金，来做周转的。可他全数给了她。她劝他，将钱用在那块地皮上，那就可以马上动工了。

司长宁抚了抚她的发，道："傻孩子，一旦动用那笔钱，那笔钱就会被封存了。文洛伊给我挖了一个很大的陷阱。他还查到了土地局的一个官员是我的同学，而我们还一直有往来。文洛伊真的很聪明。"

"那你有没有……"水露担忧地看着他。

"露露，我没有。只是，司氏集团太过于庞大，一些细微的地方出现了漏洞，便会导致整座大厦的倾覆。我每次投地，都是正当交易，没有用那些肮脏手段。只是在香港的这一块地上，我们集团在国内主要的合作客户公司的总经理，突然携了巨款逃跑了。后被文洛伊挖出了那个内幕，更追查到了，此人有利用职权进行境外洗钱的嫌疑，更是逃跑了的那个总经理签出了一张一亿的贿赂文件，可授权却是我。而此人更涉嫌在多宗商业招投标中收受贿赂。所以，我才会有了麻烦上身。再兼，我的集团一直是这家公司的重点合作伙伴和参股人，当然也属于警方的协助调查之列。而在这几起招投标中，我的公司是明面上最大的利益获得者，而关键人物那个总经理又失踪了，所以我才会陷入困境里。现在公司正在被审计，接受全面调查。其实，也无所谓了，我也快死了。"司长宁一口气说了那么多，忽然觉得十分疲倦了。

可水露知道，司氏是司长宁一生的心血，如果不是司氏出事了，他不会病倒得如此迅猛。她问过医生，关于他的病情。医生说，经过化疗与中药控制，其实，还可以多活好几年的，不说多，三五年是可以的。如果他肯做那个手术，控制个两年根本不成问题。但他不愿做，是他自己要放弃的。她不可以让他的心血付诸东流。她握住了他的手，求他："长宁，让我帮你好吗？我帮你夺回司氏，你去做手术，我认识一个国手级的中医师，他对癌病很有研究的，我要你活下去，好吗？"

可司长宁只是摇了摇头："三年，五年，不过时间问题，弹指一瞬，又是何必呢？我不想赔上你的幸福。我知道，你要去求纪慕对吗？你要回到他身边？那我情愿死！"

见她要说话，他压下了她的话，道："露露，曾云航是真心爱你。不然，他何必替我做那么多呢！那个基金，由他管理，别人才动不了一分半毫。他已答应了我，以后会好好照顾你的，等我走了，你以后不会是孤零零的一个人。不要再去管什么司氏，那是一个巨大的黑洞，会将你余下的人生都统统吞没的，司老太喜欢要，就让她拿去好了；文洛伊想要，也随他。你只要安排好你自己就可以了。"

"可我不爱曾云航！"

水露叫了起来，眼睛红红的。

"那你爱纪慕，对吗？所以才想着回到他身边，不管他身边姹紫殷红开遍，你只想回到他身边，你只是在不断地为自己找借口！"司长宁亦红了双眼，攥住她的手腕，那么紧，生生地勒出了青痕。没有人知道，他有多恨纪慕，是纪慕将她从他身边抢走的。如今，她又要离开他了吗？

水露疯狂地叫了起来："不是！不是这样的！你明明知道我爱你。你为什么要这样说我？明明是你要离开我，你放弃治疗，你不愿要我了是吗？你明明知道……你为什么要这样对我？"

她哭了起来，他们俩互相纠缠了十数年，明明互相爱着对方，爱不得，放不下，又互相伤害，仿佛再也没有了明天，仿佛他明天就会死去……

第七章
蝴蝶，终究飞不过沧海
I love the most

[1]

　　趁着司长宁熟睡，水露给李姆妈打了电话，让李姆妈过来照顾他。

　　水露茫然地走在街道上，她是太累了。她现在什么也不求，只求长宁可以一直活着，一直活下去。

　　从医院出来，医生的话还在耳边：

　　"虽然已到了第四期，但是这个病还是要看病人情绪的。有些年老的患者，五十岁时做了手术，一直中药治疗，保持身心愉快，是有活到七十岁的例子的。"

　　可她又能如何呢？司长宁已经没有了活下去的意念，纵使，她陪在他身边，他的求生意志也在一点一点地减退。

　　到底是哪里不对？

　　她停下脚步，回头一看，花朵百媚千娇，原来是家花店。

　　有她与他最爱的雪娇，她买了一束，视线又被一旁艳红到了极点的红玫瑰所吸引，见她动心，那花店老板笑着介绍："这是从比利时空运过来的红玫瑰，是稀有品种，代表热烈而纯贞的爱情。"确是热烈的，轰轰烈烈也不为过。她极少被如此艳丽的花所吸引，竟也要了一束。

回到住处，门是虚掩的，水露刚想敲门，却听见了李姆妈在陪着司长宁说话，见他们提到了自己，她停住了脚步。李姆妈跟了他们一家有十七年了，从水露一来到司宅，司长宁就为她请来了李姆妈，所以彼此的情分也非主仆之间那样简单，多了一份亲情。李姆妈一向是当她与他都是自己孩子来对待的。

"先生，为什么你比起上次见面，还要憔悴？医生那边我也探听过，做手术是可行的？是什么使你心灰意冷了？"李姆妈十分担心。

"露露，她……她不爱我了。"司长宁在那一刻，就如一个初涉爱河的少年，那双幽深的眼睛变得清澈、透明，却又满是绝望。他的面孔苍白，微卷的发垂着，拢在了耳后，如一个寂寞的少年。他重复说着的只有那一句话，"她不爱我了。她爱上了别人，只是她自己不知道。"

她陪在司长宁身边，那么多个日与夜，他竟是不相信自己的！水露只觉一颗心痛到了极点。她将所有的情绪掩饰好，敲了敲门，走了进去。原来，这就是他求死的原因。

水露微笑着走到司长宁身边，坐下，也不顾李姆妈在一旁，将头枕到了他的膝盖上："长宁，你看，我给你带来了美丽的花朵。"一红一白，一个鲜艳如血，一个苍白如纸，不就是她与他的写照吗？她还那么年轻、美丽，就如那热烈奔放的红。他取过了那一束红玫瑰。那么艳丽到极致的花，其实真的是美极了的，那是生命怒放的颜色。

他抚着她的头，叹："那花像你，永远都充满了活力。"他想留，终究是留不住的。

李姆妈识趣地退了出去，拿了菜篮子，买菜去了。

司长宁忽然笑了一声，道："露露，你想我做手术对吗？"

她见他松了口，猛地抬头，只晓得看着他。

"我可以答应你，但你也答应我一个条件。不然我情愿马上死，也不会再做任何的治疗。"司长宁说。

可水露只是入定般地看着他，恐慌一点一点地漫了上来。他与她相处了那么多天，那么多年，两人都太了解彼此了，他是要离开她了。果然，他说："先答应我，我再说条件。如果你不答应，不单手术，化疗我也不会再做了。"

那样，他就会立刻死去！水露猛地睁大了眼睛，瞳孔急速地收缩，她从未如此害怕过。她张了张嘴，想说话，可一个音节也发不出来。

"你答不答应？"司长宁仍在步步紧逼。

水露无助地点了点头，动作轻得似乎根本没有过。

见她答应，司长宁才垂下了灼灼的眸，那是他能为她做的，最后的一件事。

"你回到纪慕身边，凭自己的真实意愿去做，去爱他，去爱你自己就够了。你欺骗了自己那么久，难道不累吗？"司长宁看着她，心里全是苦涩，可眼睛还是带笑的，那么温柔，像夜空下最温柔多情的海，"你早就爱上他了，只是自己不明了罢了。你是跟在我身边长大的，你的心在哪里，只有我懂得。傻孩子，不必为难，凭自己心意去做，就好。你走了，我就会办住院手续，排期做手术，一切都会好起来的，我只想看到你幸福！"他始终是微笑着，平静地说完了那一切。

水露泫然欲泣，可早已没了泪。她只是怔怔地看着他，终于是明白过来，他决定了，他不要她了，他要赶她走了。

她垂下了脸来，只靠在他膝上，这是她能陪他的最后一点时光。俩人都不说话。她的发松开了，如瀑布一般垂了下来，一半铺在了他的膝上。

他握起一把青丝，十分留恋。他声音低低的，却是说了出来："宿昔不梳头，丝发披两肩，婉转郎膝上，何处不可怜！"

原来，他爱她，终究是比她爱他要多的。他这样做，只是想她快乐、幸福。既然这是他的愿望，她一定会达成的。她依旧没有看他，她说："长宁，你记住，这辈子我爱过的，只有你。你要我快乐、幸福，我都会办到。可你不要骗我。"

司长宁抚着她发的手停了停，便拿起了电话，拨给了医院，约定了住院时间。

那是最后一点安静的时光，静谧、美好。可她的手机响了，一切席卷而来，再也容不得她停留。是卖行已经卖出了星光的消息。因为司氏的财产被冻结与清盘，那匹马也在此列。那是他与她最钟爱的一匹马！

"究竟卖给了谁？"水露十分急切，她竟是连最后一面也见不上吗？星光的脾气那么臭，除了她与司长宁，任何人都是不可以骑的！她很担心星光。

"好像是陈美娴小姐！"那卖家多少有些情谊在，试探了一下，还是道出实情，"如果你想要回星光，该马上行动了。我见陈小姐并非有心买马，虽交了钱，却听说要拿去试枪。我之前有打电话到纪宅找你的，可找不到你，是纪慕先生接的电话。如此辗转，我看你还是快些吧！"

水露是跌跌撞撞跑出去的，她自然知道陈美娴住在哪里。从陈美娴想对付司长宁开始，水露就找了私家侦探跟踪她。

水露再也管不了司长宁投来的担忧目光，她只是简单地说了一句"我去找星光，它有危险"，便夺门而逃。

只有司长宁明白她，他就是她的那片星光，永远照耀着她！那是他送她的十八岁生日礼物，那是她与他最美的星光！

她跑到了陈美娴的别墅前，她的发散掉了，鞋子也跑掉了。真是狼狈不堪。

可陈美娴只是优雅地笑，坐在花园里，赏着日光。她端起一杯香槟酒，抿了一小口，才道："水小姐，我想你来迟了。"

刹那间，水露便用尽了所有的力气。她茫然地站在那儿，不敢相信陈美娴的话。

陈美娴见她失魂落魄的神情，真是痛快极了。

"本来我已经把猎枪都擦拭好了的，可有一个英国商人看上了那匹马，出了五倍的价钱给我。所以，我把它给卖了。怎么？见不到他送你的马了，很难过？没关系啊！你不是天天在他身边吗？还不够吗？！"忽然，她的神情变得恶毒起来，连五官都扭曲在了一起，"我倒要看看，他还能活多久！你们还能风流快活多久！"

水露已没有了反驳的力气。她只感觉到日头太烈了，太毒了，她觉得眩晕，然后就那样倒了下去……

再次醒来，她觉得有什么在舔自己的脸和手。水露努力地睁开了眼睛，才发现竟是星光！

她不敢置信，只摸着星光的脸。因为是在室内，高大的星光把一切都搞得有些凌乱不堪。可它就那样守着她，安静地看着她，忽然就跪了下来，用头去拱了拱她的脸。她还当自己在梦中，倒是笑了："好了，星光，别闹了。我没有不开心。能见到你，你没有死，我很高兴！"

她环顾四周，是躺在了宽大的沙发上。

尽管四周一地狼藉，可这个客厅如此熟悉，她看上天顶，是熟悉的旋转楼梯，白色的，橡木做的。二楼走廊上，还挂着名贵的油画。而天顶累累垂垂，闪烁着无数的晶莹光芒，似星光璀璨，那是一盏巨大的水晶灯。

原来，这里是纪慕的家！

她竟回到了这里！她的头很痛，想坐起，才发现没有什么力气。她怎么会到了这里？

见水露醒了，陈妈高兴地跑了过来。

"太太，以后你可要仔细些了……"

"咳咳……"纪慕轻咳数声，打断了陈妈的话。

陈妈一怔就明白了过来，于是转了话题："太太必定饿了吧！我去给你煮面条吃。那个好，清淡！"

客厅里只剩下了他们二人。水露垂下了眸无话可说。她已经两个多月没有见过纪慕了，只觉得他憔悴了不少，她的心颤了颤，一股酸涩浮了上来，她极力想去平复，可止不住地干呕起来。没有呕吐，因为她一天没吃过东西了，只是干呕。

纪慕的眼睛动了动，眸光一闪，又平复了下来。这个时候，不适合告诉她。他也坐了下来，就与平常一般，说话时轻言低语，仿若她还是他掌心中的珍宝，他也还会一直这样呵护下去。

"我知道你喜欢那匹马，所以让一个英国老头买下了它。如果知道是我要，陈美娴那疯子是不会答应的。我还没来得及告诉你，你已经去了她那儿。"

"谢谢你。"水露终于是看向他，对上了他的视线。即使只为了这个，她也该感谢他的，不是？不然，星光就会被陈美娴一枪打死。陈美娴竟是那么恨她，恨毒了她！不能举枪打死她，就连一匹马也不放过！水露感到害怕，身体不自觉地颤了颤。

"哪里不舒服吗？"纪慕有些担忧地看向她。

她只是摇了摇头："可能饿了的缘故。你放心。"

两人便又无话可说。还是纪慕打破了沉默。他似笑了笑的，可那笑水露听着，只觉得难受。

纪慕说："你知道，我要的，不是一句谢谢，不是同情与感激。"见她想说什么，他马上截住了她的话头，"可我知道，你还是会来找我的，不争早晚而已。你会为了他，而回来求我。"

一切，都是纪慕计算好了的。忽然，水露觉得很累。她看着纪慕，认真地看着他，只问了一句："那你究竟想我怎样？"

纪慕看着她，一字一句道："即使你不爱我，也没关系。只要你答应永远不离开我，再不去见他，我可以放了他，放过整个司氏。他还是以前那个呼风唤雨的司长宁。"

"他病了，病得很重，他值得体面地走到最后。属于他的，本就是他的。你与文洛伊做的一切，都是陷害，你们没有证据！你把他的还给他，让他体面地走，我会永远在你身边。"水露看着他，说不出是恨，还是别的什么。

可纪慕只是摇了摇头："你还没答应，永远不再见他。"

水露忽然露出了悲伤，那么伤感，使得他的心也快要碎了。她轻声求他，语声凄凉："纪慕，他快要死了。你就让我陪着他吧！我求求你……"

纪慕也不看她，只看着脚下毛茸茸的地毯，上面全是星光的脚印，仿如一个印记，就如司长宁留给她的印记，这一辈子她也不可能忘得了，抹得掉。

"我不可以答应你。如果他一年一年地活下去呢？露露，我是商人，从不做没有利益，没有回报的生意。你可以把这一切看成一场交易，你可以不爱我，但如果你答应了，就永远不能离开我，留在我身边，而我也会放过司长宁。不然，警察找上他时，只怕他就只能把时间花在那里头，而不是去治病了。如果，你选择从这里走出去，我也不会拦你，从此放你自由，也会把离婚协议签了。但只怕，你回到他身边，看到的，将会是一具尸体。"

纪慕的话，明明说得那么慢、那么平静，却如此可怕，如此刻薄。原来她没有路可走了，不是吗？！她闭起眼，闭得那么紧，睫毛在不停地颤抖，但已没有了泪。

纪慕知道，她在挣扎。他亦坐了下来，握住了她的手，道："露露，只要你答应我这两样条件，我保证，司长宁明天就没事。文洛伊想要的只是司氏的地产公司，而非整个集团，我可以替你说服文洛伊。至于他的贿赂罪，本来就没有犯过，我亦查到了那个受贿的总经理，并在马来西亚抓到了他，只要把他供出来，司长宁就没事了。而司老太太所谓的他不是司老先生亲生子的证据，也是文洛伊捏造的，只要你肯答应我，一切都不成问题。他可以安心养病，甚至可以安稳地过完这一世。他，平安喜乐，安静度日，这不就是你想要的吗？露露！"

纪慕试着去吻她，她没有拒绝。

他一把抱起了她，进了卧室。

他缠绵地吻了下来，亲密而温柔，并不焦切，只是一点一点地，慢慢地品尝她。他知道，从来都知道，她一直是他的，只是他一人的。

她看着他，眼睛闪了闪，便蒙上了一股水意。他抱得她更紧了些，吻了吻她的眼睛，她止不住地惶恐，只怕这一生，再也抓不住自己的那一颗心了。她想，或许，他能听见她的心怦怦地跳。他附在她耳边："按着自己的心意去做，什么也别想。"

是的，她悲哀地发现，纵使不承认，她对他，亦是早已动了心，动了情。所以，她才不会拒绝他。

他的吻烙在她的耳旁，她"嘤"一声呻吟，却又死死咬住了自己的唇，再不发出任何声音。

他动作轻柔，不再富有侵略性，甚至是刻意去迎合她，讨好她的。他能给予她快乐，因为他比她还要了解自己的身体。她的脸红得滴血，眼睛却闭得很紧，她竟然是不敢看他。他轻轻地咬了咬她的耳垂，只觉她柔软的身体猛地一震，只将他攀附得更紧，他一腔柔情蜜意，全赋予了她，看着她，喃喃："我爱你，露露，我爱你。"一句话带了一种说不出的宠溺，他的气息痒痒地吹拂在她耳畔，她只觉全身酥麻无力，只能任他予取予求，而心里被两种矛盾的情感所纠缠，竟是既甜蜜又痛苦。他的喃喃，她已听不真切，只觉像三月的雨拂过湖面，那么多情，温柔地荡起了一圈一圈的涟漪……

当水露再次醒来，天色早已被夜的海洋所浸透。纪慕一直看着她，见她醒了，轻吻了吻她的眼睛。她不敢看他，脸红得厉害。他笑了笑，知道她是害羞，先一步离开了床畔，穿好了衣服，想出去等她。

可忽然，手机铃声就响了。他已走到了门边，怔了怔，又走了出去。

而她也是一怔，许久才反应过来，自己究竟是答应了彼此什么？！她按下了接听键。

李姆妈的声音有些焦急："小姐，你还不回来吗？"

水露想了想，知道长宁必定是在电话的另一头。

她心下黯然，声音却是温柔的，与平常无异，她只是说："今晚，不回了。"

李姆妈没有作声，但水露已听到了电话那头的一声叹，是司长宁的声音："她永远也不会回来了。这样也好，这不就是我想要的吗！"似是对李姆妈说，又似是对他自己说。

水露猛地放下了电话，她的心早已被凌迟了无数遍。最明白她的，永远是司长宁，这世上也只有一个司长宁。

纪慕靠在走廊的墙壁上，他知道，他这样逼她，她终究是答应了他，可他永远得不到她的心了。

走到厨房，陈妈煮的菜也快好了，汤很香，是老火靓汤。他知道，她一向喜欢吃粤式菜肴，所以特意让陈妈备下了这么一桌。他看了眼楼上，还是安静的。

他对陈妈说："露露怀孕的事，你先别告诉她。"

"可是先生，太太已有两个多月身孕了，只怕迟早是要瞒不住的呀！"她不无担心。

"能瞒得了一时，是一时吧！"纪慕只觉心底惨淡无比。他知道，如果她发现有了他的孩子，一定是要打掉的。她并不爱他，从一开始就说过了，不会生下他和她的孩子。可他那么爱她……他痛苦地捂住了自己的脸，任泪水打湿了掌心。

[2]

日子一天天地过了下去，水露对纪慕倒也是一片温柔。她会浅浅地笑，他说话，她安静地听着，偶尔答一两句。她很安静，每天也只是待在家里，看着花园的花，一看就是一天。他问她："不去容华集团上班了？"她微笑着摇了摇头。她变得不再关心外界的任何事。她对他温柔，只是没了灵魂。

相敬如宾，大抵就是这个样子，他还能求什么呢？

隔壁搬来了新邻居，是一对年轻的夫妇。两家的别墅是靠在一起的，只用园林植物相隔，经常会看到邻居家那四五岁大的可爱小女孩跑来他们的花园玩，带上她的拉布拉多小狗，总是玩得哈哈大笑，倒也给他们家带来了生气。

水露并不嫌吵，还会把陈妈焗好的芝士蛋糕分给小女孩吃。看着小女孩吃得满脸奶油，水露倒是笑得开心，那时，纪慕刚下班回来，就看到了她明媚的笑容，竟挪不开眼睛。而她在看到他时，便垂下了头，那笑意就又淡了些。

纪慕试探着问她："很喜欢小孩？"

她忽然猛地抬起了头，看他的眼神十分提防。一瞬之间，他就知道，所有的一切都不过是他自己痴心妄想。

气氛有些沉闷，连小女孩都识趣地带着狗狗离开了。他没有说什么，只是按开了电视。

电视里出现的正是司长宁，他的大起大落，到如今尘埃落地，可谓是一段传奇了，所以有电视台的人专门采访了他。

两人看着电视都是一怔，她已垂下了眸，可纪慕只觉得自己狼狈不堪，他猛地扯掉了电源。

其实，她知道，纪慕没有骗她。文洛伊放过了狙击司氏的大好机会。司氏又回到了司长宁手里，资产解封，司家老宅也还了回去。司长宁什么也没有失去，他还能平稳地过他的日子。失去的只是她，她已失掉了自由。

"谢谢你，为我做的一切。"她语气平静，"我知道，商场如战场，文洛伊做的一切，没有什么错。司长宁也做过同样的事，在商言商罢了。你为了我，让文洛伊错过了狙击司氏的大好机会，终究是我欠你的。你也没有什么错。"说完，她就转身回了房间。

这段日子，她经常瞌睡，一睡就是一整天。有时他下班回来了，她还在睡。他也不知道，这样的情况，究竟还能瞒多久，更暗地里联络了医生，如果她问了，便随便说些话敷衍她，给她开的药也全数换成了复合维生素片。

他不过是在自欺欺人，但他会一直瞒下去，到以后，孩子大了，只怕她有心不要，他也不会如了她的愿。于是，他吩咐下去，让所有的用人都看紧了她，不要让她有任何独处的机会。

可到底是瞒不住的，等到了第三个月，水露惶恐地发现，之前忙着照顾长宁，忽略掉了许多事。她与纪慕在小宿舍时，所有的点滴都如潮水一般涌了过来，要将她湮灭，使她窒息。那时，他与她……纪慕病了，她照顾他，后来她病了，便是他守着她，那几次根本没有做任何措施……虽然，她的月事一向不准，可从未出现过三个多月了还未来。她出去逛街时，瞒过了他的眼线，偷偷地买了验孕纸，当那两条杠杠出现的时候，她只觉得山崩地裂，连怎么回家的，都不知道了。

难怪，他会问她，喜不喜欢小孩！原来，他一直就知道了的！他们所有人一早就知道了的，就只瞒着她！

他们看得她那么紧，有什么办法呢？有什么办法呢？

她躺在床上，只觉心是麻木了般，再感觉不到任何的疼痛。然后，她听到了他的脚步声，她连忙闭上了眼睛，假装睡觉。

陈妈也跟了上来，只听纪慕问："太太一直在睡觉？"

"方才去逛了商场，司机老李一直跟着的。是回来了，才睡下的。"陈妈不敢隐瞒。

他声音颤颤的，笑了笑："太太没买什么东西吗？"

"听老李说，好像是在珠宝店停下来过，在看一挂珍珠项链。"陈妈答。

水露的心如被什么捶打了一下，痛得那么厉害，又惊又怕，止不住地想呕吐出来。他们竟然防她防得那么密实，简直是滴水不漏。不就是怕她会去做掉这个孩子吗？！她的胃翻江倒海，身体本能地躬了起来。

见她似要醒了，纪慕马上噤了声。

陈妈下了楼，纪慕走了过来。她侧躺着，依旧装睡，那股干呕之意，总算是被她压下去了。

纪慕在她身旁坐下，手轻抚着她的脸。窗外的芭蕉树，投下的影子摇摇曳曳的，竟似一只一只的小手，在对着他轻摇，让他的心起了一圈一圈的涟漪。风吹过，雪白的抽纱窗帘拂过床前，竟与她乌黑的发，一点一点地纠缠，那种缠缠绵绵的感觉，让他再舍不得放手。

兴许是累了，纪慕在她身边躺下，数着她的睫毛。她的睫毛竟也是晶莹的，在夕阳下，跳跃着不可思议的淡淡光芒。她的唇如粉色的樱桃，盈盈的，娇嫩得不可思议。他的手轻轻抚摸着她的唇，吻了吻，却怕吵醒她，连忙分开。他搂着她，竟平静无比，连窗外的蝉鸣都觉得淡了几分，处暑的炎热也漫不进这间卧室。一室安静如水。他只觉平淡而幸福。他慢慢地，睡了过去。

当睁开眼睛，看着他的脸、他的轮廓，想起他方才的怜爱，水露的心是挣扎与矛盾的。她后悔，自己本不该招惹了他。她从不知道，从一开始，他对她想要得太多。她知道，他爱她。他身边所有的莺莺燕燕，都被他打发掉了，他的身边只有她了。可她的长宁呢，如今却是孤零零的一个人。

只要想到长宁，她就没有办法真心待他，所以这个孩子，她不能要。这一辈子，她已经这样难了，她不要她的孩子也跟着她受罪……

吃晚饭时，水露在无意间提起了太湖，提起了殷红的、大颗大颗的又甜又多汁的杨梅，还有那片隐在太湖之上的杨梅林。她想爬到树上吃个饱。他则宠溺地笑："你真是猴子转世的。"他笑得那么开怀，连眼睛也弯了起来，唇边的酒窝也现了出来。

她只是一怔，忽然站了起来，隔了餐桌，去吻他的酒窝。

他只是一怔，忽然就俯下了身吻住了她。直到她微微喘气，才肯放开她。见她的唇都被他吻肿了，他轻笑了声，手不住地抚摸她的唇。

陈妈和用人们早含笑退了出去，他们太久没见先生如此由衷地笑过了。

　　纪慕本想给她一个惊喜的，可如今已迫不及待地要把它揭晓。他从一旁取过了一个盒子，递给她。

　　原来正是下午她看的那挂珍珠项链。

　　"还喜欢吗？"他笑问。

　　她含笑点了点头，他已绕了过来，走到她身后，替她将项链戴上。他的气息扑在她的耳鬓，她微微地"嗯"了一声。

　　他笑得有些坏，圈住她的身子，低低地道："你这样秀色可餐，再如此挑逗我，我会把你吃了的！"

　　她穿的是黑色的真丝裙子，领口开得低了些，胸前那一抹雪白的肌肤已经泛起了红晕。她的脸亦是红的，看向他时，眼睛扑闪扑闪的，却又马上移开了视线，竟是从未有过的娇媚。他忍不住，终究是抱着她回了卧室。

　　那一夜，她巧意逢迎，瞒过了他，他什么也没有发现，只是捏着她的小耳垂，叹气："都怪你，让我没有吃饱。"一语双关，让她的脸又红了。

　　他当然是不饱的，晚餐没吃两口，就离开了餐桌。而她又有孕在身，他都不敢太过于激烈。只是一想到孩子，他看她的眼神便深了几分。

　　难道他发现了什么？水露连忙抱住了他，把脸埋进了他的胸口。她什么也不能说，一开口，便会前功尽弃。

　　她的小手在他胸膛上随意地写着什么，又似什么也没写，只是描着什么。他一把握住了她小小的指尖，她嗤一声笑，把手抽了回去，让他的心顿感空了一半。他连忙抓住了那只不安分的小手，放在唇边轻咬了一口，问她："你想去太湖？"

　　"我还记得，你原说过，等以后，还带我去那儿的。"她看着他，深深地看着他。

　　她的眼里只有他！他的心跳漏了半拍，原来他说的，她都记得。他只答了一句："好！"

她有些爱娇，往他怀里再钻了钻："只有我们两个人。"

他没有提防，也应承了下来。

她有着最美丽的胴体，那挂珍珠项链坠于她心间，飘飘荡荡的，竟把他的一颗心也搅得不平静起来。她那么美，那双眼，是他梦里最渴望的。而现在，她又柔柔地注视着他，那双眼，既澄清无辜，天真得如同一个孩子，又诱惑妩媚，暗藏了无限的风情。他吻了吻那双美丽的眼睛，将她抱得更紧些，却不敢再恣意放纵，只因怕伤了他们的孩子。

[3]

因为疲倦，车子尚未驶出上海，水露就睡着了。她的双手不自觉地轻拢在腹部，那里的那个胚胎还那么小。在梦里，她都是在跟自己说，你怎么能那么忍心呢？

见她在梦中，犹自蹙眉，纪慕的心似被什么撞了一下，他伸出手来，抚了抚她的眉心，她动了动，竟是往他怀里钻的，像一只小动物。可下一秒，她的话却将他打进了十八层地狱。她喃喃："长宁，我害怕，抱抱我。"

她究竟在害怕什么？纪慕只觉眼前一片迷惘，路不是路，天不是天，出了上海后，原本灰蒙蒙的天空，已换作一片湛蓝，可他的心底却是阴霾一片。他不能专心开车，把车停在了路边。

因她只想俩人出游，当是度假，所以没带一个用人。纪慕拥紧了她，一边抚着她的发，一边低语："露露，你既不爱我，又何必要给我希望呢？又何必去太湖，你的心也不在那儿，你到底是怎么想的？"她因有孕在身，时常疲倦，竟是睡得很沉。他看着她，那纤秀的双眉，那美丽的眸，那雪白的鹅蛋脸，那小巧的鼻子，还有那粉色的唇。他的指尖从她眼睛一直滑落，鼻尖的弧度很可爱，微微上翘，他再滑落，直至那儿，欲启未启的唇。

仿佛只有她睡熟了，才是独属于他的。

轻啄了她的唇，他将一件衣服披在她身上，可她却醒了。她的神色还有迷惘，可看见是他，微微一笑，伸过手来，摸一摸他的酒窝。

"你笑的时候才好看，酒窝才会出来。"她的眼睛忽闪忽闪。他也笑了，显出了那只酒窝。

"我可以理解为，你在和我调情吗？"

他重新启动了车子，继续上路。

水露脸红了红，没有答话，脸微垂着，双手随意地合起放在腿上，那样子像安静乖巧的孩子。她看了看窗外的天，竟是一片湛蓝，而车窗外是深浅不一的绿色，繁花穿插其间，浓稠适宜，竟如世外桃源一般，忽然掠过大片大片的水光，倒映着蓝天与太阳金光，水面波光粼粼，一时开阔得天与水都朦胧成了一片，似水墨画一般。

她倒如孩子般，发出了一声惊呼："呀！快看，太湖。"

除了那次随了纪慕上岛，其实水露是从未见过太湖的，所以才会闹了笑话。纪慕的眼睛泛出不可思议的光，笑她的语气都带着宠溺："还没到的，太湖哪有这么小。太湖还分东山、西山呢，更别论湖上无数的小岛了。"

水露有了些活力，絮絮数着："那些小岛是不是分布得到处都是，远看一粒一粒的，都似珍珠一般。"

纪慕点了点头，手伸了过来揉了揉她的头，那瀑布般的发瞬间就乱了，而他只是一味地笑。她看着他，有些魔怔，明明只是一场交易，为什么她的心底会有不舍？她伸出手，指尖点了点他的酒窝，然后又收了回去。

"别当我是小孩呀！"她有些无奈地将乱了的发拢了拢。

"你都可以当莴苣公主了。"纪慕还是笑的，脸上的酒窝忽隐忽现，她一时看人了迷。

"怎么这样看我？"他伸过手来，又要去拨她的发，被她笑着躲开，"还记得我第一次见你，就想，怎么会有长得这么像大孩子的一张脸。大眼睛，小酒窝，都不像男孩子了。"她微微闭起了眼睛，唇角的笑意却很深，"一坐下来就连输了好几把，输得那么狼狈，可看人时，目光还是灼灼的。"

原来，他们的第一次见面，她还记得。

纪慕轻笑了声："我还以为，你喝醉了，都不记得了。"

"你刚进来时，我没醉啊！"她还是闭着眼睛的，似是在回想，又似什么也没想，只是闭目养神。

后来，她醉了，他才会乘虚而入吧！他的眉头蹙了蹙，再看向她时，她已睡着了。

车道渐渐开阔。雪白的跨湖大桥似要涌入雪白的太湖一般，雾气那么大，四处全是白茫茫的一片，那桥如从平地里出，又延伸进了水里，再出来。桥上车少，他摇醒了她，桥体两边烟波浩渺，与白雾融为了一体，人好似在云里雾里飘浮，一切变得不真实起来。水露不禁惊呼："好美。"与之前看到的那片水域比，真是皓月与萤光之叹了。

大桥如一段白练，又似一条银龙，跨过一段一段的岛屿，并非一气呵成的。

四处还有一些零星的岛屿，小岛上碧树成荫，那岛如点缀在太湖之上的一粒粒翡翠，白是白，绿是绿，美丽极了。

只见纪慕一直开了许久，又拐过了好些地方，一座一座的岛屿掠过，最后她竟迷失在茫茫水汽中，根本找不到路了。

她笑："如果不是有你在，只怕我要流落荒岛了。"

"小路痴！"他的话那么爱怜、宠溺，只有俩人间的亲昵，连称呼都是可爱的。

她开始嚷嚷："还有多久才到呀？"学会了抗议。

眼看天色将暮，那片片如烟织云绕的水汽薄雾散去，湖面浪花翻滚，水露忽觉，人已置身于万顷青碧之中了，烟波浩渺的太湖又起了变化，竟是苍翠深浓的。唯远处一栋粉墙黛瓦置于碧波之上，那宅邸因岁月磨砺，已化作了一片灰白。靠湖边的那一排落地窗没有掩紧，依稀可见白色的窗纱被风吹起，缭绕翻飞，说不出的寂寞，似在等着什么人回来。

"快到了。"他说。车子已迅速地驶过小镇，进山路，拐过湖边，到了另一片水域区。

原来，就是那一栋灰白色的老宅。

他们是另外找的船上小岛的。在小岛的对面，还有一片成片的岛屿，坐落有古村落，有集市。赶集时，那一片岛屿非常热闹。他们所上的岛很安静，但有小路通往那边岛屿，倒也是极方便的。

那栋老宅依旧没有什么人气，可门口竟是多了一只狗，最普通的那种农家犬。

原先，他还担心她会害怕，可她倒是胆大，走到了一边去，逗小狗玩。还是一只小狗，十分皮实，只黏着她不放，一直趴在她的小腿上摇尾巴，而她竟哈哈大笑起来。

"再这样下去，我要妒忌那只狗了。"

纪慕无奈地摇了摇头。

"怎么会有一只小狗？"水露的眼睛亮晶晶的，一脸不可思议。原来她喜欢狗，难怪看到隔壁别墅的小女孩抱着一只拉布拉多会那么喜欢，看得目不转睛的。

纪慕牵了她的手，进屋，那只小狗也跟着。

"是撑船人养的狗，平常在这边替我看房子。撑船人每天喂养它。"纪慕回答她。

"还没有名字吗？"水露摸了摸小黄狗的头，"你样子那么憨，就叫憨憨好了。"

憨憨很高兴，围着她只转圈圈，最后躺到了地上，四脚朝天，要她摸它的肚皮，逗得她哈哈大笑起来。

"原来是只好色的小公狗。"纪慕看得恼了，显然自己已经失宠。

这里没有用人，但会有人定期来打扫，此时看四处窗明几净的，估计是纪慕早安排了人过来打扫过了。而晚餐倒是纪慕自己弄的，晚饭用的菜早已备好，放在厨房。都是太湖边上，邻里自家养的鸡鸭，新鲜的瓜果蔬菜和肥美的湖鲜。

晚餐菜色丰富，鸡汤上还浮着一层金黄的油，清蒸鱼鲜得要咬掉了舌头，自家腌制的腊肉清香扑鼻，太湖莼菜细柔滑润清凉可口，并有一种沁人心脾的清香，而一小碟莼菜做的饺子，更是清淡可口，让水露胃口大开。

看她吃得又香又多，纪慕露出了温柔的笑意。

她一抬头，对上他深情带笑的眼，一时之间怔住了，没来由地觉得心口难受，菜便已然没了味道。

忽然，她放下碗筷，笑了笑道："我饱了。"

"再多吃些。"纪慕依旧替她布菜，方才她吃得那么急，那么香，像只小猪。她的吃相一向是很好的，可来了这儿，她倒是放开了怀抱，像只贪吃的小猪。

她摇了摇头："吃那么多，饱了。你多吃些。"

他的筷子在面前的小碟里夹了夹，还是放了下去。

"你爱吃鱼，我明日再要些鱼来。此处的鱼鲜美可口，要比家里的清淡。再炒个花甲吧，放些紫苏辣椒，鲜香可口。"

听他说了，她的神色忽然暗了暗，便岔开了话题："你倒想好明天的菜色了。"

他伸过手来，掐掐她水嫩的脸蛋，笑道："当然了，为夫的，可得把你伺候好了，养得你肥肥白白的。"

她笑了："你真当我是猪啊！"

那样甜美的小日子，过得十分写意。因天色晚了，纪慕怎样也不肯让她再去杨梅林，只肯让她窝在卧室里看电视。见她嘟起的嘴，他忍不住咬了一口，见她作势要打，他逃也似的跑了。

当再回来，他的衣服里竟兜着一堆红艳艳的杨梅，原来，是跑去梅林摘果子去了。他满头大汗地跑回来，眼睛亮晶晶的，只穿了白衬衣、牛仔裤，哪还是平常西装革履的样子，根本就是一个清秀的大男孩。

见她笑得灿烂，纪慕倒有些不好意思起来，把梅子一一洗了，放在白色的瓷碗里，递了给她。白碗红梅，真是极好看的。

她拣了一个来吃，只见他可怜巴巴地看着自己，她有些疑惑，而他小心翼翼地问："好吃吗？会不会太酸了？"

她便拣了一个放到他嘴边，他一怔，一口含住梅子，还不忘轻咬她指尖，她笑着躲开了。原来，梅子竟是那么甜。

"好甜。"他说。

她忽然吻住了他的唇，带着梅子的甜美清香，他的眸色渐深，湿淋淋的眸漫上了情欲，可他轻轻推开了她，只是说："夜里风凉，快去洗澡，早些休息吧！你也坐了一整天车了。"

水露一怔，没有说什么，抱着衣服去了浴室。

见她转身离去，纪慕忽然觉得，俩人单独来此，也许是一个错到离谱的决定，他真怕自己会控制不住……可他又是如此贪恋这样的时光，仿如在梦里一般。在这天与地，就只有他们俩，不受打扰，他可以尽情地爱她，而她也只依靠着他。

是憨憨闯了进来，打扰了他的宁静，他用脚拨着，只想将它赶出卧室。碰巧水露出来，她的发还滴着水，脸上也还挂着动人的水珠，她一笑，竟是如珠光夺目的。

"别赶它呀！那么小的狗，估计还是怕独自待着的。"她坐到了床边上，拿干毛巾揉头发。她穿着他的白衬衣，露出修长洁白的大腿，他忙移开了视线，只能与那只小狗瞪着，倒是把她逗得笑了起来。

她的衬衣只松开两粒扣子，是保守的，可胸前的那片雪白还是若隐若现地勾引着他的目光。她倒是不知道的，只拉了毯子盖着肚子，斜靠在床上，看起了电视。那双长腿露在毯子外，曲线美好，使得他只觉燥热难耐。而她还是一脸无辜的天真模样看着喜剧，轻轻地笑，身子一颤一颤的，那只小狗则睡在她床头边上，安静无比。那样的一幅画面，他看着心安，那股欲望便也慢慢淡了下去。能像现在这样，他已经十分满足。

只是当纪慕睡醒时，身边早没了她的踪影。他急切地找她，屋子那么大，可根本没有她的影子，还是那只小黄狗屁颠屁颠地摇晃着来到他身边。他一急，只能死马当活马医，对着憨憨说道："憨憨，快去找你女主人。"

憨憨豆大的黑眼睛看了他许久，终于是迈开了步子，先是到处嗅嗅，然后小跑了起来，他跟着狗，跑到了山坡上，远远看见了她白色的身影，只穿了他那一件单薄的白衬衣。

纪慕迅速赶了上去，从后头抱住她。她只是动了动，没有转过身来。她的身体变得冰凉，也不知在此站了多久。

漫漫长夜方远去，天边投下第一道曙光，而太湖还是静的，无风无浪，于微暗的天影里，卷起了一点点的白浪。连湖也还未睡醒，还是灰白的一片。

"怎么来这儿了？"纪慕吻了吻她的颈项。他总觉得她哪里不对劲，可总是说不上来。

"太湖的日出，应该很美的。"她的声音不知为何，有些哀伤，有些不舍，既犹豫又彷徨。

她究竟是怎么了？纪慕摸了摸她的头，没有发烧，只能问："哪里不舒服吗？"

她回眸一笑，璀璨无比："怎么会，我玩得很开心。"

她的身后是茂密的杨梅林。她回头看了看来时的路，她茫然失措，不知不觉间，已经爬到了半山腰上，她也曾爬到杨梅树上，想假装摔下，做成意外的样子，那对他来说，也没有那么伤心。可是她看着树下的石子路面时，想了许多许多，她竟然不敢跳了。

遣走用人，独自来此，不过是想制造出一场意外而已，可她在犹豫什么呢？正想着，一道金光倾洒而来，瞬间染红了整个湖面，天边泛起了蜜糖色的光，生生地将黑色的天幕撕开，如果冻终于撕开了那道口子，露出里面晶莹明亮的果肉来。眼前没了障碍，远望便是太湖，万顷波光，竟一半是绿，一半是蜜色，太阳渐出，天空中橙黄的一片，又过渡到了橙蓝，与碧色的水融在一起，浓墨重彩，竟是美得惊心动魄的。

她不期然地看到如此极美的画面，顿时呆立原地，眼里雾蒙蒙的一片，也不知在想些什么。纪慕也不催她，只安静地等。

"太美了！"她喃喃，转过头来，透过淡淡薄雾，看着他，他神色温柔，目光缱绻，竟让她的目光一再流连。

山里风大，怕她冷了，他把外衣披到她身上。他的衣裳很暖，裹着她的，连她也觉得不那么冷了。

如此美的景致，他是早看过了的。因而，他并不惊讶，只是含笑看着她，一字一句道："你喜欢，以后我们每年都来。"

她怔了一下，只觉脚痒痒的，低头一看，原来是憨憨咬她的鞋子。他看不见她的表情，但能听见她轻柔婉转的声音。

她说："好。"

[4]

可其实，这一切都是假象，水露在心里对自己说："别再骗自己，骗他了。"

到了傍晚，天边析出琉璃一般的光彩，依稀暮霭里，那片红绿相间的杨梅林越发美得不可思议，直引诱着她，往那边徘徊。

纪慕已去买菜，她独自走上了那条小路，爬到了半山腰上。梅林茂密，竟是一眼看不到边的。远远泛出金光，是太湖的万顷波涛。那一道光投进梅林里，也只一瞬，便没了踪影。那些碧绿浓荫的树，深不见底。

她一点一点地爬上了树去。她选了最高的那一棵树爬！

不知何时，憨憨到了树下，瞧着她，忽然就猛地叫了起来。

水露从不知道，那么小的一只狗，竟然有那么大的音量！她慌张了，怕引来了人，毕竟这里还是有许多农户来摘梅子的。

"憨憨，乖，别叫了啊！"她越哄，憨憨叫得越是厉害。她看着远处的湖，想．跳下去吧！一点也不痛！她的手松了松，脚下便滑了一下，她的心也颤到了极点，一抬头，对上的竟是站在不远处的纪慕的眼睛。他的眼那么黑、那么深，竟是一点光亮也没有。

她无法，只能挤出一点笑来，还不忘向他挥了挥手："快来，快来摘杨梅！"

纪慕动了动，眼睛亮了起来，已经向她跑了过来。

终究是骗过了他！水露吁出了一口气，正要假意摘梅子，脚下枝丫"咔嚓"一下断了，她直直摔了下去。

幸得他身手好，离得不远，他猛地飞扑了过去，抱住了她，两人一斜，她倒在了他身上，竟是一点事也没有。可纪慕已经吓得没了魂，一张脸惨过白纸。没有意料中的见血、小腹痛，什么也没有！这个孩子，太过于顽强，又那么任性，不知是像她，还是他！水露唯有装了笑脸安慰他："别担心呀！爬树哪有从不摔跤的。这里这么矮，什么事也没有。"

纪慕欲言又止，又不能把事情说出来，最后只是扶了她站稳，道："还是小心些好。"

那一晚，憨憨得了好大一块肉作奖励。如果不是它的声音叫得那么急、那么猛，纪慕也不会那么快就跑了过去。他买了菜后，原是想去梅林摘下杨梅给她的，但只是慢慢地走来，并不急切，是听到了憨憨的声音，才担心会出事而赶了过去。幸而，赶上了。

可晚上吃饭时，他总是若有所思地看着她。每次她的目光触及他的，他便移开了视线。

他有心事！水露留心观察他，他的一双眸子又黑又深，看向她时，再不是昨日的种种柔情蜜意。他的眸，如深潭，让人猜不着，看不透。那密密的眼睫，一层一层地覆盖下来，将眼睛里所有的光芒都挡了起来，连一丝内容，也瞧不出来。她瞧不见他的眼睛了，他眼帘低垂，只能看见一根一根的睫毛，那么多那么密，如司长宁一般，都有美丽的睫毛，挡住美好的眼睛。

她一叹，伸出手去，想摸一摸那眼帘，可纪慕竟是一侧头避开了。他知道，气氛有些尴尬，可一转瞬，他就笑了，道："今晚我想玩通宵网游。"那笑意温润如水，像投影在湖里的月影，朦胧而美好。真是个大男孩。

她说："好。那我自己看电影。"

其实，他是不敢睡，他怕，会再发生意外。他抱了手提电脑靠在床边玩，倒是没什么心思，玩来玩去都是Game Over，连水露都笑他，不止牌运差，连玩个游戏，手气都是不顺的。

纪慕抬眸瞧她，她的笑意澄净透明，好似真的什么也不知晓。他想，或许是他多心了。她只是一心要摘杨梅而已……他忽然握住了她的手，放于唇边轻吻，似是随意，可还是问了："你也是有一点点喜欢我的，对吗？你会在第一次见面注意到我，我一抬头，而你也正好看了过来，你有留意到我，对吗？"

她的心有些乱，挣扎着不愿回答，可是连她自己也无法看清自己的心。是呀！为什么就那么巧，她偏偏留意到他，而不是别的人呢？她的眼睛闪烁而美丽，终是垂了下去，低低地"嗯"了一声。

他一瞬之间，狂喜不已，竟是抱住了她，又亲又笑的。只要她有一点点喜欢他，他就够了。她嗔他，像个小孩。那双明眸顾盼生辉，娇媚无比，看向他时，分明是欲诉还休的，他只觉自己的一颗心跳得那么快，那么急，怦怦怦的，隔了衣服，都能听见，它在跳动。他知道，自己该安分些，强压下了所有的喜悦与冲动，他又回到了游戏上来。这一次，他倒是过五关斩六将的，高兴得不得了。

水露看着他孩子气的那一面，不禁也笑了。对面是一面镜子，斜斜放着，并不能照到人，可她一动，却清楚地看见了镜子里自己的笑容，那么开心、那么甜蜜，她一怔，那笑便淡了下去，取而代之的是凋怅。见她神情忽而寂寥，纪慕放下电脑，在一旁的袋子里找着什么。

"找什么？"水露有些好奇，也探过了头来。

他将一个盒子拿了出来，也不看她，只是说："看看喜不喜欢？"他的脸有些红。

水露一看锦盒，就知道是那颗硕大的深海珍珠，镶嵌成了白山茶样式的那挂项链。她装作不知，打开了盒子，目光定在了珍珠上，她伸出手来细细地抚摸。他与她也曾有过美好的时光，他们新婚时，在地中海上的小岛，那是段神仙眷恋般的日子。

见她忽然露出甜蜜、温柔的笑意，纪慕就知道，她喜欢。他正想继续玩电脑，她却忽然抱住了他。她伏在他的后背上，他看不见她的表情，只听她喃喃地说："我想起了在地中海小岛的日子。"他搂过了她，让她靠在他身上，一边玩着电脑，一边不时亲吻她的发。

后来，纪慕还是玩累了，趴在键盘上睡了过去。她扶他躺下，给他盖好被子，他也没醒。她试探着叫了他好几声，他也没醒。她再陪着他，睡了一会儿。她坐着，看着他的睡颜，那么清秀、好看，她抚摸他的脸，指尖在他唇边流连。他似有感应，喃喃："露露，露露。"她俯下身来，在他唇上吻了吻。

终是离开了他。水露知道，她没有决然的勇气，她是不敢从树上跳下去的。她走到了湖边，那里很平静。她慢慢走了下去，让湖水没到腰处。她不是要轻生，她答应了长宁要好好过下去的，她答应了纪慕，永远不会离开他，所以她并不寻死，她只是不能要那个孩子……

夜里风冷，她浸泡在水里，只盼望这样能不知不觉地滑胎。身体很冷，她对自己说，忍一忍就好！再忍几个小时，就可以回到他身边，然后，也什么都不会知道！

牙关止不住地打架，她冷得发抖，双手环抱着肩，腹部传来了一点隐痛。她的心里害怕、后悔、犹豫，可她没有办法。

有狗吠声，是憨憨？它又追了过来吗？她觉得自己有些神志不清，脚一滑，头便栽到了水里。

再次醒转过来，是在医院的病房里，水露努力地转动了一下眼珠。才看见坐在一边的人，是纪慕。

他浑身戾气。他见她醒了，居然还哼出了一点笑来："原来，你都知道了。"

见她不作声，他的拳握得那么紧，只怕自己会朝她挥过去。他离得她远，因为他怕自己会过去一把掐死她。那样，大家都不会再痛苦了！

"你不觉得痛吗？"他问，然后指了指自己的心脏，"我的心是痛的。你不如，给我一刀，还来得痛快些。"

见她闭上了眼睛，那一串晶莹的泪珠，让他的心再次被揪住，他多想拭去她的泪，可他什么也没做，他深深地吸了一口气，才能继续说下去："我就那么让你恶心吗？你情愿去死，也不愿要那个孩子！"

"我告诉你，孩子保住了！从今往后，你再也别想伤害他！我绝不会让你如愿，绝不！"他吼出来。说完了那番话，他大口大口地喘着气，仿佛说这一段话，用尽了他一生的力气。

而水露终于是动了动，声音那么弱，可吐字却清晰残忍："纪先生，我从没答应过，要给你生孩子。你与我之间，只是一桩交易。我会遵守我的诺言，我不会离开你，可是你不能逼我替你生孩子！即使你再提防我，只要我愿意，从楼梯滚下去，也不是不可能发生的。"

她叫他纪先生，她竟是要撕破了脸面的！她还在挑衅地说着："你以为我为什么那么喜欢白色的花与珍珠？"

忽然，他就不想听了，可她一笑，残忍地说了下去："那是因为司长宁喜欢！"

纪慕猛地睁开了眼睛，眼底血红一片，他如一头猛兽，猛地扑了过去，一把掐住了她的脖子。她的脖子那么细，她一动不动，只等着他，等着他掐死她！她竟厌恶他到了如此境地，过往的一切温柔、一切甜蜜，都不过是虚假的，是她对他做戏，好让他放下了提防的心。

　　他还在一点一点地用力，可手指触到了冷硬的东西，正是新婚时，他送她的珍珠。原来，不是她喜欢，只是司长宁喜欢！他猛地放了手，她细细地喘着气。

　　纪慕忽然哈哈大笑起来："你做梦！我会让你生下这个孩子！一切由不得你！"说完这一句，他快步走了出去。

　　后来，纪慕再也没出现过，但陈妈一直守在她身边，寸步不离。她没有大碍，很快就出院了，依旧住在纪宅里，只是多了许多保镖，就连她晚上睡觉，都有一个女孩子跟在她身边。

　　一个月过去，两个月过去了，水露无计可施。她很瘦，纵使四个多月了，依旧不怎么见肚子。她吃得很少，纪慕给她买的营养片，她全数冲进了马桶里。后来，纪慕找来私家医生，让医生住在了别墅里照看她，定期给她输营养液。她也不反抗，只是任他摆弄。医生要输液打针，她也乖乖地伸出手来。

　　可她还是一点一点地憔悴了下去，哪有半点孕妇的样子。

　　她原以为，他是走了的，可每每深夜，似醒未醒时，她能感觉到他的气息与他的抚摸。他会长时间地抚摸她的脸、她的发。其实，他的手很温暖，想让她去依靠，可她知道，不能。

　　连陈妈见了她这个样子，都哭了。说起那晚，是纪慕从水里救起了她，他如失了魂的人，疯狂地打电话，找医生。可是在那么偏僻的地方，他无计可施，最后还是文洛伊出动了直升机，才把她立即运到了上海。连医生都庆幸，抢救得及时，不然孩子就保不住了。

　　陈妈劝她："你不知道，当时先生都急哭了，他怕你冷，一直抱着你，没有松开过。连医生到了，要抱走你，他都不肯放手。他求医生，一定要救你。其实，以先生这样的相貌家世，想要多少孩子没有呢？他真的是爱你，才会想要和你的孩子！你听陈妈一句劝，和先生好好过日子吧！"

水露不作声。从医院回来后，她对谁都没有再说过一句话。

今夜，是他来了。

水露醒了，便紧闭眼睛，只装假寐。他的手抚过她的脸，她听见了他的叹息，然后是一滴泪，落在了她的眉心。她的眼皮，跳了跳，始终是没有睁开。她不知该如何面对他。

他再抚了抚她微微凸起的肚子，声音低低的："孩子，我知道，你妈妈恨我。可是我没有办法了。我总以为，可以留住她。原来，不过是我的一片痴心妄想。"又似在问她，"无论我做什么，你都不会被打动，你都不会爱我的，对吗，露露？"

水露的那颗心跳得那么快，就要跃出胸腔了。她觉得难过，可她什么也不能做，只能任由泪水一点一点地滑落。

纪慕一怔，指腹轻轻地拭去她的泪，语意凄凉："如果你没有心，又为何悲伤？"

终于，他走了。可水露依旧不敢睁开眼睛，她感觉到有什么在舔自己，湿湿的、热热的。她睁开了眼睛，原来是憨憨。

憨憨已经洗得很干净了，又长大了些。是一只很好看的小唐犬。纪慕将它打扮得很可爱，它的脖子上挂着一个大大的红色领结。她并不需要名贵的服饰、珠宝或者名犬。她想，她要的，其实很简单。

憨憨很温暖，她抱着它，忽然放声哭了起来。

门外，陈妈终于松了一口气，对纪慕说："好了好了，太太终于肯释放出来了。她一直不说话，也不哭不闹，让医生很担心。如今，哭出来就好了。"

纪慕疲倦地看着栏杆，取出烟来，想抽一口，可最终还是放了下来。

第八章
今生今世，相见无期
I love the most

[1]

陈妈对纪慕说："先生，太太肯说话了。"原来，自从有了憨憨陪伴，水露偶尔会对着它说些话。可面对人时，依旧是闭口不言的。

这一天，纪慕回来得早。已是秋天了，花园中并不见萧瑟。花园两边各种有一排蓝花楹，初秋时节，正是它的花期。那蓝莹莹的花树遮天蔽日，竟形成了一道天然花拱，真的很美丽。那种美有种凄美的氛围，都说蓝色代表忧郁，那成圆拱的蓝花似一幅静谧的油画，有了秋的意味。粉色的三角梅点缀其中，却被那蓝色的忧郁海洋包围。

近看那蓝花楹，倒是一束一束的，有着绒绒的花瓣，倒似蓝色的蒲公英，花团那么多，一树一树地生长，似无边无际漫过的愁绪。

水露就坐在花树下，她看着蓝花楹发呆。她只穿了一条白色连衣裙，宽大的裙裾一直垂到地上，肩上披了一条浅紫的围巾，堪堪拢在下颌和颈上，似蓝花楹的那片哀愁也漫上了她的眉黛。

憨憨见纪慕来了，奔上前来摇尾巴，他爱怜地摸了摸它的头，喃喃："你可以替我告诉她，我有多想念她吗？"

憨憨似懂非懂地看着他，然后就跑到了水露身边。

水露这才发现，他回来了。

其实，这段日子，他每天都会过来，就住在楼下的书房。他总是到了凌晨半夜才会过来，天未亮就走了。纪慕在她身旁坐下，她低垂的睫毛抖了抖，侧过了脸去看花树。

纪慕将一份报告递给她。

见她不动，他说："这是司长宁的健康报告。他前天做了手术，已经过了危险期，医生说，一切都好。"

见她的睫毛颤了颤，依旧没有看向他，他说："我没别的意思，只想你安心。你若不信这份报告，可以亲自打电话过去问候的。"他伸出手去，握住她的手，她轻轻地挣了挣，又安静了下来，随他握着。

她的手有些凉，纪慕将她的围巾围拢起来，道："那花树很美，对吗？我想你会喜欢的。虽然不是纯净的白色，但一片一片的蓝，倒也素雅幽静。"

陈妈在一边附和："太太，这是先生早前移植的树，就想着等秋天了，成片成片地开花，比樱花还美，您瞧着，一定喜欢的。"见他们俩都不作声，陈妈唯有摇着头离开了。

纪慕把一杯温水放在水露手边，取过文件在那儿静静地看着，做着批示。秋日时光静好，连太阳都没了之前的炎热，而层层树荫下，倒也是凉快无比。

许多个午后，纪慕都会把文件带回家中看，就陪着水露坐在花树底下，她看花出神，而他静静地批阅文件。

有时，水露会逗逗憨憨。只有对着憨憨时，她才会展露微笑。她会说："憨憨很怕留在太湖里孤孤单单对吗？以后这里就是你的家，憨憨不会再孤单。我会一辈子养着你，好不好呀？"

那时，纪慕下班回来，刚好听见她的话，便附和："憨憨是很有潜质的狗，不仅会看家护院，还会逗女主人开心。以后这里就是憨憨的家，憨憨会一辈子住在这里，陪着露露与孩子。"

她听了一怔，没有答话，转过了身去，逗憨憨玩，只留了一个背影给他。

一日，纪慕远来得晚些，看到用人们离水露有些远，只是在屋角附近看着她，并不上前打扰。树篱后的红玫瑰开了，开得十分艳丽，那种红要滴出血来，是最美的红玫瑰。她的视线被那如火的玫瑰所吸引，想起了她给司长宁的那一束红玫瑰。

她蹲了下来，指腹拂过娇艳的红色花瓣。她的手雪白细腻，阳光下竟能看见淡青的血管，由红玫瑰娇艳的花瓣衬着，竟似要透明了一般。那么美，美得有些凄凉。白色的开司米毛衣穿在身上，黑色的丝质长筒裤子，不过是简单的色彩，却将她衬得眉目如画。

纪慕看了许久，不忍心走过去，打扰了那么宁静的一切。她明明已有五月身孕，可腰身依旧纤细得如同少女，那胳膊细细的，比之前还要瘦了。还记得，她的肩头纤细而圆润，十分娇美的，他喜欢将下巴搁到她的肩头。如今，她比之前还要单薄。她不快乐！

他轻轻地走了上去。

他好似听见了她在说什么？！

憨憨躺在玫瑰花下，翻开了肚皮，正享受着她的抚摸。

她的神情温柔，只是眼睛深藏了哀愁。只听她说："憨憨，我只是害怕……"

她害怕，她竟然在害怕！纪慕的心如被重击，只觉痛得要承受不住了，倒退了几步，摇摇欲坠。

那声响惊动了水露。她猛地回转头来，眼看着他要摔倒了，她张了张口想说话，却一个字也说不出来。他手一撑，借了树的支撑，才站稳了脚步。

水露看着他，这么多天过去，这是她第一次正眼看他。他形销骨立，眉头深锁，脸色苍白而疲倦，那曾经似笑非笑，放浪形骸的眼睛，如今平静无波，似一口古井，毫无生气。

蓦地，她站了起来，感到一阵无来由的恐惧。她想扶住花树，使自己站稳，却被玫瑰花刺扎伤了手臂，殷红的血珠渗出，一条细细的线，滑了下去，从那雪白的手臂上滑下，滴落草丛，触目惊心。她只是痛得蹙起了眉头，并没有作声。

纪慕快步走了过去，只是轻轻地拉过她，替她止了血。他的手在她臂间抚摸，她的身体震了震，一阵极熟悉又陌生的感觉流遍全身。纪慕知道，她怕他，连忙收回了手。他怕，再不放手，自己会做出什么事来。

"快吃晚饭了，我们回去吧！"他说。

水露霍地走回屋子，而他在身后跟着，离她只有一步的距离。她没有回头，而他只看着她的手，她的手纤细，她的手指柔软纤长，就像她的发丝，纠纠缠缠，缠住了他的那颗心。他伸出手，想牵住她的，但那一句"我害怕"，使得他沮丧，手就那样垂了下去。

彼此的影子投影在青草如茵的绿地上，他的挣扎，她都知道，可她只是闭了闭眼，便加快了脚步。

见先生在家，用人们都放心不少。

晚饭后，陈妈得了纪慕吩咐，便早些回房休息了。

见水露正要起身，离开饭桌，纪慕忽然牵住了她的手。她的眼垂下，并没有挣扎。他说："如果你答应我将这个孩子生下来。我会离婚，放你自由，你可以回到司长宁身边。"

见她身体颤了颤，他又说："如果你想念孩子，随时可以来看他；如果你打算亲自抚养孩子，我不会抢抚养权。我只是想要那个孩子。"那个我和你的孩子。

最后那半句话，他没有说出来。

她用力地闭了闭眼睛，答："好，我答应你。但是纪先生，请你遵守你的诺言，放我自由。"

她不再叫他纪慕或慕，她只是叫他纪先生。纪慕疲倦地笑了笑，道："你放心，我说到做到。"然后放开了握着她的手。

后悔吗？他从一说出口就开始后悔了。可她从来不属于他的，他一早就知道。

他只是贪恋那一段时光，那段拥有她的时光。

不知为何，水露往影厅室走去。她只是觉得不安，她的路在哪儿，她并不知道。就可以离开他了，为什么她还是感到害怕？憨憨跟在她的后头，进了影视厅。

放的是一部老电影，《卡萨布兰卡》。门没有关上，只是虚掩，纪慕路过时，看着镜头中褒曼微微展露的倾城一笑，他便定住了脚步，再回头看她，她眼中有莹莹的泪光。她的灵魂不知飞到了哪里……

纪慕坐在楼梯顶上吸烟，不知吸了多久，等水露出来时，脚边已经是满地的烟灰，入目荒凉。

水露没有作声，只是慢慢下楼。

纪慕忽然说："我明天派司机送你到司长宁身边，他在医院里，一切安好。"他似笑了笑，又说，"我没有骗你。"

她怔了怔，停下脚步，没有答话，她只是扶着把手，走得很慢，一步一步往下走。她没有穿鞋子，光着的脚丫冷得有些发白，他正想叫她穿上鞋子，一抬头，却见她的长围巾垂下了一边，那围巾太长，竟缠住了她的脚。

他一句小心还未出口，她"呀"的一声，脚已经踩空。

眼看着她就要摔下去，纪慕飞身上前，一把抱住了她，她本能地双手抓住了扶梯，挡了下坠之势，而身体一软，斜靠着滑坐到了阶梯上，而纪慕收不住势，已经滚下了楼梯。

她"啊"的一声尖叫，所有的人都跑了出来。她从来没有见过那么多的血，那些血从纪慕身体一点一点地漫出，染红了暗色的地毯。她的一颗心要跳了出来，她从来没有如此害怕过……她害怕，他再也不会醒过来了。

猛地，她冲下了楼，跪倒在他面前，他的血染红了她的膝盖，四处全是血腥味，她几欲呕吐。她觉得眩晕，可她知道，她不可以晕过去，不可以，她不可以失去他……

纪慕的眼睛动了动，只看着她，他的唇张开，可什么也说不出来。还是陈妈了解他，知道他担心水露，马上叫来医生替水露检查。而水露一把推开医生，她只看着他，她的声音沙哑，不完整，她一个字一个字地说："我不是故意的……我只是……我只是害怕……我不是故意的！我没有想过不要这个孩子，没有，你要相信我！"

纪慕忽然笑了，用尽了全身的力气，才举起了手。她将他的手放在自己的脸上，他依旧温暖，他一直在给她温暖依靠，只是自己从来没有珍惜。

他的唇动了动，说："我爱你……"他的声音低了下去，而手猛地一坠，垂了下去……

[2]

水露要留在纪慕身边，她要看着他做完手术，可陈妈与司机坚决地将她送走。她挣扎，可陈妈却劝阻了她，陈妈抱着她，与她一起哭成了泪人。

车子还在前行，纪慕真的没有失言，他送她回到司长宁的身边。陈妈抱住她，轻声哄着："小姐，先生已经签好离婚协议书。你是自由的了。他一直希望你能快乐，这是他的心愿。陈妈一定会替他完成的。现在只有亲自将你送回去，陈妈才敢和先生交代啊！"

"陈妈，我只是想陪着他，等他过了危险期，我就走。"水露泣不成声。

"傻孩子，你还有着身孕，不能面对那样大起大落。即使不是先生吩咐，陈妈也不敢让你犯险啊！孩子，听陈妈话，好好地养胎啊！医生说了，你的胎息不稳，不能再受一点点刺激了。你就留在司家。等孩子出世了，一切便好了。啊！"陈妈抹了一把泪，不敢把真实的情况告诉她。

昨晚，陈妈就去了医院，手术后，纪慕醒过来一次，当时医生也在，说此次手术不理想，只是修补了部分神经，与释放出了瘀血；加上之前撞车时，大脑瘀血未清，留下了后遗症，只怕短期内还要再做一次手术，而风险很高，要有心理准备。

"医生，那手术后果到底会怎样？"陈妈十分担心。

倒是一旁的纪慕无喜无悲，他很虚弱，连稀粥也吃不下，只能输液维持生命。他只是看着门外，医生说了什么都不关心。

医生见他这个样子，也无可奈何，只能说："最坏的结果，将会……醒不过来。"

原来，是会成为植物人！纪慕似是笑了笑，可眼睛依旧盯着那扇门。医生已经离开了，陈妈小心翼翼地问："先生，要不要把太太接过来？"

纪慕一字一句地说："放她自由！"他说得很慢，说一个字，要咳好久，然后就要大口地吸氧气。

陈妈于心不忍："可太太很担心你。她昨晚一直不肯走，要留下来陪你，要看着你动手术，她担心你！"

纪慕的手忽然动了动，紧紧地握住陈妈的手："你要答应我，送她走！"陈妈不肯答应，他就一直不放手，看着他无声地垂泪，陈妈的心都碎了。他从小就没有了妈妈，是陈妈将他带大的，说情如母子，并不过分。见到自己的孩子，如今成了这个样，陈妈是说不出的难过。最后，她还是点了点头。

最后，纪慕还说了："如果，我醒不过来了，永远不要告诉她！"那样她就不会伤心难过，只要她不知道，她永远可以过她的快乐日子。

想到她和那个未出世的孩子，纪慕笑着闭上了眼睛。

陈妈看着他，他的脸侧着，十分安静，已经睡了过去。长长的睫毛覆着，在眼睑处，投下单薄的阴影，像蝴蝶的翅膀。窗外的凤凰木似一丛一丛的烟火，灿烂地燃烧，投进屋内，却是一片的寂静，寂寞如雪，灰色的光影点染在他的脸上，再看不清他的轮廓。

纪慕睡着了，像一个无助又安静的小男孩。明明无望，可还是心心念念地等待着那个她回来……

回忆被拉扯回来，陈妈一侧头，发现水露睡着了。水露也是筋疲力尽了。医生与纪慕所说的，都是对的，如果水露仍留在那里，只怕……

不一会儿，车到了。

是司长宁亲自出来接的。因为知道水露要回来，所以司长宁已出了院，搬回到家里休养。他坐在轮椅上，两鬓的发已经灰白，明明只有四十岁，他却先一步老了。

他再也抱不动那个爱黏着他的小女孩。只能由用人抱着，将她抱到了她未出阁前的闺房里。陈妈欲言又止，司长宁已明白过来："我会照顾好她和孩子的。您放心！"

点滴还在挂着，司长宁感到一阵无力感袭来，他看了看药瓶，烦躁地将针头扯掉。针头连着药管，在虚空中摆动，那药水一滴一滴地掉到地上，地毯上洇开了一朵一朵的花。

终于，水露还是醒了过来。在背光中，她看到了司长宁。

在梦中，这张脸曾出现过无数次，可如今，当他终于来到了她身边，她却感到了无力，她无力再去留住什么了。

"露露，还好吗？"司长宁握着她冰凉的手。

她无声地哭了。纪慕生死未知，一切都是她的错！如果不是为了救她，纪慕就不会……

司长宁伸出了双臂将她揽住，他的臂弯很单薄，他很瘦。从前，他抱着她，是那么强壮有力，而如今，他比她还要脆弱。

水露知道，长宁过得不好。

一天过去了，两天过去了，一个星期过去了，水露给纪慕给陈妈打了无数个电话，可他们都不理她。她不知道，纪慕到底怎样了。她开始疯狂地看报纸，只要涉及金融财经或豪门恩怨的，无论是小报小道消息，还是正规渠道，她都关注，可也没发现关于纪家的只字片语。纪元集团运转良好，股票一直攀升，纪家什么事也没发生。

或许，纪慕一切都好好的吧……

水露只能如此安慰自己。

其实，有司长宁陪伴，是好的。他依旧关心她，爱恋她。他让李姆妈给水露做了许多可口的饭菜，水露在心里告诉自己：你一定要多吃些，为了纪慕，为了孩子，你一定要吃！

所以，她开始努力地吃饭、生活，她的肚子渐渐大了起来。只是当司长宁长久地注视着她的腹部时，她感觉到了彼此间的小心翼翼与痛苦。她知道，司长宁痛苦。

后来，他有问过，有没有想过给孩子起什么名字。

她一怔，便沉默了下去。

她想起了纪慕，那时，她不理他，每日只坐在花树下发呆，如果那时自己肯看一看他，或许，他后来就不会那样难过……她还记得，纪慕会体贴地递给她一杯水，有时是果汁，有时是牛奶。天气晴朗时，他还会把星光从马场里牵过来，让它在草地上吃草，自在地玩耍。他会打趣："你现在不能骑马，看看就好。等孩子大了，我会教孩子骑马，我会告诉孩子：'你要好好学骑术，你妈妈的骑术可厉害了，比爸爸还要厉害！'"

她不答话，他也不甚在意，他还会笑着对她说："露露，你喜欢男孩还是女孩？我喜欢女孩，长得跟你一样，有一双大大的眼睛，扑闪扑闪的，多么可爱，最好还能有我的酒窝，那样等她长大了，一定是个大美女，爱慕者是要把咱家的门都踏破了的。她像天使，就叫她安琪。对，她就是我们的小安琪。"

那么美好的画面，纪慕在憧憬彼此的未来。明明她已拥有了一切，有丈夫，还将有一个可爱的小女孩，她叫纪安琪，有妈妈的大眼睛，爸爸的小酒窝。可现在，一切都成了一场梦，梦醒了，什么也没有。

司长宁看着她，看着她展露笑意，看着她的眼睛一分分暗淡下去。他知道，从一开始就错了。从一开始，自己与她就错了。她会长大，她会爱上别人，离开自己。

他笑了笑，对着湛蓝的天空道："露露，你终于发现了，对吗？你对我，不是爱情，只是怜悯。"

她一怔，茫然地看向司长宁。

司长宁又说："你还不知道纪慕在哪家医院对吗？"他把一张写有私家医院地址的纸片给了她，"露露，去吧！去找到属于自己的幸福。我从不知道，我对你的爱，是一座无形的牢笼，我禁锢了你那么多年，其实，你长大了，就会爱上别人，离我而去的。只是我一直自私，为了留住你，不惜折断了你的翅膀。"

水露一眨不眨地看着他，仿佛什么也没有听到。她是爱过司长宁的，只是时间不对，她一直在追赶，在想着快快长大，也在拼命地快些长大，可他却一直在逃避，等他不再逃避时，她已经追赶得累了，才发现，原来，她早已爱上了别人……

见她不走，司长宁痛苦地闭了闭眼睛，再睁开凝视着她，慢慢说道："我很好，手术很成功，我会一直活下去。你只要做，你想做的。我只要你幸福。"

眼泪"唰"地流了下来，水露捂住眼睛，喃喃："我不知道！我不知道！"

"可你必须知道！"司长宁将她的手拿开，看着她的眼睛，深深地注视着她。他的眼里有缱绻深情，有不舍，但更多的是快乐，他告诉她，"你长大了，必须要知道，你爱上的，你不敢承认的，是他！露露，别自己骗自己，我们的一切，早成了过去。当初，我没有珍惜你。我只希望，现在，你还来得及……我不要你将来后悔……"

刹那间，水露就明白了过来，对，她不要将来后悔！

她飞奔出去，车子早停在了门边。看着她的车子绝尘而去，司长宁站在花树下笑了："露露，祝你幸福。"

司长宁留了一张录影碟给水露，他把想说的话，都录在了碟里。他想起了医生的话，虽然手术成功，但他顶多只有一年半的时间了。他想起了许多，想起了水露以前说过的话，她说，他们放下一切，不管什么司氏，他们躲到像童话一般的欧洲小镇里，过隐居的幸福生活。那时，他那么爱她，而她又那么深爱着他，原来，终究是他，错过了她……

是的，他要离开这里，他要去欧洲小镇，去那里生活，是她的希望。他会带着她的希望与幸福，一直走下去，直到再也无法继续……

将一切财产安排好，将司氏集团的过继文件处理好，一并留给了她。她是他最好的继承人，他的一切，都是她的。他已替她请了职业经理人打理司氏，但她永远是司氏最大的股东与董事主席。司氏是他用半生心血打拼回来的商业帝国，是他与她的心血，他舍不得将司氏卖给别人，因为，那样就等于斩断了他与她的一切联系、一切过往，一切的一切……他做不到……

司长宁坐在飞机上，看着脚下洁白的云，她美丽的容颜投影在了他的心间。这一辈子，他不会再见她了，也不会让她再找到他。断了联系，便是放她自由。

广播里提示，目的地快到了。是北欧的一个小镇，美得如童话一般，每栋精致古朴的小房子前，都带有一个小小的花园，灿烂的鲜花到处都是。而他与她梦中的小屋是红色的屋顶的，垂下两挂美丽的紫藤。每天，他会坐在花园的摇椅上看书，而她，则笑着在一旁画画，很安静，不会打扰他……

画面那样美丽，可今生今世，相见无期……

[3]

"医生，如果我没有醒过来，请你不要告诉她！"纪慕曾对医生无数遍地说这句话。

文洛伊的眼眶通红，拼命地压下怒气，道："纪慕，你知不知道，你在做什么？"

"如果你们不答应，我就不做手术。"纪慕神色坚定，心意已决。

后来，文洛伊看着他被医生推进了手术室。漫长的手术，做了许久。

中途，水露就到了，一路跌跌撞撞走来，神色凄凉。文洛伊怕她受刺激，给护士打了眼神，给她打了一针，让她好好休息。

纪慕没有醒过来，而水露的情况很不好，她已有近七个月身孕，可身体太弱，只怕坚持不到足月生产。文洛伊替她请来了最好的医生，关于纪慕的事，也一直瞒着她。

每当她的眼睛注视着门外，文洛伊便说："纪慕的情况有些特殊，我们将他转到了国外治疗，等孩子出世了，我再带你去看他，好吗？"

文洛伊只能这样欺骗她，一天天地骗下去。

后来，水露生下了那个孩子。真的是个女孩，很美丽，尽管那么小，不足月，可却异常坚强，在保温箱里养了一段日子，便与正常小孩无异。她会看着水露笑，有大大的眼睛和甜甜的酒窝，是她与纪慕的安琪。

水露会对着安琪说："宝宝，你知道吗？你叫纪安琪，是爸妈的小天使。你笑得那么甜，是知道快能见到爸爸了吗？！"

文洛伊刚推门进来，就见到了这一幕，他怔了怔，目光里分明有种哀伤。

快一年了，纪慕依旧没有醒来。

水露的精神状态很差，一直留在医院治疗。

司家的人来过一次，看望水露，并告诉了她，司长宁一切安好。李姆妈将一张碟，给了她，然后含泪离开。

水露将碟片放进机子里，只见长宁的样貌一点一点地清晰起来。他对她说："我愿替你，亲手披上嫁衣，看你幸福地嫁人，嫁给所爱的人，快乐地生活下去。而今生今世，你我，再也相见无期……"

今生今世，再也相见无期……

水露捂住了嘴，无声地哭了出来。

而她的病房门外嘈杂，似发生了什么事。文洛伊还没有到，她不知道外面到底怎么了。她住的是特殊病房，这一层里只有两件套房。另一间套房，似是住了什么重要人物，从不许人靠近。只听得一个护士说："那个床位的病人，不是成了植物人吗？"

"是啊！今天出现了异常，连呼吸也一度终止了！"一个新来的护士说。

"真是可怜，两夫妻都住在一层里，却不能相见。"年轻的护士说。

"那位太太当时怀了孩子，后来又得了抑郁，医生说，不能受刺激啊，只能这样瞒着！"

她们还说了什么，水露都不知道了，她猛地跑了出去，跌跌撞撞地跑进了他的病房。

真的是他，是纪慕！他全身插满了管子……他快要死了……

水露被来人架开，可她从来没有用过那么大的力气，她将所有的人挣脱，她终于来到了纪慕面前。她握着他的手："你这个骗子，居然骗了我那么久，把我最重要的东西骗去了，自己却躲了起来！"她将他的手，放在了她的胸口，"你不要我和安琪了吗？纪慕，你不要我了吗？你说过，你爱我，要我一辈子也不许离开你。为什么你那么狠心？！我爱你！我爱你！"

文洛伊闻讯赶来，看到了那一幕，他的心也疼痛无比，可什么也不能做，只能无力地靠在墙上。

他想起了纪慕的话：

"如果我醒不过来，永远别告诉她……"

"永远别告诉她……"

忽然，病房内传来了水露的一声尖叫，然后，一切又重新归于沉寂……

窗外开满了一树一树的梨花，那么洁白，如一片雪，覆住了每个人的视线。而繁花开遍，终抵不过一场寂寞，如雪……

可这寂寞的天地，却能开出最美、最纯粹洁白的花来……

——全文完——

番外一
我爱你
I love the most

　　"如果我醒不过来，请永远也不要告诉她！"纪慕说。

　　如果变成了植物人，这一辈子，他都完了。他不可以拖累了水露。水露那个人，就是傻，那么拗，她对谁都那么好，那么用心，那么温柔，就是不舍得对自己好些。她对容华好，对明珠好，对司长宁好，对他也是温柔体贴，百般照顾。

　　纪慕永远没有办法忘记，见到水露的第一眼。他真的是从没见过，那么能喝的女孩子。这女孩子，不是美人，可气质很好，清清灵灵的一双眼睛，明明容色清冷，可看人时是温柔的，带着暖意的。

　　他第一眼看到她，就被她那双欲语还休的眼睛给迷住了，所以才会输得那么惨吗，那种牌局竟一连输了好几把。而她也只是看了他一眼，就继续喝酒谈生意了。

　　容华极少会在兄弟们聚会的场所谈生意，那还是第一次。估计客户约他有些急，所以也就拉了过来这边了。她不是容华的女伴，只是他的秘书。那一刻，他有一种说不出的喜悦，可也烦躁不安，自己该如何跟她打招呼？

　　他就像个情窦初开的小伙子，竟然还感到了一丝紧张。于是，整个晚上，他都没有再看她。可他知道，连公子也在打她的主意。他烦躁，于是到廊上去吸烟，可没想到，没过多久，她也出来了。

她伏在墙壁上，一动不动，完全不顾形象。雪白的面孔因了酒的缘故，更加迷人，那双乌黑的眼睛，像暗夜里潮汐汹涌的深海，迷离又危险。

原来，她是醉了。再能喝的人儿，也是会醉的。

他本来只是想好心扶她一把，可搂着她，那种邪念，却是一发不可收拾。他忽然就吻住了她……

后来，他才知道，她也不过是把他当作替身而已。因为他用的香水与抽的烟与司长宁是同一款，她认错了人。

并非没有想过，按正常的渠道去追求她，可她刻意与他保持了距离，再不给他半点靠近的机会。若不是司长宁，若不是要刺激那个男人，她是不愿搭理他的。

他哄骗了她结婚。本以为，他慢慢来，就可以打动她，可她始终是不愿意的。她只有将他往外推时，才会觉得安全。可他们俩偏偏就这样纠缠在了一起，再也分不开。哪怕他最后愿赌服输，哪怕他明明白白地告诉了她，他爱她。他已经没有了退路，他把一切底牌都亮给了她看，可她依旧是无动于衷。许多次，都是他强迫她的，她并不愿意，直到有了那个孩子。

为了那个孩子，为了救她，他滚下了楼梯。他听见了她撕心裂肺的叫声，他才明白，才敢确定，原来她也爱他，只是她自己不愿意相信……

当纪慕听到她在他耳边喊，她说她爱他时，他忽然就清醒了，他不可以一直睡下去，不可以，他的露露还在等着他！他那样努力，一直想醒过来，可是他太累了，他走不动了。前面就是一座桥，过去了，便前事尽忘，往返极乐。可她的哭声那么凄凉，她说，她不可以没有他。他们的安琪需要爸爸！

他们的孩子！纪慕终于睁开了眼睛。

那仿佛是长达一个世纪的对视。他不敢动，她也不敢动，彼此都怕，那只是一场幻觉。

可他还是伸出了手，擦掉了她的眼泪，真实的触感从指尖蔓延，她的泪那么烫，她的眼睛那么美，她是真实的。

纪慕微微地笑了。他的声音沙哑，但还是说出了长久以来一直想说的那句话："我爱你。"

"我恨你！"水露咬着嘴唇，几乎要咬出血来。可她仍旧不敢动，更不敢移开视线。她哽咽，不断地、重复地叫着他的名字，"纪慕，纪慕，纪慕，纪慕……"

他想握住她的手，却没有一点力气。他只能一遍一遍地答："我在。"

"我恨你。"她还是那句话。

"我知道。"纪慕说得很平静。

"你这个小骗子，你骗了我。你明明说过，会对我好，会陪着我，不会让我感到孤单，可你却睡了那么久，还要瞒着我。我连见你一面也不可以。我恨你！所以，你以后不能再有事，你要用一辈子来补偿我。"水露哭了，眼泪打湿了他的脸，她明亮的眼睛看着他，终于对他说，"纪慕，我爱你。"

纪慕的眼眶通红，可他还是微笑着看着她。他终于是等到了她！他说："我会一辈子爱着你，宠着你。"

水露一把投进了他的怀抱，幸好，她也终于等到了他。

她花了太多的时间才学会去爱一个人，也花了太多的时间，才明白，她早已爱上了那一个人。没有迟一秒，没有早一秒，她爱上了他。早在他第一眼看向她时，早在他对她展露微笑时，她就知道，他会是她的劫，也是她的缘。

后来，她没有再提起过司长宁。可纪慕知道，她很牵挂司长宁，每每深夜，她会攥着那张碟片发呆。他并不知情，问过她一次。她对他亦不做任何隐瞒，只是说，那是司长宁最后留下的录像。他走了，她甚至不知道他在哪里，她很担心他的病。

于是，纪慕找来了私家侦探。

私家侦探几经辗转，从北欧小镇追寻到巴黎，最后在巴黎南部一个小小的，甚至连名也叫不上的乡镇里找到了司长宁。

当纪慕见到司长宁时，司长宁已经是病入膏肓了，可司长宁很从容很平静。纪慕提出要带水露来看他，可司长宁拒绝了。

"我快死了，何苦让她伤心呢！"

"如果见不到你，她会终生遗憾的。"纪慕坐在了这个男人身边，从前那么高大、风度翩翩的一个英俊男人，却成了如今的潦倒模样。那样瘦，只能躺在床上，一直等待……

纪慕知道，终是自己自私，如果水露能留在他身边，他便不会如此自暴自弃了。

"你无须介意，水露爱上的是你，对我只有同情，我不需要同情，我只需要她幸福，答应我，永远不要让她知道！"一向骄傲的司长宁恳求他。

纪慕不忍，唯有点头答应。

司长宁一笑，把一沓明信片取了出来："原本，我想只能让李姆妈定期寄出的，现在就交给你了吧。我时日不多了。每张明信片我都写上了祝福，你只需要每年在她生日时寄出就好。她会相信的，她会一直以为我活着，活得好好的。十年后，即使她知道，我已经走了，可她的伤痛早已平复……"

"答应我，永远不要让她知道……"司长宁再一次恳求他。

纪慕握住他的手："我会的。"

纪慕没有想到，司长宁居然笑着闭上了眼睛，从此再也没有醒来。

就如他在录像里说的"今生今世，相见无期"。

那是一个与他一样，深爱水露的男子。

抛却世俗的流言，司长宁留给水露的是干净美好，没有他，就没有今日的水露；没有他，就没有善良温柔、待人体贴的水露，是司长宁培养她，塑造了她的灵魂。

纪慕有些羡慕，在水露过去的岁月里，曾有那样一个温暖的男子，悉心待她，教会了她如何去爱一个人。

"再见了，长腿叔叔！"纪慕料理了司长宁的身后事，替水露跟他告别。

　　明天，他将回到水露的身边。他的眼前出现了那一幅温馨的画面，水露在花园里坐着，而安琪与憨憨在草地上玩耍，快乐地大笑，而水露在一旁微笑地看着……他知道，水露一直在等着他回来，还有他们的孩子……

　　他终于有了一个家，他感到，很幸福！

番外二
敞开的心扉
I love the most

　　司长宁去世的那一天，水露是有感应的。

　　那一晚，水露心神不宁，躺在床上，翻来覆去难以入睡。后来好不容易睡着了，半梦半醒时分，她见到司长宁了。

　　整整两年，水露没有他的任何消息，尽管每年她的生日，他都会邮寄一张明信片给她。明信片上的字迹是司长宁的，可寄信的地址来自全世界。她就知道，是司长宁不愿她知道他的住址。

　　司长宁就站于她床畔，轻唤她："露露。"

　　水露睁开了迷惘的眼睛："是你吗？长宁？你为什么不再管我了？"

　　"露露，你长大了。"司长宁微笑，温柔地看着她，"露露，我要走了。看到你幸福，我很幸福。"

　　"别走！"水露最后是大哭着醒来的，只喊了一句，"长宁，别走！"

　　纪慕不在她身边，他说他有公事飞曼哈顿。

　　看着无尽的黑夜，她的心被狠狠地揪了一下，很痛。摊开手心，才发现，她的掌心都流血了，梦里攥着长宁的手太紧的缘故。她喃喃："长宁，我知道你已经离开了。不，你从未离开，你就在我的身旁。我会很幸福的！"

　　后来，没多久，纪慕料理完司长宁的身后事就回来了。可这一切，她都不知道。有了纪慕的陪伴，她再也不会孤单。

时光匆匆流逝，不知不觉，安琪都六岁了。这一年，水露的生日，被纪慕安排得满满当当的。为了能过二人世界，纪慕把安琪交给了陈妈照看，夫妇二人飞去了巴黎。

坐在塞纳河畔时，水露笑他："安琪会生我气的！"

纪慕难得轰走了和他抢妻子的小家伙，现下里正高兴着呢，可却嘬起了嘴嚷嚷："这是我们俩难得的二人世界，再提除了我以外的人，我可不高兴了。"连眼神都是委屈的，惹得水露哈哈笑："你知道你现在像谁吗？"居然连女儿的醋都吃！

"像谁？"纪慕没有听出她的揶揄。

"像憨憨。"水露说完了，又是"扑哧"一声笑。

纪慕："……"

纪慕在塞纳河畔有一套公寓，面积不算大，但很整洁优雅，典型的巴黎风格。

虽然户型面积不大，但到底是在富人区里，所以小区里的环境十分好，每栋小楼隔得很远，私密空间非常好。

当他们俩坐在阳台上，品着咖啡时，下面流淌而过的便是塞纳河。塞纳河的西边坠着夕阳，橘黄的霞光融入了河里，美得如一幅永恒静止的油画。

这套公寓，水露四年前第一次来，就喜欢上了。所以，纪慕把这套公寓送给了她。知道水露性子喜静，他每年都会携了她来此度假。有时，水露在此一住就是小半年，所以纪慕把集团的重心往欧洲这边转移。

其实，纪慕知道，她是潜意识里想离司长宁近一些。她一向敏感，也确实感应到了。地中海的温暖气候适合养病，最后，司长宁从北欧的家搬到了巴黎的乡下；他的最后的时光确实是在这里度过的；他也葬在了这里。

今年的生日，纪慕送给她的，依旧是他手工制作的木架子。

他们的卧室太大，水露透露过，卧室过于空旷了。

所以，纪慕打造了一个木架子，置于卧室进门的地方，形如玄关。

　　当纪慕牵了她的手，走进卧室，取下她蒙眼睛的纱巾时，她看见雕饰精美的玄关时，十分欢喜。她只是提了一句，难为的是，他把一切都记在心上。

　　"把那个箱子里的口红都摆上去吧，我给你配了小射灯，晚上灯光一打，会很好看的。也是一个念想。"纪慕忽然说。

　　水露一怔，回头看他。

　　他是笑着的，十分温柔与包容。

　　"露露，我从不需要你忘记他。我知道，你心里还爱着他，只不过你爱我更多一些。司先生，是很好的人，没有他，也就没有今天的你了。你把一切都锁在心里，那样会很难受。"

　　水露笑了，看向他时眼神是坚定的。她启唇，慢慢地说道："慕，谢谢你，为我做的这一切。"

　　纪慕上前一步，握住了她的手："我为你做的，只是很小的事。其实，我比他幸运，我拥有了你。我很知足。"忽然，他莞尔，"露露，你还有什么事是要和我说的吗？"

　　原来，已经被他察觉了。

　　水露脸一红，嗔他："你都知道了。"

　　纪慕的手抚上了她依旧平坦的小腹："这可是我送你的最大的一份生日礼物哦！"

　　回应他的，是她最美的笑容。

　　"我很喜欢。谢谢你。"她说。是的，她再次怀孕了。

　　"我想好名字了，无论男女都叫司念。"纪慕看着她一字一句说。那是他对司长宁的亏欠，他只能做到这一步了。

　　"纪思念？"水露念了两遍，明白过来，是对长宁的思念。

　　纪慕认真地说："就叫司念，姓司。将来这个孩子，会过继到司长宁那一脉，毕竟，你也是司家出来的孩子。"

　　那一瞬，她猛地捂住了唇，可哭声还是溢了出来。

纪慕对她的爱意，竟是如此深切。其实，她一直都知道。

纪慕轻轻揽住了她，他没有取纸巾给她，只是说："哭吧。"她需要一场宣泄。她是缺乏安全感的，这种敏感从她被家族抛弃开始，一直延续至今。

"从今往后，我再不许你哭了，因为你已经有了我。"

后来，纪慕把一张明信片给了水露。

是司长宁的字迹，祝她生日快乐。还记述有司长宁的心情，他说他过得很好，在塞纳河畔点了一杯咖啡，可是他要喝药，不能喝咖啡的，所以只是闻一闻咖啡香。他感到平安喜乐。

"他已经不在了。"水露惆怅无比。难怪这次生日，纪慕要带她来巴黎，与她在塞纳河畔品一壶咖啡。他在许久前就不在了，可明信片依旧在每年这个时候寄达。

听了她的话，纪慕一怔，原来她都知道了。

"几年前，我做了一个梦，梦见他来和我道别了。所以，我都知道了。带我去看看他吧！我还没有真正与他道别。"

当站在鲜花满园的墓园时，水露的心中感受到了从未有过的平静。

墓碑上没有照片，只有司长宁的名字，与一句墓志铭：山与山不相遇，人与人总相逢；相爱的人们，总会相逢。

水露懂得，墓志铭是纪慕加上去的。或许百年过后，她与司长宁还是会重逢的。分别只是为了重逢。

"再见了，我的长腿叔叔。"水露在心里与过往的一切，做了道别。她放下洁白的玫瑰花，当她抬起头来，她深情而专注地看着纪慕，对他展露了幸福的微笑。

纪慕听见她柔柔的声音在风中响起："慕，你不仅给了我最真挚的爱，你还教会了我什么是爱，如何去爱；慕，你知道吗，在我心中，你是最好的，我为你骄傲。还有就是，我爱你！爱情是排他的，是独占的。而我，只爱你！"

番外三
海上明珠
I love the most

　　容华认识明珠时，明珠还是在读书的年纪，那么柔弱的一个
女孩子，已在异国他乡漂泊了好些年了。

　　初识时，他是在巴黎街头遇见她的。一个长发披肩的美丽女
孩，只随意穿着一件黑色的高领毛衣，一条亚麻的白色长裙，十
分有艺术气质。她坐在风景优美的公园里，替过往的行人画画。

　　其实，她很美丽，只是为了掩饰，她戴了一副很大的黑框眼
镜，将她的美掩饰了起来。容华停下，看她的画，里面的人各式
各样，有热恋的情侣、有孤独的老人、有哀愁的男青年、有美丽
的女子，各种肤色面孔的都有。

　　见他看画，她抬起头来，笑着问他："先生，想画画吗？"

　　容华饶有兴趣，便坐了下来。她让他放松，随意一些就好。
他便看着远处的一只鸽子出神。其实，他这趟来，半为公事。他
是环球影业的大股东，此次手上有一个剧本，需要在巴黎地区挑
选出一个华裔女孩出演女主角。是一部中法合拍的爱情文艺片。
可要求十分严谨，且需要女演员有大幅度的脱戏，起码整个背部
都是要全裸的。而女主角的年龄在十七八岁之间，并未真正成
年，与当年拍杜拉斯的《情人》时的难度有得一比。

　　当年，影帝梁家辉也说了，那个女主角只有十五岁，手脚还
那么纤细，要和她演床戏，自己都不忍心。所以，在这部《蓝舞

裙》的女主选角上，一直悬而未决。

念及此，他的眉头深锁。而那女孩，轻轻地"哎"了一声，他看向她，答："我叫容华。"

他乡遇故知，且都是华人，自然容易熟络的。女孩也大方，报上了自己名字："白明珠。阿华，你有心事吗？多笑笑好，我画的是漫画肖像，你笑了，我画得才好看。"

他一笑，叫道："珠珠？"

她没料到，他会以此揶揄，有些泄气："好吧，是我学艺未精。我没有绘画天赋，来欧洲三年了，绘画很难再上一个高度了，连我的老师也叫我放弃。所以我只想画些能令大家都开心的画。可我不是笨猪哦！"

真是一个有趣的活泼女孩子。后来，连容华也没有想到，俩人会在一起，无人处，他会亲昵地叫她，珠珠。

容华少年成名，且出身于巨富之家，年纪轻轻的他，已是一个集团的执行总裁。许多产业，他都有股份在里面。他认识她时，他已年过三十，可明珠却二十未到，他早已是千帆过尽的年龄，再美的女人都难以令他心动了。所以，明珠虽美，于他，也只是寻常。他们画画、聊天，倒像朋友。

忽然，就听见了前方的枪声、叫喊声，容华尚未反应过来，明珠拉了他的手就跑，彼此很狼狈，可他从未想过，一个女孩会有那么大的劲，硬是拉着他，不让他被人流所冲散。他们穿街过巷，甚至感觉得到枪弹在自己耳边擦过，风声猎猎，竟是比电影还要精彩。他容华一生，何曾有此大起大落。后来，明珠终于停了下来，他们俩已靠在了一条不知名的巷头里喘着气。

忽然，容华就哈哈大笑起来。她嘟起了嘴，不满道："差点就没命了，真的很好笑？"

他低头看她，她的眼睛亮晶晶的，因为有些生气，竟黑润得不可思议。她的眼镜跑掉了，那么大的美丽眸子，衬着一张标致的瓜子脸庞，可爱的小鼻尖微微翘起，模样既甜美又可爱，与初见时的清冷，又有了不同。她的唇，像粉色的花瓣，他忍不住，想去亲一亲，脸已俯了下来，他的鼻尖已擦到了她的鼻尖，她的脸一红，忽然拉开了彼此的距离。

"这画给你吧！"她有些拘谨，把画递给他，扑闪扑闪的大眼睛有些闪躲，倒是个容易害羞的女孩子。

容华是花丛老手，自然知道，这女孩连一次恋爱也没谈过。他笑了笑，取过了画。

方才，那样兵荒马乱，她连绘画工具也没有拿，却独独拿了他的画像。自己该弥补她的损失的，不是吗？他取出支票。

她怔了怔，连忙摇了摇手："不用，我送你。"然后飞也似的逃了。

独留了他一人，站在异国他乡的孤单街道。

后来，他再次遇见了她，是在一个地下酒吧里。她已然喝得醉醺醺的了。她与白天见面时，又换了一套打扮。此刻的她，是冶艳的，一条黑色低胸紧身裙，性感夺目。那样年轻的面孔，妆容艳丽，直顺的长发已改为了波浪卷。

到底哪一个才是真正的她？

他坐在一角，喝了许多酒，视线也一直没有离开过她。其实，她很安静，只是喝酒，过路搭讪的男子，她一概不理会。真是谜一样的女子。

他见她蹙眉，似有许多烦心事。她再喝了一杯，然后紧紧闭上了眼睛。他端了自己的那瓶酒，走到她那一桌上，他说："独喝多闷，一起？"

听到那个声音，她猛地抬起头来，瞪得大大的眼睛不可思议地看着他。原来，她还记得他。

"怎么？我就不像来这种地方的人？那你也不像！"他意有所指，眼神变得暧昧，已经是在和她调情了。

她脸上的惊慌失措只是一闪，便换上了妩媚的笑靥，举起酒杯与他的碰了碰，然后一饮而尽。

精致妆容的她，异常美丽，竟不比那些电影明星逊色。他眼神灼灼地看着她，兴许是她喝多了，倒也没有察觉。只是靠得近时，才发现，她一边脸上有瘀痕，他伸手去摸，原来是掌印。他的心有些痛，话语便温柔起来："你怎么了？"手依旧轻轻抚摸着她脸上的伤痕。

　　她一怔，看着他。他也看着她，从她眼里，看到了自己。她喃喃："我没有绘画的天赋，所以决定改行。由熟人介绍，开始接一些小角色来演。不过是拒绝了导演递过来的房卡而已，就被加了一场掌脸的戏。呵，我只是拍《末代皇帝》里一个只有三句台词的龙套而已，就被连续拍了十多掌，再厚的粉也挡不住。很可笑是不是？好像我什么也做不好，一无是处的样子。"

　　她说起了从前，说了许多的事。他一直安静地听着。后来，她醉得太厉害了。他便埋了单，要送她回去。可又不晓得她住在哪儿，再找她手机，想找个联系人，却发现她的手机掉了。他只能将她带回自己住的酒店。

　　他递给她一杯温水。

　　她说："已经有许久，没有人对我那么好了。"

　　不是不可怜的，那么小的一个姑娘。

　　他想给她安慰，于是便抱了抱她。可当他放手时，她却抱紧了他。她无声地哭泣，肩膀在颤抖，泪水打湿了他的西装。

　　他从未遇到过如此情况，倒有些手足无措起来。他身边的那些女子，哪个不是风情万种、温柔体贴，解语花一般的，绝对不会在他面前哭，徒惹他烦恼。可这个女孩，却似水做的一般，偏又那么倔强。

　　她的声音有些哽咽："让我抱一会儿就好。"

　　在他以为，她要睡着了，却听得她说："管他呢！我已有了新的打算。我的经纪人已经推荐了我去面试新片，听说是一部大投资，很考演技的。都是从新人里海选，虽然竞争大，但是没有内定和暗箱操作，即使输，我也乐意。"接着就是一声叹，"可我的老师却说，我的眼睛在演爱情戏时没有内容，与男主角演对手戏时，那种爱，出不来。还让我入戏时，回想之前的恋爱里那些刻骨铭心的经历。真讽刺不是，我连恋爱也没有过。"

她忽然抬起头，一眨不眨地看着他："你会帮我的对吗？"

顿时，容华的脸色就变了，原来，她一早就发现了他的身份，她是故意勾引他，让他帮助她，得到女主角的角色！他甚至还笑了笑，可眼神已变得冷酷无比。

可她倒没有察觉到他的转变，只是幽幽地说："我没有那方面的经验，最新的片子，需要有一定的床戏，我……我没有这样的经验，你愿意帮我吗？"

她的脸红透了，再不敢看他眼睛，那麋鹿一般惊慌的眼神，只一瞬之间，就勾起了他的欲望。原来，她没有发现，他误会了。原来，今晚，她只是想找一个男人……他无奈地轻咳了咳，今晚不是他，也会是别人，她是抱了决心来的。

"可你一个晚上也没有等到对的人，对吗？"似是要证明什么，他问了出来。

她慌张地抬头，看着他，点了点头，又摇了摇头，最后低低地说："可我遇到了你……"

"我……我喜欢你……不然我不会随便跟你走……你相信我……"她快要哭了，"我只是不想再做一个无关紧要的人，我只想好好地演戏……"

她的话被他的唇堵住，他开始吻她，耐心、爱怜、温柔，一切能给予的，他都给予她。她使他快乐，难以忘怀。

她的眸中似有某种迷乱一闪即逝，她的眼神纯洁无瑕，有些闪躲，有些害怕，可涌上的情潮使得她的眼睛那么迷人，他吻了吻她的眼，看着她微启着唇却不能呼吸的样子，他深深地一声叹，竟拥着她一直达到了极致……

容华平复呼吸，仿佛这样的失控并不在他的预料中。而她只是安静地抱着他，有些颤抖，但她轻轻地，几乎是感觉不到的，她吻了吻他的脸。他的心一动，他知道，自己再也放不下她了。

可等到天亮，他清醒过来时，她已经走了。没有留下任何的联系方式，她竟然以这样的方式退出了他的生命。

如果不是到片场甄选《蓝舞裙》的女主角，容华以为，这辈子，他也不会再遇见她了。

有三场戏要试，一场是考演员基础表演的，要演的是《飘》里大结局的一幕，斯嘉丽那种带着希望，留恋过去，又期待他终能回来的那种复杂眼神。

而另一场则是《蓝舞裙》里，女主遇上法国伯爵时的一幕。

其实，最难的还是最后一场戏，有直接的床戏，需要女主背部全裸出演，但那种眼神是最考功力的，贫寒的中国留学生与法国贵族的恋爱，女主自卑又骄傲，他们的第一次，女主拒绝了男主的邀请，带他去了自己的阁楼，在那个闷热、狭窄、潮湿的地方，交出了自己。女主的眼神，必须有多种情感闪现。

明珠那欲诉还休的眼神看向男主角含羞带怯，却深深刺痛了容华的心。她低垂着头，脸色绯红，目光却带着一种坚定，固执而又害羞地看着男主；当男主替她脱去，那一袭他送给她的华丽舞裙，她的胴体一点一点地显露了出来，那么美好，光洁白润的皮肤、圆润纤细的肩头、精致的锁骨，还有那起伏的异常美丽的背部曲线；她的头始终微微低垂着，那眼神闪过无数说不清，道不明的情感，明明自卑，明明那么渴望，明明是飞蛾扑火的，可又那么娇羞，羞得连看男主角一眼，也是不敢。她的颈部曲线与侧脸的线条那么柔和，只简单的几个动作而已，可肢体语言那么丰富，就连导演都倒吸了一口气："真是一个美丽的女孩，既纯净，又暗藏妩媚，既天真，又诱惑。"

其实，她并非全裸，是戴了隐形胸衣和穿了内裤的。只是他妒忌，妒忌其他男人可以窥见她的妩媚！

"不用试了，就要她！白明珠是吧！"容华作势取过一旁她的文件资料，淡淡地说。

"哎，虽说她是最好的，可是中方那边也推荐了一个人，也是个新人，不过有些背景，是环球影业徐总的侄女，其实演得也真的很不错。只是这个白明珠一出现，她就逊色了。"导演说，徐总已经钦点了人，海选不过是一种宣传造势的手段罢了。

　　容华冷酷的笑容铺开，道："我是环球的大股东，董事会决议上，我想，只凭一个执行总裁，还不算什么吧！"

　　没过多久，财经报上，便多出了一则消息——影业巨头环球集团被容华集团收购，成为容华旗下分公司。

　　而白明珠则成了女主角，后来，因演《蓝舞裙》在国际上速走红，成为国内一线演员。

　　当白明珠知道了容华就是那个隐伏于幕后的人，她有挣扎过。她知道齐大非偶的道理，她拒绝了容华的追求。只是当时光荏苒，经年后蓦然回首，她还记得容华说过的话，我追求你，与身家地位无关，与身份无关，只因为我爱你。

　　她答应了他，成了他的女朋友，在她最好的年华。

　　只是，当时光飞逝，当一切变了原来的样子，明珠开始感到凄凉，原来，他从未想过要与她结婚。她与他原来的女人，没有什么两样。

　　哀莫大于心死，明珠选择放手。她是太爱太爱他，如果终有一天，他要先松手，那她便是全盘皆输。她先走，那样，伤痛或许就没有那么深吧……

　　当在餐厅看到他带着另一个女伴出现时，那个有可能成为他未婚妻的女伴，明珠便明白，自己成了一场笑话。当初，不过是她引诱了他，所以，如今，她只能独尝苦果。

　　当再次回到巴黎这个地方，明珠想，或许终有一天，她会忘了他……

　　她无处可去，本已答应了潘玉良一角，可在签约现场，她又看见了他。他竟找到了巴黎……一定是水露告诉他的！可她只能落荒而逃。漫无目的地走，又回到了当年的地下酒吧。

她想就这样了吧，醉死在这里也是好的。她喝度数最高的酒，她哭了，那么多的地方，为什么她又选择了回到了这里？忘不了他罢了……

　　后来，像是有人抱起了她。那个怀抱很熟悉、很温暖，她紧紧地拥着，再不愿放开。

　　再次醒来，居然还是在那个套房里。明珠把眼睛睁得大大的，终于看清了坐在一边的男人。

　　"你醒了？"容华说。

　　终究，还是逃不开他。她要走，被他拦住。

　　"那么多的地方，为什么你又回到了这里？回答我！"他的声音平静，看着她时，却是那样目光灼灼，一如当年。

　　"你忘不了，对吗？我也忘不了！"他看着她，一字一句。在最美好的年华里，她将最好的自己交付于他，她喜欢他，而他先她一步爱上了她。没有迟一秒，没有早一秒，她已经在他心里，永远也忘不掉。

　　"我们结婚吧！"容华说。

　　明珠笑了："你无须为了负责任而与我结婚。"

　　容华单膝跪下，认真地看着她，眼神专注而执着："我是因为爱你，才想和你结婚，与其他无关。"似笑了笑，他剖白自己的心，"当初，你并没有爱上我对吗？只不过我是刚好出现的那个人，所以你……可我早爱上了你，在你说，你不是笨猪的时候，在我叫你珠珠的时候，我就爱上了你。"

　　明珠捂住唇，任泪水肆虐。

　　她从来不敢想，原来，竟是他先爱上了她。她以为，自己只不过是他万紫千红里最不起眼的那一朵花。他只是出于好奇，才招惹，出于怜惜，而给了她一场美好的梦。她以为，一直是自己在默默爱着他。原来，他早已爱上了她……

　　他们俩是在巴黎注册的，成了真正的夫妇。容华答应她，等回到中国，还要再注册一次，要拿到那两个红本本，而且还会给她一个盛大的婚礼。即使他的家族再反对，即使他会一无所有，可他只要她。

听着他动人的情话，明珠笑得那么开心，笑意那样璀璨。

她说："你变穷了，我会养你。把你养成一头真正的猪猪。"他亦是笑。他已三十七了，不再年轻，眼角有细细的纹，为了追寻她，从上海到巴黎，一路风尘仆仆，他憔悴了许多，可依旧那样英俊，依旧是当初，她爱上的那个他。

"阿华？"她低低地唤。

"嗯？"他回眸，吻了吻她的唇。

"我想，你快要当爸爸了！"明珠满脸笑意地看着他。

他一怔，然后是漫天席卷而来的快乐将他包围，他高兴得手舞足蹈，竟像个情窦初开的大男孩！

在埃菲尔铁塔上，他对着远处，对着整个欧洲的心脏，他大声说："我很快乐，我要当爸爸了！"

"阿华爱珠珠！阿华爱珠珠！"他大叫着。

在那一刻，再没有容华集团，没有容氏家族，没有新晋影后，没有白明珠，只有阿华和珠珠！

明珠感到很幸福，她知道，回国后，还会有许多艰辛旅程等着他们，可是只要他们一家在一起，即使再大的困难，她也不会怕了！

她拨通电话，把这个好消息告诉水露，那个她最好的朋友。

阿华笑："你对她比对我还要好，我要吃醋了！"他搂着她，无比庆幸自己还能找回她。她那样倔强的女子，如果他有负于她，她会决绝地永不回头，她会躲起来，独自抚养孩子，她会让他一辈子再也找不到她……

幸而，他还是找到了她，找回了最初的彼此……